中公文庫

菊亭八百善の人びと（上）

宮尾登美子

中央公論新社

上巻　目次

（下巻　目次）

菊亭八百善の人びと（上）

第一章　木場育ち

ここは大森山王《さんのう》の木原山、うっそうたる緑に囲まれ、耳を聾《ろう》するばかりの蟬《せみ》時雨《しぐれ》のなかで、たったいま取り込んできた洗濯物《せんたくもの》をたたんでいると、すうーっと眠気がさしてくる。

柱時計を見上げるとまもなく三時、そろそろ離室《はなれ》の舅《しゅうと》姑《しゅうとめ》におやつを上げなければ、と汀子《ていこ》は台所に下りた。

昭和二十六年八月土用すぎのこと、これといった格別の食物も無いが、今朝ほど煮出したやかんの麦茶ががらんとした台所でほどよく冷えており、汀子はそれを江戸切子のぎやまん二つに注《つ》ぎ、棚《たな》の上の缶《かん》から動物のビスケットを一つまみ添えると、盆に捧《ささ》げ持って渡り廊下を渡って行った。

母家《おもや》と離室は長い石の廊下でつながっていて、スリッパをぴたぴた鳴らせながら一しきり歩かねばならぬほどの距離があり、汀子が渡り切って六帖《じょう》の間に入ると、舅の了二は外出からいま帰ったとみえて浴衣《ゆかた》になり、次の八帖間の入側の縁で団扇《うちわ》を使っているところであった。

「お帰りなさいませ」

と手をつく汀子に、了二は上機嫌《じょうきげん》でうなぎの折詰をさし出しながら、

「暑気払いだよ。福二郎が戻ったら食べさせてやんなさい」

といい、そのあとすこし改まった気色で、

「二人ともちょっと大事な話があるから、ここへお坐《すわ》りな」

と呼んだ。

了二の脱いだ帷子《かたびら》を衣紋《えもん》かけに吊《つ》るしていた姑のれんは、このごろいくらか耳が遠くなっているらしく、

「おうながどうかしましたか」

と聞き返しながら了二の前に坐るのへ、そのかげに汀子も座を取り、二人に団扇の風を送る。

「何をいってるんだね、お前さんは。うなぎの話なんかじゃないやね。しっか

りお聞きよ」

と了二はれんをたしなめ、

「今日出先で山の茶屋の進藤さんに会ってね。恰好《かっこう》な土地があるからって教えてくれたものだから、あたしは永田町まで見に行って来ましたよ」

と告げた。

「それはご苦労さまでござんした」

とれんは夫をねぎらいつつも、

「永田町とは、まるで方角ちがいでござんすね」

というのは、この家は代々、東京のなかでも下町の界隈《かいわい》に属し、水に近い場所で食物屋を商ってきたという長い歴史を持っている。

「なあにお前さん、方角違いったって近所の店の数からいやあ前の築地と似たようなもんさね。まだ狐《きつね》か狸《たぬき》の出そうな空地もあるにはあるが、隣組には山の茶屋さんもあれば満願さん、瓢亭《ひょうてい》さん、それに天竹さんもおいでだ。

そうでなくってもうちがまた看板上げると触れれば、千里の道でも駈《か》けつけて下さるお客さんはたんといらっしゃるよ」

吉報だからって喜ばしておやりな」

と了二は自信たっぷりで、

「あ、汀子、福二郎が帰ったらすぐこちらに来るようにそいっておくれ。吉報だからって喜ばしておやりな」

と、空になったぎやまんを目の高さまで上げて眺《なが》めながら、

「こいつもようやく出番が来たってことさねえ」

と、顔をほころばせた。

汀子は器をひき、ふたたび盆を捧げて戻りながら、渡り廊下の半ばでふっと立止った。

何故《なぜ》か胸のうち側からふわりとふくらんでくる思いがあり、指を繰ってみると今日は八月二十一日、実はついさきごろ、自分の生んだ、第二子で長男尊之《たかゆき》のお七夜を内輪で祝ったことを考え合わせると、この夏、杉山家にはたてつづけに慶事がやって来たのを感じる。

長女園子の出産は、初産だから軽いとはいえないまでも順調だったのに較《くら》べ、それから二年後の今回は一入《ひとしお》の難産で、陣痛が始まってのち、浜田病院の分娩《ぶんべん》室でまる一日も苦しんだ挙句、ようやっと誕生を見たのであった。

杉山家は女系家族といわれるだけに、男子出生と聞いて舅は手を打って喜び、さっそくれんに、

「これで一安心ってとこさね。お前さんごほうびに汀子に何か買っておやりよ」

といいつけ、れんもそれに応《こた》えて、

「そうでござんすね。買うったっていまどきいいものも見当らないようざんすから、あたしの帯でも一本、やりましょう」

とはずんでいたのに、汀子はいまだにそれはもらっていない。

しかし両親が手を打って喜んだというその話を夫の福二郎から聞いたとき、汀子はやはり、自分がこの杉山家の嫁であることの重さをずっしりと両肩に感じ、同時にさきゆきの不安が大きく拡《ひろ》がってくるのをおぼえた。

嫁いで五年目、二人の子供を生み、台所を預かってはいるが、夫は次男だし、まだ嫁がぬ妹二人もおり、加えて植木職人夫婦たちとも一つ釜《かま》の飯を分け合うという仲で、まことに雑然混然というかたちで暮している。

汀子の実家楠木《くすのき》家を辿《たど》れば、深川木場《きば》の材木商だが、┐楠《かねくす》の屋号を掲げたのはそう古い話ではなく、明治末年のことである。

祖父の駒吉《こまきち》が、紀国屋文左衛門《きのくにやぶんざえもん》のような商人を目ざして栃木の在から東京に出て来たのが十二歳のとき、老舗《しにせ》の∧三《やまさん》に住み込んで真面目《まじめ》によく働き、丁稚《でっち》から手代、番頭と順に出世し、三十二歳という異例の若さで木場千業に加わり、旦那《だんな》の座を得ることが出来た。

駒吉には娘が二人あり、上の藤江《ふじえ》は木場小町とも呼ばれるほど美しく、いずれ同業者のうちからしかるべき養子を、と考えていたところ、かねて意中のひとがあるという。

それは、この木場界隈を担当する若い巡査で、結婚を阻止されれば心中をもしかねまじいほど思いつめた仲となっており、とうとう駒吉も譲って、材木の商いにはずぶの素人《しろうと》、茂一を楠木家に迎えたのであった。

そして、若い夫婦のあいだには長男護《まもる》、長女律子、次女汀子、三女せい子、とつぎつぎ子宝にも恵まれたが、養子はやはり商才だけは義父の足もとにも及ばなかった。

何しろ、材木を運ぶのにはまず肩の皮が剝《む》けて腫《は》れ上り、そのあとに固いたこができ、十年もたつとたこの上に毛が生える、といわれる修業を積んできた義父の目には、内材外材の目利《めき》きもろくにできぬ養子は、はがゆくて仕方がなかったらしい。

大打撃を受けた関東大震災のあと、駒吉の必死の努力で細々ながら焼跡にようやく再建を見た直後、駒吉夫婦は相次いで亡《な》くなり、弱り目にたたりめで、昭和四年には工場の漏電から出火し、「楠は一物も残さず焼けてしまった。

このとき汀子は、小学校へ上る前の年だったが、ふしぎに火事の夜の記憶は全く残っていない。

後年、兄妹たちがその夜の恐怖を語るのを聞いて、

「あたしは何にもおぼえていないわ」

というと、三人から猛烈な非難が降りかかり、のんき者、オプチミスト、身勝手、出たらめ、アブノーマルと攻撃されるのへ、汀子は話をそらそうと機転を利かし、一段と声をはりあげ、

「只今《ただいま》よりごらんに入れまするは木場名物角乗りにございます。業務のほか余

技のひとつにございますれば、仕損じはいく重にもご容赦のほど」

といいながら、両手をひろげ、

「まずは三宝乗りっ」

と、ヨッ、ハッと掛声をかけつつ、川並みの角材乗りの身ぶり手ぶりをしてみせる。

「どーんなもんだい」

と汀子は鼻をこすり、

「畳の上でなら『義経の八艘《そう》飛び』、『鶴《つる》の餌《え》ひろい』、『獅子《しし》の子落し』、何でもごらんに入れますよ。記憶力抜群でしょ」

と見渡せば、妹のせい子が、

「汀子《てこ》ちゃんは楽しかったことしかおぼえてはいないのよ。嫌《いや》なことはとっとと忘れちゃうんだもんね」

といい、そのころ早稲田大学に通っていた護も同調して、

「全くだ。お前、今度おれが高山樗牛《ちょぎゅう》の『厭世論《えんせいろん》』を進呈するからな。少しはじっくり人生を考えろよ」

と説教したが、そのことすら汀子の記憶にはなにひとつ残ってはいない。

振返っても木場のころの思い出はよいことばかり、富岡八幡《とみおかはちまん》のご祭礼に牛が引っ張る鳳輦《ほうれん》のビラビラは目のさめるほど美しく、お座敷に通う辰巳《たつみ》芸者のうしろにいつまでもくっついて歩いたこと、また独特の符牒《ふちょう》ことばが飛び交う威勢のいい店先や、そして何より、粋《いき》といなせを両肩に背負ったような川並みの持つ雰囲気《ふんいき》が子供心にぞくぞくするほど好きで、毎年十月の角乗り大会はむろん、その日が近づくにつれ、老若《ろうにゃく》混り合って出演者たちが毎日のように堀割《ほりわり》で稽古《けいこ》に励むのを、岸にうずくまって飽かず眺めていたことなど、脳裏に強く刻み込まれている。

たしかに汀子は、火事の情景も、そのあと居所を転々とした不自由さも記憶はまことにあいまいだが、しかし小学校以降はいや応なく日を追って辿ることは出来る。

火事のあと、一家が居所を定めたのは浅草田島町で、もと旅籠屋《はたごや》だったという家に移り、ここで「旅人おん宿」を始めたのが昭和五年ごろではなかったろうか。

家中皆素人のことだから商売繁昌《はんじょう》、とまではいかなかったが、子供四人を人並みに教育し、多少の余裕を持つ暮しでもあったらしい。

ここで戦争が始まり、昭和二十年三月の東京大空襲で丸焼けになるまでのあいだに、母藤江の急死、という悲しい出来ごとがあった。

汀子が上野高女を卒業し、音羽《おとわ》洋裁学院に通っていたころのことで、夜半、手洗いに立ち、急に胸が苦しいと訴えてからものの五分、とたたぬうちこと切れてしまったという、極めて呆気《あっけ》ない最期《さいご》であった。

年もまだ五十前という若さだったが、幸い四人の子供たちはいずれも成人しており、さっそく長女の律子が代って帳場に坐れば、商いに大きな支障はなかったものの、家族一同どれほどさびしかったことやら。

戦火に焼け出されたあとは、市川の知人をたよってしばらく疎開《そかい》し、その地で終戦を迎えたが、一家が東京に戻ってきたのは二十二年の正月であった。

生計の道として、住宅難の折柄《おりから》、今度は旅館でなく、下宿屋を選び、世田谷区代沢の畑のなかの家を求めてこちらに移ったが、のちに、すぐ近所に総理大臣となった佐藤栄作氏が住居を構え、父の茂一は大威張りで親戚《しんせき》中に自慢していたのを汀子はおぼえている。

　戦中から戦後にかけて家族には出入りがあり、母の死に次いで長女律子が結婚して一人減り、長男護は在学中からの共産党活動が合法となってからは家には寄りつかなくなっている。

　護が学生の身で入党したときの両親の嘆きははためにも痛々しいほどで、父親の、

「この家から労咳《ろうがい》とアカの人間だけは出さずにいてくれよ、というのがお義父《とう》さんの遺言だった」

　とかき口説けば、たちまちその何層倍も護に理論でやりこめられ、返す言葉も知らず無念そうに押し黙る父親は、見ていてどうにも気の毒であった。

　かといって、妹たちがこんな兄を憎んだかといえば決してそうではなく、これには奇妙な連帯感もある。

　護が日頃《ひごろ》から、

「頭の悪いやつは党員にはなれないぜ。見ろ、こんなむずかしい本が汀子、お前、読めるか、読めないだろう？　読んだだけでなく実践も伴うからな」

などとうそぶくのは、若い娘たちにとっていかにも恰好よく、一種の憧《あこが》れに似た思いを込めて眺めていたふしもある。

まだ母が生きていたころ、突如、特高に踏み込まれたことがあった。階下で押問答をしているのを聞いた姉妹は、咄嗟《とっさ》に自分の少女雑誌を抱えて兄の部屋に飛び込み、おそろしそうな題名の本を片っぱしから引抜いてはそれを詰め、そしらぬ顔をしていたところ、勢い込んで上って来た警官二人は本棚を一瞥《いちべつ》しただけで、

「チェッ」

と舌打ちし、

「男のくせに、こんな軟弱なものを読みおって」

と呟《つぶや》いて、拍子抜けしたように下りていってしまった。

あとで汀子は、

「おだちんちょうだい」

と手をさし出したが、護はそれどころでなく、色を失なっていて、返事もできなかった。

青くなった護を思うとき、実は汀子などが憧れたほど、本人はアクティヴでなく、単にシンパの程度にとどまっていたのかも知れなかったが、しかし終戦後、共産党員が堂々と白日のもとを歩けるようになったときは、もう護は党の仕事にたずさわっており、オルグと称して家には全くいなかった。

しかし父親は息子のなりわいを恥じてやまず、自分は養子故《ゆえ》に責任上、護を跡取りにすることは出来ぬといい張り、その結果、すでに嫁《か》している律子をそのつれあいもろとも、夫婦養子として楠木家を安堵《あんど》したのであった。

長男廃嫡《はいちゃく》、長女を夫婦養子、というお家騒動は、家の歴史のなかではちょっとした事件だが、これについても汀子はしかとはおぼえていない。

心やさしいせせい子は、形だけとはいえ、廃嫡となった兄の身を思って胸を痛めており、そのころ、洋裁学院修了のあとアテネフランセへ通っていた汀子が、どこ吹く風と知らん顔だったのがいっそ憎らしいほどだったという。

せい子の見るところ、アテネフランセは毎日外出するための口実と、外国語を勉強しているというアクセサリーと思われ、そういわれると汀子はアハハ、と笑って、

「そのとおりよ」

と否定しなかった。

何しろ汀子は、戦争中を規則のきびしい女学校ですごした者の常として、戦後は解放感でいっぱい、焼跡の映画館をのぞくのが何よりうれしく、はじめてのロードショウ「アメリカ交響楽」には興奮さめやらず、またソ連の色彩映画も驚異だったし、「我が青春に悔いなし」や「命ある限り」なども繰返し見、ときには映画館のハシゴをして飽きなかった。

家にいても、家事は苦手でめったにせず、好きな読書や絵を描《か》きはじめると熱中して時間を忘れるほどだったが、敗戦を境に民主国家となった直後二、三年は、ひろく若者にとって自由は何よりの有難い贈物だったのではなかろうか。

羽をいっぱいにひろげ、青春を謳歌《おうか》していたこんな汀子に縁談があったのは、昭和二十二年であった。

その春、党本部に勤務していた護が結婚する話になり、時節柄、ほんの内輪で両家の家族だけで披露宴《ひろうえん》をすることになった。

護は、もと疎開していた市川に新居を借りており、東京は未だ復興十分といえず、会場もみつからないところから、護の家でささやかな手料理を、というかたちに取り決められた。

昭和二十二年の春はいまだ諸物資乏しく、戦時中からの窮乏生活は続いていたが、しかし一方、ヤミ市に行けば欲しい物はほとんど手に入るというせつない時代でもあった。

タマネギ生活、という流行語どおり、人々は持てる衣服を一枚ずつ売っては食糧を得るというのが一般的な暮しかたで、このなかでささやかとはいえ祝宴を張ろうとすれば、ずい分無理をしなければならなかった。

春風が土埃《つちぼこり》を舞い上げて吹くその日、汀子はせい子とともに昼食のあと、代沢の家を出て市川へ向った。

せい子は、敬愛する護《まも》ちゃんの婚礼だから、と前々から楽しみ、この日のためにレース飾りのついた白いブラウスを念入りに縫上げたのに較べ、汀子のほうは出かける直前、さっと紺のスーツに着替えただけの支度なのを見て、せい子は玄関で、

「て子ちゃんはそれだけ？　お化粧は？　上衣《うわぎ》にブローチでもつけたら？」

と進言すると、汀子は、

「いいのよ。これでも一張羅《いっちょうら》なんだから」

と斥《しりぞ》け、

「今日は護ちゃんとお嫁さんが主役よ。私たちは目立たないほうがいいの」

と、気にもとめなかった。

しかしすらりとした長身の汀子には紺のスーツがよく似合い、化粧っ気はなくともどことなく華やいだ雰囲気がある。

二人は総武線の電車の吊革《つりかわ》につかまりながら、話題はやっぱり姉となる今日の花嫁のこと、

「て子ちゃん、会わせてもらったの？」

「いいえ、まだ。せ子ちゃんは？」

「私もよ。護ちゃん隠してばかりいたんだもの。何でももとは大きな料理屋さんの何番目かのお嬢さんですって。とてもうちへなんか来て頂けるお方じゃないってお父さん尻込《しりご》みしたらしいの。そしたら護ちゃん、お父さんがもらうんじゃないよ、おれだよって笑ったんだって」

「恋愛結婚なのね」

「モチよ」

「羨《うらや》ましいわね」

「とっても」

と、力を込めてそう相槌《あいづち》を打つせい子も、つい「十九の春」の唄《うた》が口をついて出る年なら、汀子も秋には満で二十三歳になる。

ふたりとも結婚に無関心ではいられないところにさしかかっているが、戦前はほとんどが見合い結婚だったのにひきかえ、いまは女性にも選択の自由があり、人も羨む熱烈な恋愛結婚への強い憧れがある。

市川の護の家は町はずれの松林のなかにあり、二人が地図をたよりにようやく到着したところ、ほんの内輪で、と聞いていたのに、家の内外には人があふれていて、その大半はどうやら護の朋輩《ほうばい》らしかった。

父も姉も早朝から来ており、白いエプロン姿の律子は二人を見るとさっそく、

「早くお座敷片づけて、座蒲団《ざぶとん》並べて頂戴《ちょうだい》。こちらは私がやるから」

といいつけ、そそくさとまた台所へ入って行った。

一間では花嫁が支度をしているらしく、護が行ったり来たりしているのをせい子が呼びとめて、

「護ちゃんはなに着るの？　お父さんの羽織袴《はかま》を持って来ているのかしら」

と問うと、護はこともなげに、

「これだよ。復員服でないだけまだましだろう？」

と着ている背広の胸をぽんぽんとはたいてみせた。

時間が来て、世話役らしい護の友人が席に就くよう触れて廻《まわ》ると、片側に花《はな》婿《むこ》楠木家の身内が父を先頭に居並び、向う側には杉山家が座を取って準備完了、そのあと一間からしずしずと現われたのは黒紋付の振袖《ふりそで》に角かくし姿の花嫁、真佐代《まさよ》であった。

戦争中からずっと花嫁衣裳《いしょう》は禁じられ、国策に沿って、「もんぺと国民服」の簡素な挙式風景ばかり見馴《みな》れて来た目には、いかにも美々しくかつ豪奢《ごうしゃ》に映り、一同どよめいて盛んな拍手を送った。

男蝶《おちょう》女蝶《めちょう》の盃《さかずき》は、律子の五歳の娘が介添えしてもらって廻し、三三九度の固めが行なわれるあいだ、汀子は床前の二人にうっとりと見とれている。

隣のせい子のささやきによれば、杉山家はお金持ちだから、紋付振袖の調製など何ほどのこともなかったよしだけれど、品物のよさからみればいま製とは違って、ひょっとすると斜め前に坐っている、あのちょっと恐《こわ》そうなお母さんのお嫁入りのときのものだったかも知れないわね、と聞くと、なるほど、ともうなずける。

しかし、汀子が見とれているのは、花嫁姿もさることながら、並んで坐っている護のほうであった。

かつて、アカ、アカ、と毛嫌《けぎら》いされ、親からも廃嫡されるという憂《う》き目を見た護は、いま共産党の中軸に位置し、華やかな脚光を浴びている。

各地でストライキは花ざかり、それを指導するのはまるで帝王の威厳があり、具体的には判《わか》らないものの、汀子の目にはいま、一まわり大きく立派になった護が見えている。

若々しく凛々《りり》しく、そして頭のよさがそのままあらわれているような容貌《ようぼう》の護を眺めて、汀子は何やら胸がいっぱいであった。

もう久しい以前から全く家には寄りつかない護だけれど、姉妹中ただ一人の男子とあれば、姉律子の婚礼のときとは一種違った感慨が、しきりと汀子の胸を往来する。

亡き母に代っての、これが兄妹としての愛惜か、といえばそれに似たものかも知れず、その証《あか》しに、今日からこの兄を独占し得る花嫁にちょっぴり嫉《ねた》ましさを感じないではなかった。

盃が終ると両家の身内の紹介になり、汀子の番になったとき、どういうわけか、突然鼻がこそばゆくなり、それを必死でこらえようとして、

「ハッハッハッ」

とくり返していて、とうとう、

「クシャン」

と大きなくしゃみをしてしまった。

とたんに向う側の列からかすかな笑い声が上り、汀子は真っ赤になり、あわててポケットからハンカチを取出して鼻をおさえた。

悪いことにくしゃみはもう一度あり、恥しさに汀子はこのあと顔をあげられなくなってしまった。

しきりに観察しているせい子によれば、向うの兄妹は既婚未婚とりまぜて全部で七人、うち男は二人だけれど、女たちはいずれもつんと澄ましているようで、これから護ちゃん大へんなんじゃないかしら、といい、そして、

「て子ちゃんのくしゃみにくすっと笑ったのは下の男の方だったわ」

と、汀子が聞きたくないことまで耳に入れてくれた。

式が終ると、一同揃《そろ》っての会食となったが、もののないときではあり、両家が無理算段の上、手に入れて来た牛肉ですきやきをすることになった。

ここからは護の友人たちが活躍し、うちわで煽《あお》いで炭火をおこした七輪を座敷のあちこちに据《す》え、それを囲んで賑《にぎ》やかな宴がはじまることになる。

護はワイシャツになって友人たちの輪のなかに入り、真佐代は角かくしを外しただけの姿でそのわきに侍《はべ》っており、そのうち酒が廻ってくると、やはり職場の連中のあいだから労働歌が湧《わ》き上ってくる。

七輪を取り巻く顔ぶれは入り混ってこそ交りも深まるが、楠木家は楠木家で固まり、杉山家は杉山家だけで鍋《なべ》をつっつくかたちとなってしまったのはいかにも残念であった。

久しぶりの賑やかな集い、このせつ珍しい牛肉のご馳走《ちそう》なのに、さっきのくしゃみが原因で汀子は心はずまず、ともすれば黙りがちなのをせい子は花嫁への羨望《せんぼう》と取ったのか小さな声で、

「て子ちゃん嫉妬《しっと》しても無駄《むだ》よ。あちらはもののたくさんある家なんだから」

といえば、律子も辺りをはばかりながら、

「護ちゃん、真佐代さんに頭が上らなくなるかも知れないわね」

と心配そうにいう。

たしかに、打見たところ、杉山家の姉妹は揃って上等の着物を着ているし、取立てて笑いもせずしゃべりもせず、静かに箸《はし》を使っている様子は、どこやら我々はちょっと違う身分よ、という示威の姿勢かと受け取れなくもない。

律子によれば、護はこの市川の家を間もなくたたみ、大森の杉山家に同居するのだそうで、そう聞くと父親はゆっくりと盃を口に運びながら、

「さっきおれは、向うのお父さんにどうぞ二人をよろしくって頭を下げて来たよ。こっちは貰《もら》うほうだが、住居の一切向うに抱えて頂くんじゃどうにも面目なくてねえ」

と呟き、せい子がそれにおっかぶせて、

「そんなことお父さん、何も気にしなくていいのよ。だって戦争で焼け出されたひとなんか、まだ家もなくて何家族も同居しているし、護ちゃんだって市川よりは大森のほうがお勤めに便利でしょ」

と慰めれば、

「それもそうだな」

といったところで、護の朋輩が盃と徳利を手に割り込んで来、内輪のひそひそ話はそこで打ち切られた。

長い春日も暮れて昼間の塵風《じんぷう》も納まり、座が乱れてきたころあい、汀子はせい子とともに市川の家を辞した。

おぼろ月がかかっている松林の道を辿りながら姉妹はもう憚《はばか》ることなく、

「私ならお盃がすんだらすぐふだん着に着替えてお客さまのおもてなしするわね。お振袖で七輪のそばへ挨拶《あいさつ》に来られても、牛鍋の汁が散りかかりやしないかとこちらが心配で」

「それは汀子ちゃんの流儀でしょ。あちらは案外お振袖ってふだん着の感覚かも知れなくてよ」

「まさか」

「て子ちゃん、向うのお母さんの帯、見た？　つづれだか何だか知らないけど、三十六歌仙をこまかく織り出してあるすごいものだった。業平《なりひら》の顔もとてもきれいに織ってあったわ」

とせい子は観察のほどを披露する。

婚礼のあと、ほど経て新婚夫婦が代沢の家にやって来、楠木家ははじめて新嫁を迎え、一家水入らずで茶の間に団欒《だんらん》した。

真佐代はあの夜と打って変り、意外に気さくな人がらで、汀子と同い年だという。

年の話になったとき、護が思い出したように、

「汀子、お前相変らず映画館詣《まい》りばかりしているか」

と聞き、すかさずせい子が、

「このひと、もうそろそろお小遣いの無くなる時期なのよ。封切りは見られなくなるの」

といい、それは戦争中、海軍工廠《こうしょう》へ勤労動員されたときの賃銀を郵便貯金していたものを、少しずつ引出しては使っていたのを指してひやかしているのであった。

護はさっそく乗じて、

「じゃちょうどいい頃だ。お前、嫁に行けよ。親の脛《すね》かじるより亭主に養ってもらうほうがずっと気分的に楽だぞ」

と身を乗り出すのへ、汀子は、

「もらい手があればね」

と笑うと、護と真佐代は一瞬目を合わし、うなずき合ってから、真佐代が、

「うちの兄のお嫁さんになって頂けないでしょうか」

とまっすぐ汀子に向っていった。

これには父の茂一が、ええ？　と驚き、

「いやあ、冗談でしょう」

と信じず、汀子もアハハと笑うと、護は意外と真剣で、

「いや、本当なんだ。実をいえばこいつと知り合う前からひょんなことで福二

郎と先につきあいがあってね。二人でカストリを飲み歩いた時期もある。先日の市川の家の集まりのときお前を見て、以後はおれの顔さえ見れば『くしゃみの妹さんを一度遊びに連れて来てよ』ってうるさいんだ」

といい、汀子はそれを聞いて耳まで赤くなってしまった。

「くしゃみしたひとを見染めたってわけ？」

とせい子が混ぜ返すと、

「あいつ一ひねりある男だから、見染めたのかどうかは判らないよ。ただ興味を抱いたのは事実だね」

と護がいい、真佐代はさらに生真面目《きまじめ》な目のいろで、

「いえ、兄はひょうたんなまずで、女の子と付合っていても、こんなふうにはっきり口に出すことはなかったんです。きっと汀子さんをお嫁さんに欲しいのだと思います」

このときの兄夫婦の話を、汀子はまさか本気とは受取っておらず、一、二日はくしゃみの恥しさに身のおきどころもない気持だったが、そのうち自然に薄れてしまった。

しかし汀子が結婚について全く何も考えてはいないかといえばそれはうそになり、この秋で二十三という年からすれば、下にせい子が控えていることではあり、家のなかの居心地も微妙に変化して来ている。

茂一は、護とはやり合っても女の子には叱言《こごと》ひとついわないやさしい父親だが、考えかたからすれば世間の常識を一歩も出ないひとだから、中の娘が嫁《ゆ》き遅れていつまでも居坐《いすわ》るのを恥とするのではあるまいか、と忖度《そんたく》する気持はある。

かといって汀子が焦《あせ》っているわけでは決してなく、相変らず映画にも行けば絵を描くことにも熱中し、興奮がさめると突然家中の掃除に精を出して、茂一にひやかされることもあった。

五月上旬の日曜日、一日から都の美術館で開かれている現代美術展を見に行こうとして汀子が支度していると、ひょっこりと護が姿を現わした。

「おい汀子、いまから大森の家へ行こう、福二郎がぜひ連れてこいってきかないんだ」

「あら、駄目。私は今日は上野の森へ、大観さんや嗣治《つぐじ》さんに会いに行くんだから」

「展覧会は逃げやしないだろう。こっちは今日しかないんだ」

という二人のやりとりを聞いていた茂一が、

「汀子や、行っといでよ。護の顔も立ててておやり。向うは見ず知らずの家じゃなし、ついこないだから親戚になった間柄なんだから」

とすすめ、そういわれると汀子もしぶしぶながら同意せざるを得なかった。

「手土産をどうしよう?」

と聞くと、

「そんなものいいさ」

と護は一蹴《いっしゅう》したが、親の立場ならそうもいかず、

「新橋のヤミ市へ寄ってぶどう餅《もち》でも買ってお行き」

と手提金庫のなかから百円札を取出し、手渡してくれた。

百円とは、いま楠木家が下宿させている学生の一ヶ月の宿料の半分だが、茂一は護の手前、奮発したに違いなかった。

あいにくその日のヤミ市にはぶどう餅は出ておらず、一串《くし》十円の三色団子を

包んでもらって二人はまた電車を乗り継ぎ、大森駅で下りた。大通りを線路に沿ってしばらく蒲田《かまた》方面へ歩いてのち、道はごろごろ坂にさしかかる。

　坂を登り切ったあと、二曲りすると暗いほど生い茂った緑の小道となり、まもなく右手にきっちりと結えた高い竹垣《たけがき》が始まって、垣はずい分長く続いた。

「杉山家がこの木原山一山を買ったときは自動車なんてめったと使わなかった時代だからね。この道は人力車一台通れるだけの幅しかないんだよ」

　と護は説明しながら、ようやく竹垣が尽きて冠木門《かぶきもん》があらわれたところで汀子を振り返り、

「お前にこの家の家族のことを説明しておく必要があるかどうか判らないが、ここは目下雑居家族でね。

　離室《はなれ》に両親、洋間に長男夫婦、あとは母家に福二郎、めぐみ、久子の独身者がそれぞれ一室、そしておれたちが住んでいる。

　他には庭の別棟に、ここの植木を親の代から世話してきた植木屋さん夫婦がいて、鶏を飼っているので通称とりのおじさん、おばさんとなっているんだ。これで全部。

そして邸《やしき》の広さは四千坪、建坪はどのくらいかな。二百坪？　その程度だろう。

で、いまから真っ先に離室に参上してこの家のあるじご夫妻に仁義を切っておこう」

と母家の玄関口へ向う護を、汀子は、

「兄さん」

と背後から呼び止めて、

「くしゃみのことは絶対これよ」

と唇《くちびる》に人さし指を当ててみせた。

「判っているわさ。しかしあれはご愛嬌《あいきょう》だったよ」

と笑いながら渡り廊下を渡り、小さな内玄関に立って、護は、

「お父さんお母さん、いらっしゃいますか。護です。妹が遊びに来たいといいますので、ちょっと連れて来ました。ご挨拶させます」

と障子に向って声をかけると、内側から人の動く気配がして、

「おや、まあそうですか。あいにくお父さまはお出かけですが、どうぞお上ん

なさい」

　とれんが顔を出し、座敷を指した。

　つい二ヶ月ほど前、顔を合わせてはいるが、改めて眺めてみて汀子は、ずい分年とっているな、と思った。

　同い年の真佐代の母親とすれば、汀子の母親の年恰好でもあるわけだけど、五十前で亡くなった藤江の面影《おもかげ》が脳裏に焼きついている汀子にとって、れんはまるで祖母ほどに老《ふ》けた感じに受け取れた。

　というのは、着ているものが地味好みであることの他に、婚礼のときは仔細《しさい》に見なかったせいもあるが、背がまるく彎曲《わんきょく》している。

　汀子が団子の包みをさし出すと、

「まあそれは、よく気がおつきでござんした。ありがとう」

と鷹揚《おうよう》に礼をいい、

「どうぞごゆっくりなすってらして下さいな」

といえば、そのあともう格別の会話はなかった。

　護はどうやられんの相手は苦手らしく、汀子ももとより何をしゃべってよい

か判らず、もじもじしていると、れんのほうから、

「今日は日曜ざんすから、あちらには皆それぞれ、いる様子でござんすよ」

ときっかけを作ってくれ、二人はお辞儀をして離室を退いた。

母家に戻ると真佐代が出て来、「上から順」といいながら一緒に廊下伝いに洋間へ行ってドアをノックすると、汀子がおぼろに覚えている長男の秀太郎がこっくりと首を振って迎え入れてくれ、続いて小柄な妻のもと子も現われた。

「兄は音楽家ですの。ヴァイオリンを弾きますわ」

と真佐代が説明するまでもなく、応接間にはぎっしりとレコードの棚が並び、テーブルの上にはすぐ取上げて弾けるようつやのよい表板のヴァイオリンと弓が置かれてあり、わきには楽譜台も立てられてあった。

「お兄さん、ひとつ弾いて聞かせて下さいよ。どうもこの頃我々は殺風景でいかん。よい音楽に接することも大切です」

と護が気を迎えると、秀太郎は歯をこぼしてうれしそうに笑い、立ってソファの前を行ったり来たりしながら、

「そう、ヴァイオリンは素晴しい楽器です。その昔、イタリアのクレモナで

生れて今日まで三百数十年間、その姿を少しも変えない完全無比の楽器です。かのバッハやハイドン、ベートーヴェンの当時の楽譜を知っていますか。フルート、オーボエ、トランペットの名を見出《みいだ》すことはできますが、それは今日《こんにち》使われているものとは全く異ります。つまり楽器はすべて改良に改良を加えて現在のものに到達してきたのに較べ、ヴァイオリンだけは最初から完璧《かんぺき》の極致として生れた楽器です。

まず弓をごらんなさい。この糸は何でできていると思います？　馬ですよ、馬のしっぽ。何本も束にして松ヤニを塗ってあるものなんです。我々はこの偉大なる楽器最初これを発明した人を僕は心から尊敬しますね。我々はこの偉大なる楽器の奏者として誇りをもって演奏しなければなりません」

長い指をひらひらさせながら、熱にうかされたようにしゃべり続ける秀太郎を、汀子はぽかんとして見つめていた。

婚礼のとき、司会者の紹介では「音楽学校を優秀な成績で出られた天才音楽家」ということだったけれど、ろくに挨拶も交わさないうちからいきなり楽器の解説を始めるのを見ると、ずい分と変わった人だな、と思いながら眺めている。

まわりを見廻すと、もと子も真佐代も「また始まった」というような、うんざりした顔つきでわきを向いており、ひとり護だけがときどきふん、ふん、と相鎚を打ってやったりしている。

講義が終れば演奏してくれるだろうと、膝《ひざ》に手をおいてじっと待っていても話はいっかな終らず、今度はヴァイオリンの構造についての説明になったとき、ドアがノックされて福二郎があらわれた。

「やあ、こんにちは」

と汀子に頭を下げ、

「兄さんが『G線上のアリア』になるまでにはまだ小一時間かかると思いますから、僕の部屋のほうへどうぞ」

と誘った。

「それがいい」

と護がすぐさま同意し、一同ぞろぞろと移動するのを、秀太郎はぼんやりと突っ立ったまま見ており、それを誰も「一緒に」とはいわなかった。

福二郎の部屋は次の間つきの八帖だが、道具類が雑然と置き並べられ、それでも懸命で片づけたと見えてまん中に座卓が出されてあった。

四人はそのまわりに坐り、何となく、

「この部屋からは緑がいちばんきれいだね」

「しかし鶏小屋が近いから、朝早く起こされちゃうんだ」

「兄さん、もう少し片付けたらいかが？　要らない道具なんかみんなお蔵に入れちゃえばいいのに」

と雑談を交わし、そのうち福二郎が思いついて、

「そうだ、トランプでもしよう」

と、引出しから小さな箱を取出して来た。

見れば羊の革を貼《は》った箱のなかには、一枚一枚更紗《さらさ》布で裏打ちした珍しいトランプが入っており、護がすかし見ながら、

「ほう、南蛮渡来って感じだね。古いものだろう？」

と聞くと、真佐代がわきから、

「兄さんお蔵のなかから盗んで来たんでしょ。見つかると叱《しか》られちゃうわよ」

真佐代の言葉に福二郎は、

「何だい、たかがトランプぐらい」

うるせえな、と無視しようとするのを、真佐代はむきになって、

「たかがトランプとは何よ。お蔵のなかのものはちりっぱひとつだってみんな曰《いわ》くつきなのよ。これ、うんすんかるたってのじゃないの？」

「バカ」

と福二郎は真佐代の頭を軽く叩《たた》いて、

「うんすんかるたってえのはな、南蛮人やら恵美須《えびす》大黒やらを描いたもので七十五枚もあるんだよ。みろ、これはキング、クイーン、ジャックばかりじゃないか。

トランプとうんすんかるたとの区別もつかないやつが文句いうなってえの」

と福二郎は高飛車にたしなめ、

「さあやろう。ババ抜きなんて幼稚なのじゃなくて、もっと知能的なの、大貧民大富豪ってのはどう？」

と、長い指をしなやかに動かしながらカードを器用に切り、ルールを説明し

ながら四人の前に配ってみせた。

四人は持札を扇子のように顔の前にひろげ、はじめはおずおずと、そのうち次第に白熱化してくると、護が、

「福ちゃんの手つきはまるで花札を扱うみたいだね。粋で鮮やかじゃないか」

といえば、真佐代もすぐ、

「このひと遊び人の福って異名を取ってるの。花札なんかは朝飯まえよ。ビリヤード、ダイス、何でもござれなの」

というのへ、福二郎は大声で、

「五月のさかなだ、何でもいわし」

と怒鳴った。

汀子はきょとんとして手を止め、三人の顔を見まわすと、誰も不審そうな表情でなく、続いて真佐代が、護のカードを拾いながら、

「あ、有難い」

と呟いたのにかぶせて、

「蟻《あり》が鯛《たい》なら芋虫くじら」

といい、そしてカードを捨てるときは、

「これ、どなたかに上げますの助六」

という。

ああ、駄じゃれなんだな、と気がつき、以前父親が将棋をさしながら、

「飛車とつぶれて角のとおり」

「金銀出頭仕《つかまつ》る」

「桂馬《けいま》の高飛び歩《ふ》の餌食《えじき》」

「香桂他人の始まり」

「歩ばかり山のほととぎす」

等々、やりあっていた光景を思い出した。

父親の場合を考えても、駄じゃれは将棋のあいの手の無駄口だとばかり思っていたら、ここでは真佐代も、

「思えばくや獅子《しし》、文殊《もんじゅ》獅子」

などとやり、福二郎に至ってはまことに豊富で、思うつぼに入ったときは小おどりして、

「来たか長さん、待ってたほい」

とカードをひろうし、あてが外れれば、

「ざんねんびんしけん」

と口惜《くや》しがり、意外な展開には、

「奇々妙々妙智力」

と祈り、そして首尾よく上ったときには、

「お先にごめんのこうもり羽織」

と喜ぶ。

そのしゃれのおもしろいのと、馴れぬ雰囲気なのとで汀子はうろうろし通しで、何度勝負しても最下位であった。

福二郎は、しょげている汀子にはじめて声をかけ、

「いやあ勝負ごとなんてものは負けたほうが感じがいいものです。誰にも怨《うら》まれませんからね」

と慰め、

「おい真佐代」

と呼んで、

「護ちゃんの妹さんに夕御飯さし上げるよう、支度しろ」

といいつけた。

汀子はすっかり恐縮したが、護もべつに遠慮しろともいわないし、ぐずぐずしているうち陽《ひ》ざしは傾き、部屋に灯《あか》りが欲しいと思うころあい、真佐代があらわれて、

「どうぞお茶の間へ」

と先に立って案内した。

茶の間は、台所から一段高くなっていて、卓袱台《ちゃぶだい》のまわりにはまだ誰も坐っておらず、土間ではとりのおばさんらしいひとがもんぺ姿で干物《ひもの》を焼いている。

「みなさまは？」

と聞くと、真佐代は真っ先に坐りながら、

「おなかが空《す》いたらあらわれるでしょ」

とこともなげにいう。

どうやらとりのおばさんが食事を運んでくれるのを、皆坐ったまま待ってい

るらしいが、見ればおばさんは魚の煙にむせながら、てんてこまいして皿小鉢《こばち》を用意しており、汀子は見かねて土間に下りた。

「あらいいのよ、汀子さん」

といいつつ立上らない真佐代に、汀子はおばさんの用意した箸《はし》や茶碗《ちゃわん》などを手渡していると、茶の間入口の麻のれんを分けて、れんが首を出した。

「ごはんまあだ？」

とのぞいて、卓袱台の前に坐ったれんは、立働いている汀子に目をとめて、

「おやまあ、お客さまにご造作かけて。

あなた、すみませんねえ」

と会釈《えしゃく》はしたものの、坐っている真佐代に、

「お前もお手伝いなさいな」

とはいわなかった。

卓袱台に並んだ夕餉《ゆうげ》は、丼《どんぶり》盛り切りの押麦入りのご飯にあじの干物が一枚、そして大皿には大根のつけものが盛られてある。

この春から、戦中以来新規開業の全くなかった米屋が都内にところどころ見

られるようになったものの、食糧は依然配給制でまだまだ乏しく、このように麦入りごはんの盛り切りであれ、頭から尾まで揃った干物一枚おかずにできる食事は珍しく、また有難かった。

汀子は礼をのべて箸を取り、一箸一箸味わうように嚙《か》みしめながら食べていると、斜め前の福二郎はあっという間に平げてしまい、

「おばさん、お茶」

と呼んでいる。

福二郎だけでなく、いやこの家のひとたちの食べるのが早いこと、真佐代、れんも続いて箸をおくのを見ると、汀子はあわてて口のなかのものを呑《の》み込み、膝に手をおいた。

家内誰ひとり食べものの品定めをするでなく、美味《おい》しいまずいの感想を述べるでなく、目の前のものを一瞬にしてかっ込み、腹に納めてしまったという感じであった。

べつだん飢え切っていたという様子でもないのに、ここの家族は食事に時間をかけるのも惜しいほど忙しいのだろうか、とも考えられたが、それにしては

食後の茶を飲みながら皆ゆっくりと楊子《ようじ》を使っている。

話題も、この場に欠けている家族を案じるふうもなく、れんが、

「ずい分と陽が長くなりましたこと」

といえば、

「そうですねえ。一日がたっぷり使えてようござんす」

と福二郎が気のなさそうに相鎚を打ち、

「でもじき暑くなりますから」

と真佐代もどうでもいいような調子でいう。

かたわらではおばさんが汚れた皿小鉢を流しにせっせと運んでいるのを見て、汀子も立上ろうとすると、おばさんのほうからとどめて、

「どうかお客さまは休んでらして下さい。ご心配要りませんから」

と辞退した。

れんが離室に引上げたあと、入れ替りに秀太郎が入って来たのをしおに、汀子が帰り支度を始めると、真佐代がすかさず、

「兄さん、汀子さんを駅まで送ってあげなさいよ」

とすすめ、汀子がそれを固辞すると、三人は揉《も》め合っていたが、結局来たときと同じく護がその役を果すことになった。

　暮れた道を辿りながら、汀子はまず、

「兄さん、ずい分と変ったひとたちねえ」

と感じたままを口にすると、護は馴れているのか、

「なあに、あんなものさ」

と気にとめるふうはなく、それを聞くと汀子ははっとして、兄さんの女房はあの家のひとだった、と気づき、口をつぐんだ。

「それより汀子、福ちゃんをどう思う？　いい感じじゃなかったかい？」

「そうね」

と、考えながら目を挙げると、淡い夕月が木原山の木立の端にかかっている。

まるで、自分の描く水彩画のような、影の薄いお月さま、と思いながら歩いている胸のうちに、あのひととこれから先、何か深い関《かか》わりを持ちそうな、という暗示がすっと過《よぎ》ってゆくような感じがあった。

「え、どうなんだい？」

と催促する護に、またしばらく間をおいて、

「駄じゃればかりね。まじめなお話のできるひとかしら」

と呟くと、

「あいつすごい照れやなんだ。お前が来てくれて今日は嬉《うれ》しくてしょうがなかったところだろう。男は歯の浮くような世辞は使わないものだよ。もし彼がほんきでプロポーズしたら、受けておやり」

と護は妙に湿った声音でそういった。

プロポーズ？　汀子はおうむ返しにその言葉を心のなかでくり返しながら、そういえば真佐代からも、兄のお嫁さんになって下さい、と懇願されたのを思い出した。

女の年ごろ、まだ見ぬ男性からでもあなたを妻に、などといわれたら、胸ときめいて忘れられぬものなのに、汀子はあのときの真佐代の言葉を、ほとんど聞き流していたことをいま改めて胸に呼び返した。

きっと、その言葉に感応するものを、自分は何にも持ってはいないんだわ、と考えながら、護と並んでゆっくりと駅に向った。

五月の訪問を終えたあと、一週間ほどかけて汀子は礼状をしたためた。

大森駅で別れるとき、護から、

「葉書でいいから一言礼をいっとくといいな。宛名《あてな》は福二郎でね」

といわれており、机に向いていく度も下書きしてはみたものの、手も頭もかじかんでしまったように言葉が出なかった。

大仰に表現すれば、プロポーズの催促かと取られるおそれなきにしもあらず、通りいっぺんだと兄の顔にもかかわると取越苦労が先に立つ。

それに、宛名が福二郎なのも何やら恋文めいて気がすすまず、なら父親の了二かといえばこれはあの日、会っておらず、では長男の秀太郎とすれば、かえって向うがとまどうかも知れないとも推測される。

木場育ちの川並みびいきで、さっぱりした気性が身上《しんじょう》の汀子にしては珍しくあれこれと迷った挙句、ようやく封書にして投函《とうかん》したあとは肩の凝りが一時に解けた思いであった。しかし、その後、いままでの汀子にはなく、たゆたう思いがいつも胸にあり、夜寝る前、その胸の扉《とびら》をそっと開け、自分をみつめてみることがある。

福二郎という、あのひとを好きか、と問えば、とんでもない、と激しく否定するものがあるくせに、ちょっぴり心の隅《すみ》にプロポーズの瞬間を待っている自分もある。

ではあのひととの結婚を望むかといえば、とたんに心は重くなり、そんなことを想像する自分がひどく憎らしくなってくる。

そして昼間はアテネフランセに通い、帰りには映画館をのぞいたり、盛り場をぶらついたり、気ままな時間を過して戻るのだけれど、ふしぎにこれも、こんな自由もあといくばくもなく終るのではないかという気がするのであった。

汀子が礼状を出して二週間ほどののち、福二郎からの手紙が届いた。

こちらは万年筆だったのに、向うは達筆の毛筆で墨いろ濃くしたためられてあり、わざわざのお礼状いたみ入りました、の前文ののち、ちょうど気候もよろしいかと思いますので、もしお暇なれば一日、鎌倉の浜にでも出かけてみませんか、海水浴で賑《にぎ》わう前の浜の風情《ふぜい》もなかなかによいものだと思われます、という行楽の誘いであった。

読むなり汀子は胸とどろき、正直の話、目の前がふさがるほどに困惑してしまい、そばへ寄って来たせい子さえ目に入らなかった。

「わっ」

と、うしろからおどし、

「なに？　て子ちゃんぼんやりして」

と聞くせい子に、黙って手紙を見せると、

「あら、デイトのお誘いじゃない？　行ってらっしゃいよ。お弁当作って」

とすすめられたが、汀子はすぐにはうなずけなかった。

異性とふたりだけで出歩いたことなど一度もないし、いまもしこれに応じたら抜きさしならぬ羽目に追いこまれてしまいそうで、ひどく恐しくもある。

それに、どうやら真佐代と護の仕組んだ策略どおり動かされているような気がしないでもなく、二人に対していささか抵抗してみたい感じもないでもない。

「お父さんにはいわないで」

とせい子に口止めし、その日中、とつおいつ考えていたが、一晩すごせばようやく気持も定まり、

「せ子ちゃん、やっぱり私、行くことにするわ」

と告げ、応諾の旨《むね》を葉書にしたためた。

考えてみれば、先日の訪問の際、福二郎をしっかりとよく見ておけばよかったのに、あの家はともかく変ったひとが多くてそれに目をとられ、当人の印象が薄かったことを思った。

父親の茂一は汀子の一抹《いちまつ》の不安について、

「なあに変ってるったって、きちんと素姓の知れた立派なお家だ。福二郎さんだって、そらエチケットってのかい、それをちゃんと心得ている方に違いないさ。心配しないで行っといで」

と励ましてくれ、当日は弁当作りの手伝いまでしてくれた。

楠木家は、下宿屋といっても賄《まかな》い無しの部屋貸しだけれど、藤江亡《な》きあとは茂一が小まめに子供たちの世話をしてきており、何かの折には台所に下りてあれこれと指図する。

陽ざしの強くなった五月末日、汀子は二人分の弁当を持ち、約束の三十分も前から東京駅のホームに立って福二郎を待った。

胸は高鳴り、会った瞬間の挨拶《あいさつ》をいく度も口のなかで繰返しているかたわら、ああ嫌《いや》だ、このまま逃げて帰りたいというわずかながらの誘惑もある。

やがて長身の福二郎が灰色の縞《しま》の背広を着、階段から一足ごとに姿をあらわしてくるのを見ると、とたんに汀子は真赤になり、目をそらしてあらぬ方向に視線を向けている。

「遅れてすみません。ずい分待たせたんでしょう」

と福二郎が近づいて来たとき、汀子はどぎまぎして用意して来た挨拶もすっかり忘れ、

「あらいいえ、私もたったいま来たばかりです」

と、自分でも思ってみなかった言葉が口をついて出てしまった。

日曜の朝の横須賀線は意外と混《こ》んでおり、素早く席取りのできない福二郎はゆったりと人のうしろについて乗り、従う汀子とともに通路に立つことになる。

大船でようやくひとつ席が空いたとき、福二郎は汀子に、

「どうぞ」

といい、汀子は、

「いえ、いいんです」

と答えただけで、車中は何の言葉も交わさず鎌倉の駅で下りた。

「海岸のほうへ行ってみましょうか」

といわれるままについて歩き、視界がひらけて海が見えたとき、一瞬汀子は我を忘れて、

「まあ、きれいな海」

と小さく叫んだ。

五月の海は、陽光が千々《ちぢ》に砕けて無数の宝石のように輝き、その上にところどころ、風をはらんだ白い帆舟が見える。

「海はお好きですか」

「はい、とても。この潮風の匂《にお》いがいいです」

と、まるで中学生と女学生同士のような会話を、とぎれとぎれにやりとりし、そのうち福二郎は腕時計を見ながら、

「少し早いが、お昼にしませんか。僕は弁当を持っています」

と、片手の包みを目の高さに上げてみせた。

砂のきれいな場所をさがして汀子がハンカチを二枚敷くと、福二郎はそのひ

とつに腰をおろし、自分の包みを開けて、

「おさきにいいですか」

というなり、パチンと割箸《わりばし》をひらいて食べはじめた。

見れば、アルマイトの弁当箱に白い飯は詰めてあるものの、その上には何やら黒い煮物がかけてあるだけ、汀子は思わず首をのばして、

「それ、何ですか」

と聞くと、

「椎茸《しいたけ》の煮付けでしょう。おばさんが今朝缶詰《かんづめ》を開けているのを見ましたから。うまいですよ」

と、事実うまそうにかきこんでいる。

してみると、福二郎の弁当は毎日会社へ持参するのと同じものかもしれず、道理で一人分しか提げてこなかったのだと汀子は思った。

それにしても、椎茸の煮付けの缶詰を飯にぶっかけただけの弁当を、うまいですよ、といいながら食べている福二郎を見ると、先日の干物《ひもの》一枚の夕飯にも誰も文句ひとついわなかったこの家の光景が思い出され、汀子はふっと胸の詰

まるような感じがした。

「私も作って来たんです」

と自分の折詰をさし出すと、椎茸飯を食べ終えた福二郎は、や、これはありがとう、といいながら蓋《ふた》を取り、

「お、卵焼、しゃけ、これは僕の大好物です」

と、いささかのためらいも見せず、さっそく箸をつけ始めた。

汀子はあっけに取られ、しばらくその様子を眺《なが》めていたが、この方よほどおなかが空《す》いていたんだわ、と納得し、そう判《わか》ると急に福二郎が気の毒に思えた。

汀子は、杉山家のこと、昔、料理屋をやっていた旧家、とだけしかいまだ知らないものの、あの木原山の家の構えからすればきっとお金持ちに違いない、と考えていただけに、これは意外な発見であった。

たぶんこの方は、あの煙にむせながら無言で立ち働いていたおばさんに毎朝、おざなりの弁当を作ってもらい、余暇には、散らかした部屋でひとり南蛮渡来のトランプで慰めているだけなのだわ、そして今日の遠出もきっと誰にも話してはいないに違いない、と思うと、いままで遠かった距離が急にちぢまったよ

うに感じられ、一歩踏みこんで、

「お弁当はいつもおばさんに作って頂くんですか」

と聞くと、福二郎は折詰もすっかり平げ、汀子の水筒の茶を飲みながら、

「うちのおふくろは、生れてこのかた、台所へ入ったことのないひとですから。弁当などとても無理ですよ」

ということもなげな答えで、これには汀子のほうが度胆《どぎも》を抜かれてしまった。どんな上流社会の女性でも、子の母親ともなれば、みずから手は下さなくとも食事の心づかいはするであろうに、してみるとお母さまはあのように背中が曲っているお姿のせいなのかも知れない、と思い、

「きっとお体の具合がお悪いのでしょうね」

汀子がそういうと、福二郎はハッハッハと笑い、

「あのひとの背中の曲っているのはですね、ようするにおのが報いというものです。いつも家の中にばかり引き籠《こも》っていて、働こうとしないんですから」

と仮借《かしゃく》ないいいかたをし、これにも汀子は少なからず驚かされた。

しかし相手の肉親について根問いするのは何か魂胆があると思われかねず、

とすれば格別の話題もないまま押し黙っていると、

「趣味は何ですか」

と聞かれ、しばらく考えて、

「絵を描《か》くことでしょうか」

と答えると、

「いやそれは素晴しい。僕も絵は大好きです。我が家の蔵にも古いものが少しあります。酒井抱一《さかいほういつ》はお好きですか？」

とまたたずねられたが、あいにく汀子は抱一を知らなかった。

が、ありのままをいえばたちまち軽蔑《けいべつ》されそうな気がし、口ごもっていてつい、

「は、はいとっても」

と答えてしまうと、福二郎は共通の話題がみつかった安堵《あんど》からか、

「それはよかった。じゃ今度、うちのものをお見せしましょう。珍しい絵柄《えがら》のものがありますよ」

と、ぼちぼち抱一論がはじまったが、汀子はよく理解できず、身もすくむ感

じでうなずくのがせいいっぱいであった。

浜辺を歩いたり、坐《すわ》って休んだりしているうちすぐに陽は傾き、おそくならないうちに、とまた駅に引返して電車に乗り、東京駅で別れたとき、汀子は正直のところほっとした。

考えてみれば今日一日、福二郎の口からは駄《だ》じゃれは一言も出ず、ぽつりぽつりと真面目《まじめ》な話をするばかり、してみるとどちらがあの方のほんとうの姿なのかしら、と迷ってしまう。

夜更《よふ》けて蒲団《ふとん》の上にぐーっと足をのばし、天井をみつめていると、隣の寝床から、

「どうだった？　鎌倉のデイトは？」

とせい子が聞き、

「うーん、よく判らない」

と告白すると、

「でも楽しかったでしょ？　やさしくして下さった？」

「そうね。でも窮屈だった」

「じゃプロポーズされたら断るつもり？」

せい子にそういわれてみると汀子はぐっと行き詰まり、しばらく考えてから、

「プロポーズなんてしないんじゃない？」

「どうして？」

「べつに理由はないけれど。六感よ」

「もしされたら？」

「そのときはそのとき。考えたくないの、いまは」

汀子は不機嫌《ふきげん》にいうなりくるりと横を向き、寝たふりをしてみせた。

以前から何となく感じていた、いまの自由がまもなく終ってしまうのではないかという不安が今日のデイトでいっそう強く思われ、ひとりでに憂鬱《ゆううつ》な気分に陥《お》ちこんでくる。

このまま福二郎とは遠ざかってしまえばいちばん気楽だとしきりに自分自身に向って呟《つぶや》いている半面、鎌倉行きのあと一週間経《た》っても何の連絡も無いとなると、心の隅にぽつんと黒点が生じる矛盾、そのあいだを行ったり来たりしているうち、六月末の日曜日、護と真佐代があらわれた。

見れば真佐代はマタニティドレスを着ており、その報告にやって来たのかと皆茶の間に集ると、

「十一月なんですの。まだまだ先のお話」

と真佐代は鉾先《ほこさき》を外らし、

「今日はほんとうは紋付袴《はかま》でお伺いしなければなりませんのよ」

と前置きすると、護が代って居ずまいを正し、

「お父さん、僕は杉山家代表として、汀子を福二郎さんの妻にもらい受けにやって来ました」

と告げた。

誰も意外な、と思う話ではないけれど、こうして正式な申込みとなると、茂一は改めてほうっと大きく息をつき、

「それは有難う」

と礼をいって、汀子の顔を眺めた。

口上が終るとすぐ上衣《うわぎ》を脱ぎ、あぐらをかいた護は、父親を無言で見返している汀子に向って、

「どうだ、ＯＫでいいだろう？　おれたち二人が仲人《なこうど》は引受けるよ。式は早いほどいいと思うんだが」

とすっかり早呑《はやの》み込みしているのへ、茂一は手を挙げて、

「まあ待て、護」

ととどめ、

「こちらは真佐代さんに来てもらっていて甚《はなは》だ面目ないが、杉山家についてまだよくは知っちゃいない。江戸時代に家を興された八百善さんという料理屋で、何でも八代まで続いていなさるということだけは聞き知ってはいるが、も少し詳しく教えてくれないか。

どうやら汀子では釣合《つりあ》わないようなお家らしいし、もしものことがあれば汀子がかわいそうだから」

という親心はもっともだが、護は一蹴《いっしゅう》して、

「なあにお父さん、いまはね、両性の合意さえあれば結婚は成立つんですよ。福ちゃんが汀子を欲しいといい、汀子も嫁《ゆ》きたいといえばそれで結構じゃありませんか。

僕たちの場合もそうでしたから」

「世の中、共産党のいうままでは通らないんだ」

といまだに茂一は護の党活動があまり好きではないらしい。

真佐代がわきから、

「お父さま、杉山家ってただ古いだけで大したことはございませんの。たかが食べもの屋ですもの」

といい、立場上自分が説明する羽目になり、

「うちではご先祖の話なんぞあまりいたしませんので、私もおおよそのことしか判りませんが、何でも創業は元禄《げんろく》のころ、場所は山谷《さんや》で最初は野菜と乾物を商っていたので、八百屋善太郎が代々の屋号になったと聞いています。

以後、代々江戸料理を出して父の時代、八代目のとき関東大震災に遭い、何ひとつ残らず店は焼けてしまいました。

そのあと四、五年して築地《つきじ》に土地を求め、再開したのですが、ここも戦争末期、お上《かみ》の命令で閉鎖しました。このお店のことは私もよくおぼえています。

木原山は、震災以前、祖母の隠居所として手に入れてありましたとかで、お

かげさまで家族一同こちらに住んでいます。

食べもの屋はしていても、杉山家はごく普通の家で、母の実家は新橋の米屋ですの。

こちらと釣合わないなんてことは絶対ありませんし、第一、先だって汀子さんがいらしたとき、母がすっかり惚《ほ》れ込んでしまい、しきりに兄をけしかけたようですわ。

いま八百善は閉めているけれども、将来ひょっとしてまた看板を掲げる日が来るかもしれない。

そのとき、汀子さんのようなひとなら、きっとやり遂げてくれるでしょうと、母はそう申しているんですが」

そう聞いて茂一は、

「すると、汀子はお店を手伝わなくてはいけないわけで？」

と聞くのはもっともだが、真佐代はあわてて打消し、

「いえ、それは仮定のお話です。汀子さんへのほめ言葉として、母の夢を語っただけでしょう。

それに福二郎は次男ですから、家業を継ぐ義務はありませんもの」

「いや、それは違うね。店を再開するのだったら福ちゃんが当主でなくてどうする？　秀太郎さんにできるわけがないじゃないか」

と護がそばから口を挟《はさ》むと、真佐代はすこし苦しそうな表情をして、

「汀子さんはもうお判りでしょう。秀太郎兄さんはとても変っていますの。母の話ですと、大正十二年の五月に、ヴァイオリンのクライスラーが来日して帝劇で演奏会をひらいたとき、兄は誰かに連れていってもらったそうですの。十四歳のときではなかったかと思いますが、その日を境に兄の人生はヴァイオリン以外の何物も受けつけないようになってしまいました。

私はよく知りませんが、フリッツ・クライスラーは神童といわれたひとでしょう？　兄はそのクライスラーが自分に乗り移ったと信じ込み、生涯《しょうがい》かけてヴァイオリンを弾こうと決めたらしいですの。父もその気持を理解し、本人の希望どおり武蔵野音楽学校を出してやり、大金を投じてアマティを買って与えました」

「ま、要するにだね、ありていにいえば社会に適応できないいんだよ。人間はと

てもいいひとなんだがねえ」

「じゃ何かい？　ご長男はここを患《わずら》っておいでなのかい？」

と茂一が自分の頭に手をやると、護は言下に、

「いや、それはないよ。だって徴兵は第二乙で、召集されて満州に駐留し、戦後復員してきたんだもの」

「でもね」

と真佐代は、

「何も彼《か》もお話ししておいたほうがいいと思うの」

と茂一のほうに向きなおり、

「兄は満一歳のとき、乳母につれられて乳母の里へ行き、這《は》い這いしているうち掃出し口から落っこちたといわれています。それからおかしくなったといわれていますけどね」

「兄が生れたとき、祖父母はとてもよろこびましてね。というのは、七代八代ともに養子なものですから、早々と跡取りが生れたことが嬉《うれ》しかったんでしょうね。

それで祖父は自分の名の真之助《しんのすけ》を兄にプレゼントしたといいます。ですから兄の名は表向き杉山真之助なんです。

そういう溺愛《できあい》のなかで育ったものですから、少々おかしいところがあっても、誰もふしぎとも思わずそのままにしておいたのでしょうね。

ヴァイオリン熱に取り憑《つ》かれたとき、周囲はみんな、ほんとうに天才だと信じていたというんですから」

「しかし兄さんは、音楽は判るひとだよ。そのあとハイフェッツ、モギレフスキー、ティボー、クーベリク、シゲティ、とすごいのがつぎつぎ来日し、そのたびに聞きに行ったんだそうだが、絶対クライスラー首位をゆずらないものね。それに、とりわけ『ヴィーン奇想曲』が好きだっていうから、クライスラーの作曲の才能もずい分高く評価していることになる」

「でも、いまだに音いろはキイコキイコよ。鋸《のこぎり》よ」

「いや、てんめんたる情緒がある」

「あなたがそんなふうにおだてるからいい気になるのよ」

「しかし真佐代さん」

と茂一は話の中に割って入り、

「九代目は秀太郎さんの子供さんが継ぐことになるんじゃないですかねえ。お父さんもまだ元気だし、一代飛ばして」

「いえ、兄嫁は子供の生れない体質ですの。ですから、福二郎が長男だと考えて汀子さんには来て頂くほうがよいかと思います」

「いや、君が杉山家代表のようなそんな口のききかたをしてはいけない。とにかくお父さん、めんどうな話は抜きにして福二郎さんのもとへ汀子をやって下さい。彼はいま、ディーゼル機器という会社に勤めているサラリーマンですから、家とは関係なく、ちゃんと生活は成り立ちます」

と茂一の決心を促すと、茂一はうーん、と唸《うな》りながら汀子を眺めやり、

「お前はどう思うかねえ」

と聞いた。

汀子はそう問われても即断はできず、

「そうねえ」

と考え込み、

「私じゃとても」

と呟いたりするのを見て、護は、

「結婚に不安はつきものだ。その点お前は兄妹同士の縁組なんだからためらう必要はないだろう」

と承諾を求めようとするのへ、真佐代が、

「今日は兄に代って申込みに来たというだけにしましょうね。お返事はまたいずれお伺いすることにして」

と納めてくれ、汀子もほっとして他の雑談に加わった。

話題はどうしても両家のひとたちの噂話《うわさばなし》となり、こちら側が木場の楠木家の思い出話や、千葉県千倉《ちくら》の茂一の実家の話をすれば、真佐代も家に伝わる八百善盛業のころの、さまざまの伝聞を披露《ひろう》して飽きなかった。

そのなかで、やはり皆が関心を抱くのは福二郎の人となりであって、それについては護が、

「全体、杉山家のひとたちは、いやあ育ちがいいっていうのかねえ、皆おっとりして善良なんだなあ。秀太郎兄さんは家で買ってもらったニコラ・アマティ

もすぐ人にだまし取られてるしね。

福二郎もおれが出会ったころはすごかったよ。頭はボルサリーノの中折れ、眼鏡はツァイスのレンズにマルヴィッツのフレーム、腕時計は金ピカのロレックスで、靴《くつ》はマレリー、頭のてっぺんから足の爪先《つまさき》まで超一流品で飾り立て、毎晩四丁目の服部《はっとり》の角に立ってたもんだ。

今日の背広はスキャバルかフィンテックスか、とバーの女性たちが賭《か》けをして見に行ってたんだから。

それでもっておれたちと一しょに肩組んでカストリを飲みに行き、みんなの飲み代《しろ》はやつが身につけてるもので払ってくれたもんだった。

だから烏森《からすもり》あたりの屋台のおっさんのなかには、カルダンやらランバンやらのネクタイを持ってるのがたくさんいるんだよ。みんな福二郎の身につけてた品だ」

「ほんとうにぼんぼん育ちなんだねえ」

という茂一の言葉を、真佐代は善意に解釈したのか、

「兄はとてもやさしいんです。だからお友達にも人望があるし、兄妹のなかで

もいちばん人気があります」

その夜、話ははずんでつい夜が更け、つわりの真佐代をいたわって護夫婦は泊って行ったが、汀子は眠れない夜をすごし、翌日から重い荷物を背負わされたような日を送ることになった。

あの場で、茂一の発言は慎重だったけれど、心の底ではもう九分どおりこの縁談を受ける気になっていたのが読みとれたし、それに一ヶ月ほど前、もとの木場の知合いからせい子にと話があり、まもなく見合いの段取りになることが決まっている。

大げさに考えれば、四方からじりじりと包囲網が狭まってきた感じで、気は強いたちでもここから逃れ出る隙間《すきま》をみつけるのはむずかしかった。

しかし汀子のいまの気持はまことに微妙なものがあり、ああ嫌だ、嫌だと思っても、なら一切断ってしまうか、といえば、やっぱりもう一度福二郎に会いたい気持は残る。

駄じゃればかりの頼りなげな男、ぼんぼん育ちのお人善し、こんな男の妻となって、あの変った家で雑居家族の一人として暮すのかと思えば暗澹《あんたん》たる思いだけれど、反面、全盛期には将軍のお成りを仰ぎ、江戸の文人墨客がここを根城に群れ集《つど》ったという名家の嫁となることについては、奇妙な興奮と恍惚感《こうこつかん》がある。

とつおいつ考えながら日を過す汀子のそばで、それと明らさまに口にしなくとも茂一は汀子が拒否するなど思ってもいないらしく、せい子もまた、

「て子ちゃんと私がいなくなると、お父さんさびしくなるわね。どうしたらいいかしら」

などと真剣な顔で相談を持ちかけてくる。

そのうち、護から催促の手紙が届き、福二郎だけでなく、両親ともども快諾の返事を待ち焦《こが》れています、という文面なのを茂一は汀子に見せ、

「どうだい？　お受けしますっていうかい？」

それとも断るかい？　とはいわないのを、汀子は少しばかり怨《うら》めしく思いながら、

「でも父さん、私は福二郎さんとは二度しかお会いしてないのよ。護ちゃんの結婚式のときを入れても三度よ」

というと、茂一は当然のことのように、

「それは汀子、みんなそうなんだよ。三度会えばいいほうだ。婚礼の晩、はじめて相手の顔を見たなんて話はざらじゃないか。

護のように親に無相談で嫁を決めるなんてのは、もっての他なんだ」

といまさらのように護の独断を非難し、その口でさまざまの実例を挙げられると、汀子もここで心を決めるより他なく、

「それじゃ父さん、よろしくお願いします」

と、ついにその言葉を口にし、父親に手をついたものの、とたんにいいようもなく悲しくなり、ふだん着のままバッグだけ抱えて家を出た。

ふらふらと電車に乗って渋谷まで出、再映の映画館に入ると、場内の暗さに気がゆるんだのかふいに涙が溢《あふ》れ出て来、おさえてもおさえても止まらなかった。

嫁《ゆ》きたくないの？　ともし神さまに聞かれたら、いえ決して、と答えられるが、ではうれしいでしょ、と冷やかされれば、そんなことありません、と憤然と抗議したい気持もある。

しかし一方で、父親のいうとおり、結婚とはこういうふうにして成立っていくものなんだな、という納得があり、せい子とふたりで憧《あこが》れつづけていた、身も焦がすほどの熱烈な恋とはしょせん無縁だった、とあきらめが徐々に胸のうちにひろがってくる。

その夜は親子三人、夕飯の膳《ぜん》を囲んで妙にしんみりとした話になり、なかでも茂一の、

「支度については、世間並み程度はしてやれるが、杉山さんから見ればまことに貧弱なものかも知れん。汀子はさぞ肩身が狭かろうが、うちの全財産なげうってもとうてい向うには叶《かな》わないからなあ」

との述懐には汀子は目頭が熱くなり、

「父さん、いいの。私は何にも要らない。向うがそれが不満だというなら、すぐ帰って来ますからね」

「でも父さん」

とせい子も自分に関《かか》わってくるだけに熱心に話に加わり、

「真佐代姉さんもそれは十分ご存知のはずでしょ。にもかかわらず汀子ちゃんに来て欲しいとおっしゃるんだから、意地わるはしないはずよ」

と一途《いちず》に主張する。

姉の律子の場合とちがい、汀子の結婚は出発からしてどこやらめんどうがつきまとうが、茂一はそれを、

「汀子なら必ずうまくやれるだろう。がんばるんだよ」

と励まし、そういわれると繰り言の嫌《きら》いな汀子は持ち前の気性で、

「父さん、私のことは心配しないで。それよりも、せ子ちゃんもかたづいてしまったら一人ぼっちになっちゃうじゃない？」

とその事を案じる。

母親の死後、肩を寄せ合って暮して来た家族としては、予想されたなりゆきとはいえ、この家に老いゆく父親を残すのは気がかりであり、汀子の悲しみのなかにはそれも少なからず含まれている。

せい子は拳《こぶし》を振って、

「大丈夫、私に任せて。まだしばらくは父さんと一緒にいるから」

というが、結婚は縁《えにし》、まもなく見合いする相手と話がまとまれば、汀子を追いかけてせい子も出てゆくかも知れなかった。

「わしのことなら心配しなくていい。いざとなれば律子もいることだし」

と茂一はひるみも見せないが、しかし親子でこのようにいたわりの言葉を交わし合ったのは始めてだけに、この夜の会話は汀子の胸に血を分けた肉親のあたたかみが改めて浸みとおってくるように思えた。

茂一の出した応諾の返書によって福二郎汀子の結婚は正式に決まったが、挙式までの段取りを受持つ仲人役には、両家とは固いきずなの護夫婦が適任かと思われ、身重の真佐代はさておき、護が勤務のあいだを縫って両家を往復することになった。

が、この仲人役、自分たちが諸事略しての結婚だっただけに、両家の顔合せや結納《ゆいのう》については、

「そんなくだらないものはやめたらどうですか」

と悉《ことごと》く反対意見を出し、そうなれば両家は護の結婚によってすでに姻戚《いんせき》関係にあるため、もののない世の中ではあり、すべて簡略にしても少しもふしぎ

はなかった。

そして結婚式は木原山の杉山家において十月一日、と取り決められ、汀子の着る花嫁衣裳《いしょう》については、姑《しゅうとめ》れんのときのものを着用、と決まったのは夏も終りのころであった。

そして護夫婦は汀子と入れかわるように木原山を出ることにし、共産党本部に近い千駄ヶ谷に居を構える手はずになり、汀子引越しの日は少しずつ近づきつつあった。

福二郎からはその後、結婚承諾についての礼状が届いただけで会う機会はなく、護に正面切ってたずねるのも憚《はばか》られたが、どうやら元気ですごしているらしかった。

こんなものかしら、とときどき汀子はふとさびしくなって考え込むが、すぐ、私は護ちゃんのような恋愛結婚じゃないし、と思い返し、自分をなだめるのであった。

九月半ば、関東地方にキャスリーン台風が上陸、各地に水害が拡《ひろ》がって代沢の家も床下浸水したとき、突然福二郎が見舞にあらわれた。

あいにく汀子は畳屋へ用達しに出て留守だったが、福二郎はズボンを高くめくり上げて途中の出水地帯を渡って来てくれ、茂一はすっかり喜んで茶の間に招じ、

「被害は如何《いかが》ですか」

とたずねられるままに、風雨が強かったせいか雨戸のたてつけが悪くなっていることを訴え、

「福二郎さん、ちょいと見てくれますか」

とたのんだところ、福二郎はのんびりと茶を飲みながら、

「ああお父さん、それは大工にいえばいいですよ。簡単ですよ」

と立上りもしなかったという。

汀子には会わないまま、福二郎はまもなく帰って行ったが、茂一は感に堪えたように、

「福二郎さんはほんとうにぼんぼん育ちなんだなあ」

と呟き、それを聞いた汀子は身のおきどころもない気持で、相鎚《あいづち》の打ちようもなかった。

父親は、娘をさらってゆく婿《むこ》という男に嫉妬《しっと》を感じるもの、とは聞いても、汀子の場合それとは少々違うように思われ、つき詰めて考えると、資産家といわれる旧家八百善へ娘を嫁がせる親の意地、というに似た何かを抱いているような感じがある。

道理で茂一は、この縁談が始まって以来、慎重ではあっても決して尻込《しりご》みしなかったことを考えれば、ここは自分が気張ってやり遂げるより他ないと思うのであった。

挙式が近づくにつれ、徐々に目ざめてくる汀子の自覚を、護はいまだにオプチミストの変貌《へんぼう》、とひやかすが、これはただひとり、肉親の許《もと》を離れ、他人ばかりの大家族の一員となる汀子の、それなりの覚悟ともいうべきものであったろう。

嫁入支度については、昨今の新円景気でたんまり儲《もう》けた家のひとたちは、箪《たん》笥《す》長持のみならず、ちらほら噂の電化製品まで持参するという話だけれど、汀子は父親に決して無理はさせたくなかった。

それに、母亡きあと、三人の娘のために茂一は早くからそれぞれ箪笥鏡台くらいは買い揃《そろ》えていたが、それを持って嫁いだ律子を除き、浅草田島町の空襲で下二人分はすっかり焼失してしまっている。

　結納も略しているんだからお支度は何も要りませんよ、風呂敷包《ふろしきづつ》みひとつで来て下さい、とお母さんはおっしゃっています、と護はそのままを伝えて来、汀子はそれを真に受けて身のまわりのものだけでいい、というのを、経験者の律子がなだめ、ともかく重ね箪笥と三面鏡だけはととのえた。

　このせつ指物《さしもの》も細工物も粗悪品が多いが、これは律子がよく吟味してくれたものとみえてかっちりとよくできており、左右に鏡をひらいてのぞき込んでみると、やっぱり気持は弾んでくる。

　せい子がそばへ来て、

「私もこんな鏺《かざ》りの引出しのがいいな」

　というのはこちらもそろそろなのへ汀子は、

「こないだのお見合いの方、どうだった？」

「そうね、やさしそうね」

「じゃいいじゃない？　父さんはどういってるの？」

「ええ、でも体が弱そうなの。嫁《い》ってからお前が苦労するよって父さんはいうの」

と嫁入り前の娘二人、新しい鏡のなかで結婚を語り合うのは花のようにかぐわしく、それを庭に立って眺めている茂一の表情にはどうやら悲喜こもごものいろがうかがわれるのであった。

いよいよ明日は挙式という前の晩、三人でささやかな別れの膳を囲んだあと、

「明日の天気はどうかな」

とラジオのスイッチを入れた茂一のそばを離れ、汀子は仏壇の前に行って灯明をあげた。

泣顔を人に見せるのが嫌いな汀子は、日ごろこんなにしみじみ位牌《いはい》に手を合わせたことはなかったけれど、いまは今夜が楠木家の娘としての最後、と思えば瞼《まぶた》が熱くふくれ上ってくる。

十九で母を失なったとき、葬儀に集った親戚の者たちは皆、

「子供が大きくなっているのがせめてもの慰めですね」

といってくれたが、汀子にはあの日以後、年を経るごとに母がなつかしく思

えてならなかった。

殊《こと》に、福二郎との縁談がはじまって以来、もし母が生きていてくれたら、と感じることはたびたびだったけれど、せい子も同じさびしさだろうと思えば口にもできず、万感胸に溜《た》めたまま嫁いでゆくのはやはりつくづくと悲しい。

仏壇のなかの母の遺影は嫁ぐ娘にやさしくほほえみかけており、それを仰いでいると涙はいっそうあふれ出てくる。

汀子はハンカチを目に当てたまま立って自分の部屋に行き、机の上に突っ伏して泣いた。

父と妹を残して嫁ぐ不安、嫁ぎ先はこちらとは釣合わぬほどの資産家、夫たるひととは三度しか会っておらず、さきゆきどんなことになるか皆目知れず、そのなかへ身ひとつで乗込んでゆく心細さ、考えれば哀れと憂《うれ》いは限りなく拡がってくる。

それに、今日を限りに自由な青春が終ってしまう我が身もいとしく、翌日からは金縛りにあったような人生を送らねばならぬことへも、いいしれぬ愛惜がある。

泣いている汀子を思いやってか、茂一はラジオを聞くふりをしとおし、せい子も部屋へは入ってこなかった。

夜更けてようやくせい子が声をかけて襖《ふすま》を開け、

「押入れにて子ちゃんの描いたグラジオラスの絵があるの。ちゃんと額縁に入っているわ。あれ持ってく?」

と聞いた。

「いい。要らない。せ子ちゃんにあげるわ」

と涙を拭《ふ》いてそういうと、

「ありがとう。記念に一生持ってるわね」

とせい子はいい、またそっと襖を閉めて遠ざかって行った。

翌朝は快晴、取り決めどおり汀子は、それぞれの礼服を持った茂一とせい子とともに午前八時には木原山の杉山家に到着、出迎えた福二郎は三人を自分の部屋に案内した。

ここが楠木家の支度の間に当てられており、前後してれんの頼んでおいてくれた美容師があらわれて、汀子の化粧から始まった。

美容師はすっかり心得ており、それも道理で、八百善が築地時代からの出入りだという。

「こちらさまでは、ご長男秀太郎さまの奥さまもと子さまを作らせて頂き、ご長女の惇子《じゅんこ》さま、次の静子さまもさせて頂きました。

今回は四度目のお嫁さまでございますが、まあお顔立ちといい、ご体格といい、申し分のない方でございます」

と絶えず口を叩《たた》きながら顔を仕上げ、つぎには着付けとなって、蔵のなかから出してきたれんの衣裳を拡げた。

れんが了二のもとに来たのは明治四十一年四月のこと、一般にはまだ黒留袖《くろとめそで》が花嫁衣裳とされ、気張っても振袖という時代、これはまた白無垢《しろむく》の下着に、金地に極彩色の鳳凰《ほうおう》を織り出した立派な打掛を揃えており、居合わせた者悉く嘆声を挙げた。

白羽二重と比翼仕立ての白綾《しろあや》の下着、金銀で松を織り出した広幅の丸帯、唐《から》織《おり》とまがう立派な打掛、そして銀鎖も重いはこせこ、絞りがつんと立っている手絞りの帯揚げ、鶴亀《つるかめ》の繡《ぬ》いのある白い丸ぐけの帯じめ、と眩《まば》ゆいばかりの一

揃いを前にして女たちは深いためいきを吐くのへ、美容師は説明して、
「これはこちらの奥さまがご自分のご婚礼のときお召しになりましたもので、私がお預かりして、ゆきの寸法を少し出しておきました。花嫁さんはよいご体格なので、奥さまが『私より一寸五分背も高いと思っておくれ』とおっしゃったものですから」

いかがなものでしょう、と汀子を立たせ、手を通させてみると最初からあつらえたようにぴったりと身につき、美容師は安堵して長襦袢《ながじゅばん》から着せつけてゆく。
「こちらの奥さまはですね、ご自分でもお衣裳道楽とおっしゃるほど、お着物にお目が高うございましてね。五人のお嬢さまがたの花嫁衣裳はそれぞれお小さいときからご用意なすってらしたらしゅうございますよ。何でもお蔵のなかには、まだ躾《しつ》け糸のかかったままのお着物や帯が何百枚もおありになるとか」

美容師が語るその話を聞くと、律子もせい子も押し黙り、とりわけ律子は自分が親代りとなって支度した汀子の箪笥の中身のことが頭に浮び、これではさきが思いやられる、と重い気持になる。

本人の汀子ともなればもっと憂鬱のはずだけれど、いまそんな思いにこだわ

っている余裕はなく、二人がかりで綱引きのように左右に分れて締める大きい丸帯に、足を踏んばって耐えるのに懸命であった。

すっかり出来上り、きれい、きれい、とまわりからほめられ、自分でも改めて鏡をのぞいてみると、まるで別人のようにくっきりと鮮やかな顔がそこにあった。

何はともあれ、心おどるほどうれしく、うしろからあてがわれた椅子《いす》にそっと腰をおろすと、羽織袴の茂一、黒留袖の律子、髪に造花を飾ったピンクの訪問着のせい子と、ついこの春の護のときとは違って、みな改まって坐っている。

「みんな大へんね」

といたわると、せい子が、

「ものいっちゃ駄目。おちょぼ口して澄ましているのよ」

とたしなめ、美容師は、

「今日は杉山さまが頂くほうですから、なかなか大へんですのよ」

と向うの支度をも手伝いにゆく。

やがて時間が来て、仲人役の日本橋の古美術商、稲垣《いながき》夫妻が黒紋付で迎えにあらわれ、ていねいな挨拶ののち、汀子の手をひいて本日の寿の間とされている離室《はなれ》へと案内して行く。

頂くほうだから大へん、という美容師の言葉が判ったのは離室へ入ってからで、汀子が一度だけ挨拶に伺ったこの部屋は畳は青々と替えられ、戸障子は新しくなり、床の間には蓬莱台《ほうらいだい》が据《す》えられ、瓶子《へいし》、提子《ひさげ》、銚子《ちょうし》、熨斗三方《のしさんぼう》を飾ってすっかり趣きを異にしている。

次の間にはみごとな黒うるしの黒棚《くろだな》、書棚、厨子《ずし》棚が置かれ、招かれた客たちはその前に集まって口々に讃《ほ》めたたえているのであった。

この三棚は、古来婚礼調度の中心となるもので、当然花嫁が持参すべきものだけれど、知らないほど強いものはなく、汀子は意にも介さず、客もまた、そういう詮索《せんさく》はぬきにして出来のよさをほめ合っている。

床を背にして花嫁は向って左で先に着座、福二郎も今日ばかりは神妙に威儀を正し、続いて汀子と向き合って座を占めた。

固めの盃《さかずき》は古式に因《ちな》んで勝栗《かちぐり》、昆布《こんぶ》、のし鮑《あわび》を白木の三方に盛った膳を前に、盃は素焼、雌蝶《めちょう》の飾りをつけた銀の銚子から神酒《みき》を注《つ》ぎ三三九度の式を執り行なう。

終始無言のまま粛々と進み、汀子はすっかり緊張していて、ついうっかりして神酒を飲み込んでしまった。

最後に仲人が一礼して、

「これにて式三献《こん》の儀を終ります」

と告げ一旦《いったん》控えの間に退くため手をさしのべたとき汀子は急にめまいがして少しよろめいた。

長い渡り廊下を渡ってさきほどの部屋に戻ると、律子が寄ってきて、

「大丈夫？　顔が真っ赤よ」

と水を持って来てくれ、それを一息に飲み干すとようやく気分が静まった。

このあと、角隠しを外して披露宴にのぞむのだけれど、その前に記念写真を、ということでまた寿の間に引返し、福二郎と並んでカメラにおさまる。

花婿は一七五センチ、花嫁も劣らず一六五センチとまことにのびやかな一対《つい》で、客たちは、

「この二人を見ていると、食糧難なんてことは忘れるね」

といい、遠慮のない向きは、

「きっと二人ともこやしがよかったんだよ」

といえば笑いが小波《さざなみ》のように拡がってゆく。

いまが食糧難の時代であるのを忘れる、というのは、花嫁花婿の体格の良さばかりでなく、そのあとの披露宴の道具のかずかずを見ても、いえることであった。

杉山家の梅鉢《うめばち》の家紋のついた黒塗り本膳一対が五十客、ぴしりと並べられ、蓋を取ればこのせつめったと見ることもない山のもの海のものの豊富な料理のなかに、この家伝来の「松皮しんじょ」が松茸《まつたけ》とともに柚子《ゆず》皮を載せて椀盛《わんも》りにされている。

由来を知る客は、

「これはすごいところをお見せなさいましたな」

と感嘆し、知らない客も、

「これがかの有名な松皮しんじょざんすか。たいしたものにござんすね」

と隣の客とささやき合う。

盃がまわり始めると、この時勢にかくも豪勢な材料を揃えた杉山家に対し、心からなる讃辞《さんじ》を送るのへ、了二は末席にいていちいち頭を下げながら、

「なあに、入れものは蔵のなかにころがっていたありあわせでござんすよ。料理はま、うちの鈴木が昔取った杵柄《きねづか》ってえやつで、河岸《かし》に顔利《き》かして集めてきてくれました。当節、まことにお粗末さまで申しわけございません」

と、けんそんの口上を述べている。

五十人の客の半分は両家親族で占められているが、残りは福二郎の会社の上司朋輩《ほうばい》と了二の茶の友達が多く、そうなると話題はいきおい八百善が店を張っていたころの思い出話から再開を期待する声になって、

「いったいいつになったら、天下晴れて今日のようなこんな料理をお店でご馳《ち》走《そう》してくれるんですかい？　八百善さん」

といえば相客の一人がたしなめ、

「あなたそれは少々無理ではございませんか。八百善さんのほうではお道具よし板さんよしで待ちかまえていても、料理の材料はいまだにすべてヤミでございますからね。手がうしろに廻《まわ》るようなことをなされば看板に傷がつきます

よ」

「それでも内緒で営業しているお店もあるじゃありませんか」

「それは縄《なわ》のれんか赤提灯《あかぢょうちん》のこと。八百善さんのお話じゃあございますまい」

「しかしもったいないですねえ。お道具ばかりでなく、今日の婚礼のしきたりだって、江戸時代から八百善のお店でお客さま方のなさったお作法をずっと引き継がれてきたものでしょう」

と口々に意見を述べ合う。

汀子は化粧なおしのあと、打掛を脱いで座の中に入り、一人一人に挨拶し酒を注いで廻ったが、ただもう無我夢中、父親の茂一の前に来てもそれと識別できず、他人行儀に深々と頭を下げて、

「どうぞよろしくお願い申し上げます」

と手をつき、茂一をふっと涙ぐませた。

親戚固めの盃のとき、仲人から順に紹介はされても、視線を落したままなら全く誰が誰やら判らず、そのうち一人減り二人減り、ようやく宴果ててのち、部屋へ戻ってかつらを脱いだとき、はじめて人心地がついたようなあんばいで

あった。

　それでも、楠木家の四人と護夫婦が一団となって帰って行くときにはさすがに悲しく、心のうちで、あたしを一人置いて行かないで、と呟いたが、厚塗りの化粧の上からは誰も汀子の気持までは見てとれなかったらしい。

　茂一と律子夫婦にせい子、それに臨月近い真佐代夫婦を混えて駅までの道では、

「この頃《ごろ》見ないほどの立派な婚礼だったねえ」

　とよい話ばかりだったが、家に帰りついてやれやれ、と茶を入れてからは、まず律子が、

「て子ちゃんとてもかわいそう。あれではほんと、先が思いやられるわ」

　といい出すと、せい子も同調して、

「護ちゃんのとき、うちは簡単にすきやきだったから、向うの方がうちへ対してわざとあてつけがましくなさったのじゃないかと思ったの」

　と不満をいえば、茂一はさすがに、

「あてつけってことはないだろうが、もののないのに何もあそこまで無理する

必要はなかったかも知れないねえ」

　とためいきをつき、

「ま、杉山さんも跡取りさんがああいう調子だから、福二郎さんの婚礼を長男並みに考えなすっただろうよ」

　といい、律子はそれに対して、

「ねえ父さん、『嫁は下からもらえ』ってよくいうわね。それはつまり、家のために身を粉にしてよく尽す嫁、ということでしょ。老舗《しにせ》の八百善さんなら、どんないいおうちからでもお嫁さんもらえるのに、向うのお母さんが汀子を見込んだっていうのはね、要するに長男の嫁として汀子をこき使うおつもりなのよ。うんと働かせる算段よ」

　といきまけば、茂一はちょっとさびしげに、

「そんなことはあるまいが、もしそうだとしても汀子はきっとやり通すよ。大丈夫だよ」

　と自分自身をなだめるように呟くのであった。

第二章　唐津茶碗《からつぢゃわん》

化粧を落し、脱いだ衣裳《いしょう》をたたみ、美容師も帰ったあと、急に広くなった座敷に汀子《ていこ》が一人ぽつんと坐《すわ》っていると、少し乱れた足音がして福二郎が部屋に入ってきた。

「酔っぱらっちゃったよ」

といいながら羽織を脱いで丸め、どっかとあぐらをかいて、

「どうでしたか花嫁さん。今日はくしゃみはしなかったね。これで安心清姫、蛇《じゃ》になったってところですかね」

と、酒のせいで口はなめらかにまわり、

「ええと、この僕の部屋がひきつづき僕たちの部屋です。あしたの朝、早いからそろそろ寝床を敷いて下さい」

といいつつ袴《はかま》と足袋を脱ぎとばすのへ、

「あしたの朝はどうなさるんですか」

と聞くと、

「あらあなた、知らなかったの。それは大わらいのちゃんちゃん坊主《ぼうず》。明日から二泊三日は僕たちの新婚旅行、箱根に参ります。八時出発。判《わか》った？」

とよろよろしながら汀子のさし出す浴衣《ゆかた》に着替え、どたんばたんと寝床にもぐりこむなり、もう大きないびきをかいている。

汀子は呆《あき》れ、蒲団《ふとん》の裾《すそ》のほうに坐ったまま、今日から夫となる男の寝姿に目をやると、敷蒲団から片足がにゅーっと出ている。

それは毛むくじゃらのくせに奇妙に白くなめらかで、汀子はまるで生れてはじめて見る生き物のように目を大きく見ひらき、それをみつめた。見ているうち、しらずしらず胸が昂《たか》ぶって来、何だかとても恥しくなってふとあたりを見《み》廻《まわ》したが、もちろん誰もいるはずはなく、家のうちはしんと静まり返っている。

こんなに酔っ払って寝たのでは、きっと夜中に水が欲しくなるだろうと考え、汀子はそっと部屋を出て台所へ行った。

ここもの音ひとつせず、のれんを分けると、何とさきほどの本膳《ほんぜん》が汚れたまま山と積まれており、汀子はなすすべもなくその前に立ってしばらく思案した。

これをいまから洗うか、いやとても五十客分ひとりでは洗えぬ、洗っていれば夜が明けてしまう、夜が明けたとしてもやっぱり嫁として洗うべきではないか、いやそれはかえって差出口というもの、とつおいつ考えていたが、さきほど突然いい渡された新婚旅行の準備もしなくてはならず、汀子は目をつぶって土間に下り、ガラスの水差しをさがしたが見当らず、土瓶《どびん》に入れて部屋に引返した。

この年の七月には飲食営業緊急措置令が公布され、一部を除いて表向き料飲店は営業停止とされていて、旅館へは米か外食券なしでは泊らせてもらえないのが建前となっていたが、こういうとき以前の八百善の名は通りがよくて、古くからの知合いの強羅《ごうら》の宿で、福二郎と汀子は二晩を過すことができた。

縁があって、三度しか会っていないひとと夫婦になったけれど、汀子は護夫婦からの噂話《うわさばなし》以外、福二郎についてはよく判っておらず、一しょにいても彼のいうことなすこと、懸命に吸収し、理解しようとしている自分を感じている。

さいわい福二郎は明るくひょうきんで、些細《ささい》なことにこだわらず、汀子を始終笑わせてくれるので、箱根から帰るころには結婚式のときの緊張もほぼほぐれた感じであった。

土産物といっては寄木細工の他には何もなく、小さな箱を持ってまず離室《はなれ》の両親のもとへ挨拶《あいさつ》に行き、汀子がそれをれんにさし出すと、ちらりと一瞥《いちべつ》して、

「それは有難う」

といっただけで手に取って見ようとはしなかった。

了二はさらに目もくれず、

「福二郎はいつから会社へおいでだね」

と聞き、

「はい、明日から出勤しようと思っています」

と答えると、

「式においで下すったお前さんの部長さん、何てったっけな、私の集めている古筆にえらく興味をお持ちのご様子だったから、一度うちへお招きしよう。そ

う申上げといておくれ」

といい、

「今日は釜懸《かまか》けてないからね。ご苦労さん」

と、二人に退散を促した。

汀子ははっとし、何かいけないことを申上げたかしら、と心さわぎ、渡り廊下の途中で、

「お父さまは何か怒っていらっしゃるのでしょうか」

と聞くと、福二郎は、

「いや別に。今日は機嫌《きげん》わるくなかったよ」

と答え、

「おいおい判ってくると思うが、あのひとはお茶狂いでね、釜懸けてあるときに来客があると喜んでいくらでもひき止めるけれど、用意のないときは申しわけない、と思うらしくて、あのとおりのご挨拶になるんだ」

つづいて兄秀太郎の部屋を訪ねると、ちょうど在宅だったが、ヴァイオリンを弾いており、もと子に土産物を渡して入口で辞した。

真佐代のすぐ下の妹めぐみはあいにく不在、いちばん下の久子もついいましがた出かけたばかりだと聞いて、二人は部屋に帰り、それから汀子は夕食の支度に台所へ行った。

のれんを分けて、あっと声を上げそうになったのは、三日前の婚礼の膳がまだ片隅《かたすみ》に積み上げられており、よく見るとさすがに洗ってはある。

土間にいたとりのおばさんに挨拶し、小さな楊子《ようじ》入れの土産を渡すと、

「まあまあ私にまで」

と喜んでおし頂き、

「お見苦しいでしょうが、お膳は明日は何とか片付けられそうです。何しろ手が足りないもので」

というのを聞いて、汀子は妹たち二人は手伝わないのかしら、と思ったが、それはいえなかった。

一度だけこの茶の間で夕食をごちそうになったが、あのときもれんはいちばんあとから卓袱台《ちゃぶだい》に坐り、とりのおばさんの差出す食事を摂《と》ってそそくさと出ていき、してみると、台所を預かる主婦はいったい誰なのかと汀子は思った。

嫁に来たばかりでそういう詮議《せんぎ》は出すぎた真似《まね》だが、この大家族のなかで家計費はどんなになっているのかしらと考えつつ、おばさんに聞いて米と麦をといで仕かけ、庭の菜園のものだという菜を洗う。

手を動かしながらおばさんはぽつぽつと語り、

「昨日は電球の配給がありましてね。一世帯六十ワット一個ということで、私が町内会長さんのところへ取りに伺いましたところ、こちらは二世帯だから二個、とおっしゃるんです。

戻ってそう申上げると、秀太郎さんがとてもお怒りになり、ここは杉山了二と杉山秀太郎、そして私んところ酒井とで三世帯だから三個もらってくるように、とおっしゃるんです。私弱りましてね。

仕方ないからうちの分をさし上げて、私のところは無し。もうお風呂場《ふろば》の電球も切れてるんですけれどね」

と、さして怨《うら》みがましくもなくあっさりと話すのを聞いて、汀子はどう相鎚《あいづち》を打っていいものやら、困った。

考えてみれば自分たちも一世帯を作っており、とすればこの家は計四世帯というわけになる。

邸内四夫婦に独身女性二人、計十人とはいっても混《こ》み合っている感じはすこしもなく、どうかすると一日中、とりのおばさん以外、誰の顔も見ないときもある。

汀子が以前、この家に招かれたときほぼ様子が判ったように、皆それぞれ自由に行動し、或《あ》るいは自室に閉じこもり、空腹時にだけ茶の間に入って来てその欲求を充《み》たすのであれば、すれ違って会えないことの多いのも、格別ふしぎではなかった。

福二郎と汀子の新婚生活も、大家族のなかでの気兼ね多い暮しかと思えば案外に気楽なもので、一日がつくづく長いと感じられる日もある。

反面、これでいいのかと考える気持もあり、早い話が、十月末、福二郎から初めて何枚かの札を渡され、

「これでやってよ」

といわれたとき、汀子は、

「お父さまに全部これ、差上げるのですか」

と聞いたところ、福二郎からは言下に、

「そんなバカなことはしないでいい。気になるならときどき、とりのおばさんにおかずを買ってやればいいいさ」

といわれ、呆気《あっけ》に取られたことがある。

小遣いはともかく、これでは家賃食費のすべてを親におんぶしていることになり、嫁の立場としては甚《はなは》だ肩身が狭いと思われるが、それについて福二郎は、

「これっぽっちの金をあのひとに差出してみろ。あたしを馬鹿《ばか》におしだね、なんてごねられるに決まっている。正一位稲荷《いなり》大明神さまは離室に奉《たてまつ》って、われわれはそのご利益《りやく》を頂いていればいいってことさ。

この家のなかでひとりだけいい子になろうとすると、あとが暮し難《にく》くなるよ」

といい、また、

「ここの政治はあの離室で行なわれているからね。密室政治には首を突っ込まないほうが賢明だよ。離室のご託宣は何でも彼《か》でも、『御意《ぎょい》はよしのさくら餅《もち》』でいいのさ」

ともいって汀子を制した。

汀子は福二郎の、親をつき離したようなこんないいかたをこのころはまだまともに受取り、ひょっとすると福二郎は父親とうまくいってないのかな、とかんぐったりしたのだけれど、これもこの家の家風、と判ってくるのはずっとのちのことになる。

しかし離室が政治の中心、という譬喩《ひゆ》はよく判り、それというのもそちらにはほとんど毎日のように来客がある。

了二は、朝食のあと、いつも必ず、

「では、出かけてくるよ」

とれんに声をかけ、紬《つむぎ》の着流しに下駄《げた》ばきでごろごろ坂を下って行く。

目的は、これも決まって日本橋界隈《かいわい》の道具屋歩きだが、昼前で切上げて戻る日もあればそのまま夜の会合などに寄って夜更《よふ》けての帰宅となるときもある。

家居の時間、訪ねてくる客は皆、玄関から上りはするものの、渡り廊下を渡ってまっすぐに離室へ通り、ずい分長談義をしてゆくひともあるらしい。

結婚の直後は、汀子は自分たちの居間の整理に追われ、ほとんど閉じこもりで離室をうかがうゆとりも持たなかったが、年明けてのち、珍しくほとんどの顔が揃《そろ》った夕食の卓で了二に声をかけられた。

「汀子はお茶の心得はあるかね」

と聞かれ、率直に、

「いいえ、何にも存じません」

と答えると、

「ではぼちぼちと、あたしのお茶のほう手伝っておくれでないか。いままではめぐみと久子に加勢してもらっていたんだが、このひとたちも行き先が決まって近くこの家を出てゆくのでね」

と頼まれたとき、汀子はよく判らないままにはい、と答えた。

女学校時代、週に一時間だけ茶道華道の科目があったが、かしこまっているのが苦手な汀子は、花ならばあとで絵を描《か》く楽しみもあって華道に入り、その苦いお茶とやらを飲んだことは一度もない。

このときの家族の雑談で、皆それぞれ、たしなみのある様子はうかがえたもののの、秀太郎のように我関せず、で全然話に加わらないひともいれば、福二郎

はにやにやしているばかり、れんははっきりと、

「あたくしは今後ともごめん蒙《こうむ》らして頂きますよ。あれも案外くたびれるものでござんすからね」

というのを、了二は判っていますよ、という含みで、

「汀子は元気がいいから、きっとめぐみと久子の二人分背負って働いてくれますよ。大丈夫ですよ」

と応じている。

翌日から汀子は福二郎を会社へ送り出したあとはすぐ離室に行き、

「お父さま、今日は何をさせて頂きましょう？」

とうかがうのが日課となった。

離室は政治の行なわれるところ、と福二郎がいったとおり、ここに一日詰めていると汀子にはいろいろなことが判ってくる。

いままでうかつにも気がつかなかったが、この離室の奥には古柱庵《こちゅうあん》と書いた額のかかっている茶室が別棟に建っており、了二は汀子を先《ま》ず古柱庵に伴って、

「いいかい、いまあたしが説明することはお前さんにはまだ皆目判らないだろうがね、そのうちパッと目の前がひらけたように全部呑《の》み込める日がやってくる。そのつもりでしっかり聞いて覚えるんだよ」

といい、室の外廻りの敷瓦《しきがわら》をたたんである廊下や、掛仏のある太柱を指して、

「ごらん、ここは茶室とはいいながら持仏堂のようなおもむきがあるだろう。何故《なぜ》かといえばね、ここにはたくさん古材が使ってあるんだよ。

鎌倉時代の建物をこわした中から分けてもらったものや、宇治の平等院の修理のとき外した板、法隆寺、新薬師寺、祇園神社など由緒《ゆいしょ》あるものばかり、そしてこれ、この床の太柱はね、目黒のお不動さまの山門の朱塗りのけやきの大柱だったの。境内に無造作に転がしてあったんだ。あたしが聞いたらなにお前さん、割って焚《た》いてしまうっていうじゃないか。

そこで頼み込んで分けてもらって、この柱を中心に据《す》え、二帖中板の長炉をあたしが設計したというわけさ。皆さんがこいつは茶室の傑作だ、国宝ものだとおっしゃって下さるから、汀子も早くこの茶室のよさが判るようにしっかり勉強おし」

と説明してくれたが、汀子の目には古びていてちょっと汚いな、としかうつらなかった。

汀子の役目は、毎日この茶室を掃除することがまず第一、そして釜を懸ける日は、遠く廊下を廻って蔵のなかの道具を出し入れするという大切な役割がある。

了二について蔵の中に入ると、中は案外にひろくて二階建てになっており、そのいずれの壁面にも天井までの棚《たな》がしつらえられ、大小の桐箱《きりばこ》入りのさまざまの道具がぎっしりと詰められてある。

二階の高い小窓から射《さ》してくる一条の光があるだけの土蔵作りだが、いまは電気を取付けており、スイッチをひねると道具類はどれも曰《いわ》くありげな姿を見せて浮び上ってくる。

何だかカビ臭いな、鼠《ねずみ》のおしっこかもしれないな、と考えている汀子の前で了二はひとつひとつ箱書を読みながら道具を取出してゆく。

「道具の扱いはね、まず雑念を払って、いま手に触れている物のことばかりに気持を集中するんだね。おどすわけじゃあないが、万一落っことして割ったり欠いたりしたら、身代限りしても追っつかないほどの物もこの中にはある。両手でしっかり持って、転ばないよう蹴《け》つまずかないようひとつひとつ運んで下さい」

と了二から注意を受け、いわれたとおりしずしずとすり足で歩いて運んだつぎは、羽箒《はねぼうき》でうす埃《ぼこり》を払い、箱の紐《ひも》をほどいて中の物を取出す。どの品も時代のついた古いものばかりだから、ふとした拍子でぽろりと欠けることもなしとはいえず、とりわけ二重箱、三重箱に入っている物については汀子はコチコチに緊張しっ放しであった。

最初のころは内心、たかが古びた茶碗《ちゃわん》ひとつに何てまあ大仰な、どこがよくてこんなに厚ぼったく包み重ねて蔵《しま》うんだろう、という感じもなきにしもあらずだったが、そのうち少しずつ馴《な》れるにしたがい、小さな茶碗といえども大したもんだ、人をこんなにひざまずかせ、礼を取らせるんだもの、と考えるようになったのは道具を扱う基本姿勢がようやく汀子にも判りかけたところだったろうか。

了二もそれをいうように、道具の扱いにはまず敬虔《けいけん》さと礼節が必要で、本体を拝見するには爪を剪りマニキュアを取り、もちろん指環も外しよく手手水して触れるのは当然だが、さらには包んである布、箱の扱いにも丁重な作法がある。

軸の巻きかた、紐の結びかたにもきちんと定まった方式があり、了二によると結びかただけでもいく百種もあるという。

了二は汀子の前で香の四方盆略手前の志野袋の結びかたについて、

「十二ヶ月花結びというのがあってね。そうさな、いまは三月だから藤《ふじ》だね。これは房を編まなければならないからちょっと厄介《やっかい》だが」

といいながら絹の打紐をくるくると廻しながら見事に藤のかたちを結び上げてくれた。

「道具箱の紐はね、昔はそのひとだけしか解けない文箱《ふばこ》結びとか四つ葉淡路とかがあったもんさね。いまは、皆さん仕覆《しふく》の紐を結ぶのがせいぜいだろうね。だからお前さんもあんまりむずかしく考えないでいいんだが、まあ道具を扱うなら紐の結びかたもなかなかに大切だってことは知っておいて下さい」

と話してくれた。

道具の出し入れは緊張とともに立ったり坐ったりなかなかの重労働で、若いうちから馴れないとしんどい仕事だが、了二についてそれをやっていると、しんどさを上まわってずい分勉強になることが多かった。

日々、目を見張るような知識に出会う汀子はそれを福二郎に伝えないではいられず、

「あなた古筆ってのご存知？　平安朝から鎌倉の初めごろまでの小野道風《おののとうふう》や紀貫之や、その他えらい方たちの筆蹟《ひっせき》をそういうんですってよ。お父さまは古筆の鑑定ではなかなか有名なんですってね。私はまだ拝見させて頂けないけど、お蔵のなかには西行の『白河切』とか、定家の『記録切』とかのすごいものもあるんですって」

とくとくと語ろうとするのへ、福二郎はしらけた顔で、

「おいおい、お前までが古筆にカブれちゃったのかい。よしてくれよ。うんざりだよ」

ととどめるのを聞いて汀子は意外に思い、

「あら、あなたもお父さまを尊敬していらっしゃるんじゃなかったんですか」

というと、福二郎はさらに興ざめたふうに、

「さあどうですかねえ」

とぬらりと逃げ、

「蔵のなかの物が全部古筆に化けても困ると考えているだけですよ。その話はもうやめよう」

と自分から打切ってしまった。

汀子にはその意味が判らなかったが、舅《しゅうと》の手伝いがおもしろくてたまらぬ身は意にも介さず、毎日心はずませて離室に通って行く。

汀子の役割は道具の出し入れだけでなく、ここを訪れる客たちに煎茶《せんちゃ》を運ぶ仕事もあり、そのうち、客の名も顔もほとんどをおぼえてしまった。

とはいっても嫁の立場だから、お辞儀をして座蒲団と茶を出せば退くだけだが、ときには、

「汀子や、あれを持って来ておくれ」

と蔵の中をひとりで捜させられることもある。

客たちは圧倒的に了二の茶の友達が多く、それはまた、以前八百善が営業し

ていたころの常連客でもあるらしい。

このなかに、汀子たちの仲人《なこうど》を勧めた日本橋の道具屋稲垣もおり、とりわけ了二とは昵懇《じっこん》の仲で、二人だけで長いあいだ茶室で話し込んでいることもあった。

洩《も》れ聞くと、茶碗なら茶碗、古筆なら古筆について、とろりとろりと飽きもせずうんちくを傾けて語り合っている。

汀子の見るところ、茶をたしなむ人たちはよほどの暇人なのか、万事につけせかせかする様子が全くない。

茶室に坐って一服を喫したあと、今日の道具から床の掛物までそれぞれに褒《ほ》め、話はつぎからつぎへと波及してゆくが話題は決まって道具の噂ばかり、そのうちだれかが、

「おやもうこんな時間でございますね。それではぼちぼちと引取らせて頂きますか」

と退散すれば続いて一人二人と減ってゆく、というあんばいで、汀子はれんがあたしはごめん蒙りますよ、といっていた理由は、こんな一見浮世ばなれし

たのどかな雰囲気《ふんいき》にあるのかと思った。

毎日離室に侍《はべ》っていれば汀子にも見えてくることはたくさんあり、二人とも舅《しゅうと》姑《しゅうとめ》の立場を取払って人間臭い姿が感じられる。

れんの実家は浅井といい、もとはお上《かみ》の御用も勤めた新橋の米穀問屋だったそうだが、戦時中の統制に加えて弟の七郎が商いに身を入れないこともあって、いまは半戸おろした状態でいるらしい。若いころから競馬が大好きで、七郎に金持たすな、といわれているよしで、そういうことを汀子が知ったのは、七郎の妻の琴が半泣きのありさまで駈《か》け込んで来たときであった。

たしか汀子結婚の翌秋のこと、琴の話によればこの年競輪が始まり、初のレースが小倉で開催されるのを追いかけて行った七郎はすっからかんの腹ぺこでようやく家に辿《たど》りついたという。

琴はれんの膝前《ひざまえ》ににじり寄りながら、

「姉さんからひとつきつく意見してやって下さいな。あのひとはあたしのいうことなんかまるで馬の耳に念仏なんですから。

この前も米の仕入れの金だといってごっそり銀行からおろしておいて、それをみんなすっちまってうちへ三日も帰ってこなかったんですよ。こんなことが続いたら、あたしはどうなるんです」

と終りは涙声になるのを、れんは眉《まゆ》ひとつ動かさず聞いていて、

「琴さんあなたもくどいひとですねえ。同じことを何度あたしに訴えたら気がすむんです？

七郎もあなたに来て頂くまではまじめでいい子でしたよ。どこでどういうふうに拗《ね》じまがっちゃったんでしょうね。

二人ともそろそろ白髪《しらが》も見える年ごろで、たまには姉のあたしんとこへもいい話持って来て下さいな」

れんの言葉は静かだったが、取りつくしまもない冷たさを帯びており、慰めてもらいにやって来た琴は口のなかで何やら呟《つぶや》きながら早々に帰ってしまった。

実家の窮状に対してお母さまは案外冷たくなさるんだな、と汀子がひそかに思いながら片づけものをしているとまもなく了二が外から戻り、

「お客さんだったのかい」

と聞いたところ、とたんにれんの形相が変り、

「ちょいとお坐り下さいな」

と座蒲団を指さしたと思うと、せきを切ったように、

「全体七郎があんなふうに博打《ばくち》ざんまいになり果てたのは、あなたが力になってやらないからなんです。かわいそうにあの子は、早くに父親を失ない、浅井の家を背負って若いころからいっしょうけんめい働いて来たのに、それを何です、あたしがこないだ蔵へ入ってみたら、あなたは七郎の借金の証文やら念書を、丹念に箱に入れて一枚残さずとってある。きっとあの証文でもって七郎をおどしてきたに違いありません。

いったい七郎は誰を頼ればいいんです。弟なのに助けてやろうとは思わないんですか」

とおそろしい剣幕で、了二はたじたじとなりながら、

「ちょいと待っておくれよ。七さんにはこれまでだってあたしがどれだけ肩入れして来たか、お前さんもようく知ってのことじゃないか。

もう放蕩《ほうとう》はいたしません、博打はやめました、心入れかえて家業に励みます、といって血書をしたためようとするのをとどめて墨で書かせたのがその念書で

しょうが。あたしゃ何もそれを証拠に七さんをおどしたことはない。本人のために、後日笑って読み返せるよう取ってあるだけです」

「それなら浅井へ金出してやって下さい。琴が狂乱して今日やって来ました。七郎はあろうことか十一《といち》の借金までしているそうで、このままでは夜逃げする他ありません」

「十日一割の利息とはまあ七さんも無鉄砲な」

と呆れている了二をなおも攻め立てるれんをうしろにして、汀子はそっとその場を脱《ぬ》けた。

れんがあんなに激し、かつ琴の前と了二の前とあんなにはっきり二面性を持っているのを見たのははじめてだっただけに、汀子はお母さまもおそろしい、という感じを持たざるを得なかった。

れんは日頃《ひごろ》至って静かで、口数も少なく、夫たる了二には従順でよく立て、そしてなかなかのインテリだと汀子は考えている。

朝、汀子が訪れると陽《ひ》の射し初めた入側でいつも必ず長い黒い髪をていねいに梳《す》いており、うつむいて首を垂れ、うしろから前へ梳きおろしている姿を見ると、髪の多いひとだなあ、と見とれてしまう。

そのあと両手でくるくると束ね、二百三高地とやらの髷《まげ》に自分で結い上げたあとは紙でていねいに櫛《くし》を拭《ふ》き、両手の油も拭《ぬぐ》い取ってから文机《ふづくえ》を持ち出し、日記をしたためる。

明治の生れなのに立教女学校を出ているというのが何よりの自慢だけに、日記は毛筆の文語体でしたためられ、一度汀子がちらと目にとめたところ、

○月○日、風強き日なり、旦那《だんな》さま午後二時ご帰宅遊ばさる。

とあり、どうかすると福二郎とは友だち同士のような言葉のやりとりをするときもある汀子はおそれ入り、このひとの前では亭主のことを旦那さまと呼ばなければならないな、と思ったことであった。

また、れんは長唄《ながうた》が得意で、機嫌のよい日は三味線を取出し、見台を置いて一人で弾き語りしているときもある。木場に育った汀子は、昔はどこの母親でも三味線の一挺《いっちょう》くらいは持っていたことを思えばなつかしく、たまにれんのそばに坐って聞き入ったりする。

「『都鳥』はね、ここがむずかしいんですよ」

といいながら、チャラリチャラリチャン、チャラリチャラリチャン、と前弾きの部分を弾いてみせ、

「ね、ほらね」

などと話しかけるときは上々の天気で、世辞のいえない汀子もつい、

「いい音いろですねえ」

と答えると、

「汀子もお稽古《けいこ》なさいな。あたしがいいお師匠さんを見つけてあげますよ」

とすすめてくれ、汀子もその気になりかけたが、まもなく妊娠してしまい、長唄どころか、了二の手伝いも十分に出来なくなってしまった。

しかしこの家の両親のそばに日々詰めていたおかげで、客の口などから汀子は八百善の歴史を知ることができたし、また多くの知己を得ることも出来た。

そして長女の出産前、大鈴小鈴という親子にめぐり合うのである。

茶の湯の集りは、単に茶を飲むだけでなく、月一回、茶事という食事を供する方式もあり、この日は台所へ料理人がやってくる。

「千住の鈴木でございます」

という玄関の声に汀子が出てみると、富山の薬屋のような紺木綿の風呂敷包《ふろしきづつ》みを背負った男が立っており、汀子が坐っておじぎをしているあいだに、勝手知った我が家のようにずんずん通って台所へ入ってしまった。

風呂敷の中は下ごしらえをした材料を入れてある広蓋《ひろぶた》で、あらわれた了二に男はあたまを掻《か》きながら、

「旦那、今月の献立にはあっしゃ参りました。河岸《かし》には何にもありやしません。何でも昨日ヤミ取締りのガサ入れがあったそうで、今日は軒並み半戸おろして蟄居《ちっきょ》謹慎でさ」

と告げると、了二は自分の書いた献立を眺《なが》めながら、

「じゃ何かい、魚っ気はまるっきり無いのかい」

「いえ、こんなこともあろうかときのう彦次《ひこじ》の野郎に一っ走り三崎まで行かせたんでさ。そしたら鱚《きす》だけはやけに上ってたんですが、旦那、そのままでは持って帰れないもんで、奴《やっ》ぁ浜で立塩《たてじお》してゆうべ一夜干しにしちまったんです」

「そうかい。それはご苦労だったね」

と了二はべつだん怒りもせず、

「このせつだ。皆さんごかんべん下さるだろうよ。ではたんぽぽの汁と青物取合わせた向付《むこうづけ》、鱚の焼物でいこう。どうにも日が悪かったと土下座するよりないじゃないか」

と決め、そのあとで汀子を紹介してくれた。

このひとは鈴木清次といい、かつての八百善板前の頭《かしら》で、もう三代続きの相伝譜代の勤めだという。

彦次というのは息子だが、もう年も三十近く、がらも親父《おやじ》よりは大きいのに、

「腕はからっきしまだ子供だもんで」

と清次はいい、了二は、

「そういうわけでもあるまいが、鈴木姓は多いから人さまは清さんを大鈴、彦さんを小鈴って呼ぶんですよ。汀子もおぼえておおき」

と説明してくれた。

八百善と聞いてもよく判らなかった汀子の前に、初めてその調理場を司《つかさど》るひとがあらわれたわけで、もの珍しく見ている汀子のかたわらで、大鈴は糊《のり》の

利《き》いた白い上衣を着、前かけをきゅっと締めると、たたんである豆絞りの手拭いをひらき、それをきりりと頭に巻いた。

大鈴のなりのいなせなこと、頭にはもう白いものの目立つ年頃なのに、木場で育った汀子には水もしたたるような男ぶりと映り、かっきりと目を見張ってその手つきを見つめた。

大鈴はまず流しを洗い浄《きよ》め、持参の庖丁《ほうちょう》組板《まないた》を出してその上に置き、真白なふきんを用意したつぎにはだしをとる手順にかかる。小さなかつお節を湯でよく洗い、表皮をこそげ落したあと、庖丁の先を使って血合の部分をとり除き、二つに分けてそれをゆっくりとかきはじめる。

卓袱台の上の了二の書付けを見ると、

四月花見茶の献立

汁　　三州味噌《みそ》、たんぽほ、水辛子《みずがらし》
向付　鯛《たい》かき身、岩茸《いわたけ》、煎酒《いりざけ》、山葵《わさび》
椀盛　星がれい、わらび、竹の子薄切、木の芽

焼物　むつの子、生椎茸《なましいたけ》、煮立
強肴《しいざかな》　長崎産生うに
吸物　かぶら骨、らんの花
八寸　若鮎《わかあゆ》、松露松葉さし
香物　京都すぐき
菓子　遠山形草餅《くさもち》

とあり、汀子はそれをひとつひとつ読んでゆきながら、胸のうちで戸が一枚外れて落ちたように、何かがはらりと見えたような気がした。

この献立は、物資豊富で八百善盛《さかん》なりしころのものかと思われ、いまの時代、調達不可能を知りながらこれだけ列挙する了二も了二なら、それを受けてできる限り奔走する大鈴も大鈴で、二人ながらにいまだに昔の夢をあたため続けているのだと汀子は思った。

「あるところには以前どおりのものはあるんだよ」

と了二はいっているが、なるほど今日大鈴が持参した味噌醬油《しょうゆ》、かつお節昆布《こんぶ》などの乾物ものは時間をかければ集めることが出来ようが、生魚はやはりその日次第であるのが判る。

大鈴は、まことに手順よく灰汁《あく》を落してたんぽほをゆで、竹の子を刻んで盛り、鱚《きす》を一口に切って焼く用意をすると、ころあいを見計らって離室から、今日の水屋を担当する若い手伝いの者が料理をとりにくる。

了二の献立ではとても大鈴ひとりでは出来ないが、略して三品ていどならくだと見え、すべて終ったあとでは使った道具類をきれいに洗って始末をしている。とりのおばさんと汀子が使う流しも調理台も、大鈴が入ると見違えるようにきれいになるのを見て、汀子は舌を巻く思いであった。

了二がひらく月例の茶事の催しは、必ず大鈴が料理を受持つが、ときに了二は、

「清さんや、たまには小鈴のほうでもいいんだよ。お前さんも毎たびはくたびれるだろう」

とねぎらうと、仕事のあとの一服をうまそうにすう大鈴は、片手で何かを担《かつ》ぐ真似をしながら、

「旦那、あいつは夏のあいだは行《ゆき》がた知れずになっちまうんでさ。もうあきらめてはいるんです。また秋ぐちになりゃ帰ってきまさあ。鴨《かも》みてえな奴で」

というのは、夏の祭礼の神輿《みこし》かつぎを渡り歩いているらしい。了二は笑って、

「そうさなあ、ちょっと数えたって五月は三社祭りから三崎稲荷《みさきいなり》、湯島さまもそうだな、神田祭りもあるし、六月七月八月と下町じゃしっきりなしだねえ。まま、あの揉《も》み合いは一度やったら病みつきになっちまうってのは判らないでもないから、まあ大目に見ておやり」

となだめたが、その小鈴が大鈴に替ってあらわれたのは秋十月、名残茶のときであった。

この木原山は常緑樹が多く、四季の彩《いろ》どりはあまり望めないが、それでも道のわきにはさまざまの季節の草花が生い茂って興趣あり、その朝、了二は汀子を供に邸内や付近を散策して床の花を摘んだ。

道々、名残茶について、

「十一月は炉開きだから、十月は風炉《ふろ》との別れ月になるんだね。好みからいえばあたしは一年中でいちばん十月の茶が好きなんだよ。何も彼《か》も枯れ、やつれ、

散り果ててしみじみわび、さびのおもむきがあるからね。だから道具もその気持で選ばなくちゃいけないんだねえ」

と語りつつあちこち目をやり、あ、いいものがあった、と駆け寄って鋏《はさみ》を鳴らしながら摘み取ったのは紫いろの実をつけたあけびの枝であった。

「どうだい、汀子。これはどんな花入れが合うと思うんだね」

と聞かれても判らず、首をかしげていると了二はためつすがめつ眺めながら、うんとうなずき、

「これはへら筒の掛花入れより他にはないね。そうだ。違いない」

と決め、他にもう一花山萩《やまはぎ》を剪《き》り添えて家に戻ろうとしたとき、自転車を押しながら坂を上ってくる二人連れと出会った。

「ああ今日は彦さんかい。どうだったい？　品はいくらか揃ったかい」

大鈴にどこやら面差《おもざ》しの似かよった、眉の濃い小鈴はていねいにお辞儀をして、

「へい、本日の献立は一品残さず取揃えました」

と挨拶すると、了二はぱっと喜色を浮べ、

「そうかい、満点というのはこれまでになかったね。いやご苦労さん」

と、ねぎらいながら家のうちに入る。

助手を連れて台所に下り立った小鈴は、若々しいだけ大鈴よりはさらに水際《みずぎわ》立った男ぶりで、てきぱきと準備したのち、ゆでる、煮る、焼く、切ると手際よくすすめてゆく。

汀子が不審に思うのは、事前に打合わせてあるのか助手とは一言も口をきかないことで、指さしたり首ふったりうなずいたりの動作だけで次々と料理が出来上ってゆくのであった。

一度汀子が自分の用のため土間に下り立ち、調理台の上の竹皮包みの物をちょっとどけようと手に持ってうろうろしていると、眉根《まゆね》を寄せた小鈴から、

「すまねえがそいつにはさわらねえでおくんなさい」

とどなられ、びっくりして飛び退《の》いた。

年の功なのか大鈴にはときどき冗談をいいながら仕事をする余裕があるのに、小鈴のほうはむっつりだんまりで歯のひとつこぼさないのは何か怒ってでもいるのかと思い、小鈴がちょっと座を立ったすきに、助手にそう聞くと、まだ十

代と思える小僧は笑いながら、

「いえ、そうじゃないんです。若旦那はとっても潔癖だから、仕事さい中にしゃべったら唾《つば》が食物に散りかかるって嫌《きら》うんです。その通りだとは思うんですけど」

といい、汀子はなるほど、と合点した。

この日の献立は、

汁　焼なす引さき、三州味噌、水がらし
向付　小さば乱盛、青じそ実、湯引、加減酢
椀盛　ずいき根煮ぬき、よせうずら山川、割いんげん、口柚子《くちゆず》
焼物　ほうらく蒸、車海老《くるまえび》、南部百合根《ゆりね》、松茸、初茸、銀杏《ぎんなん》
八寸　ハゼ風干、青唐がらし
香物　小胡瓜《きゅうり》ぬか漬《づけ》
菓子　竹皮包み栗入蒸《くりいりむし》ようかん

とむずかしそうなものばかり、名残とは背戸の畑の残りの胡瓜、茄子《なす》をも指しており、それに秋の味覚を加えての取合わせなのだと汀子にも判る。だんまりの小鈴はこの日限りで汀子の前にはあらわれず、とき折、眉根を寄せて自分を叱《しか》ったその面ざしを思い浮べることがあった。

大鈴の清次は、仕事のあと荷を片づけてのち了二に茶を招ばれ、汀子ともしばらく話し込んでゆくことがある。

何も判らないでこの家に嫁いで来た汀子が、了二の茶を通じて昔の八百善の仕事に興味を持ち始めたのをおもしろがるふうで、

「いまのご時勢は、女だから知らなくていいってことはありませんやね。戦争済んで三年目ともなりゃ、捜せば昔どおりの食い物も手に入るようになったし、あっしどもは大旦那がもとのように店ひらいて下さるのを首を長くして待っているんですから、若奥さんが古い話を知っておくことも、まんざら役に立たないこっちゃないと思うんですよ」

といいながら、八百善の昔をぽつぽつと語ってくれたのと、なおその上、機嫌の悪いときは聞いても、

「わかりゃしないやね、そんな大昔のことは」

とそっぽ向く了二も、上天気の折は茶を点《た》てながられんや福二郎をも含めて昔話を明かしてくれたのとで、汀子はこの家の歴史をほぼ理解できるようになった。

それによると、杉山家のはじまりは元亀《げんき》か天正のころ、まだ徳川家の江戸入城まえの時代、神田の福田村というところに善太郎という百姓があり、その後、江戸に人が増えてくると米作りのかたわら野菜や乾物を商うようになったという。

屋号は福田屋善太郎、それが八百屋善太郎となり、通称八百善となったのはどうやら元禄のころであったらしい。

神田から浅草の新鳥越に移った年月日は不明だが、どうも明暦の大火のあと、新吉原の出現とほぼ同じくらいと考えられ、いまに残る過去帳には初代善太郎、宝永五年没と記されてある。

初代の妻はその八年後、後を追っているが、禅定尼という名で記されているから、或いは夫亡《な》きあと髪をおろしたものでもあろうか。この辺りまだ家業の内容も分明してはおらず、ただここではっきりと八百善の呼称となる二代目善太郎があらわれており、やはり新鳥越に住んで年ごろの息子を持っていたことは判っている。

そのころ、橋場町に百間《ひゃっけん》水野、といわれた間口百間もあるお金の御用商があり、そこに二代目が出入りしていたところ、この水野家の若旦那が小間使いに手をつけて妊娠させ、始末に困り、主《あるじ》から相談を持ちかけられたことがあった。

水野家当主から相談を持ちかけられた二代目善太郎は、よくよくふところの深いひとだったと見えて、

「相判り申しました。伜《せがれ》がちょうど嫁をさがしておりますので、お腹ごと我が家に頂きましょう」

と胸を叩《たた》いて引受け、三代目の女房に迎えたという。

この女性の俗名は判らず、過去帳には貞光信女とだけ残されてあり、夫に先立つこと五年で世を去っている。このひとの生んだ男子はのちに四代目善太郎となって、八百善の興隆を見るわけになるが、汀子はこの話を聞いたあと、自

分も同じ嫁の身なら、いったい貞光信女さんとはどういうひとだったろうとしきりに思われてならなかった。

主のお手がついたならきっと美しいひとにちがいないだろうが、身重の体で杉山家に嫁いだあと、ほどなく出産した男児の父親については噂も広まったに相違なく、そういう世間の波に対し、八百善としてはどんなふうに乗り越して行ったのだろうか。

このころ、江戸の町にはぼちぼちと高級料理屋があらわれ、宝暦、明和のころから深川洲崎《すさき》の桝屋《ますや》、深川大橋の平清、中洲の四季庵《あん》、橋場の柳屋、本石町《ほんごく》の百川《ももかわ》などが記録に残っている。おおよそ江戸時代初期のころまでは、外で食事をするという習慣はなかったらしく、煮売りの行商はあってもこれは専《もっぱ》ら庶民相手のもの、武家商家では外出の際、必ず弁当持参か、相手の家で用意してもらうよう手配したという。

それが、ようやく外食できるような店が出来たのは明暦の大火のあとで、浅草金龍山《きんりゅうざん》で奈良茶というものを売り出したよし、「西鶴置土産」に記してあるのを了二は読み上げてくれたことがある。

最初は茶飯に香の物の立ち売りだったらしく、これがおいおい、豆腐汁、煮豆も添え、小さな座敷もしつらえて庶民料理の発展となって行ったと思われるが、八百善の出現は、さきに挙げた高級料理屋に少し遅れてのことだったのではなかろうか。

これらの店は大体隅田川《すみだがわ》のほとりにあり、それというのも新吉原が近く、新鮮な魚介類も手に入りやすいし、船からすぐ座敷へと上れるため、人目をしのぶ会談などには適していたから利用価値が高かったらしい。

了二の説明では、このころの八百善の商いの内容は定かではないが、享和《きょうわ》年間にはすでにもう相当の羽振りであったらしく、「寛天見聞記」にはこういう話が載っているという。

あるとき、美食に飽いた客二、三人が打揃って八百善に上り、極上の茶とうまい香の物とで茶漬を、と注文したところ、しばらくお待ち下さい、といったきり半日も待たされ、挙句ようやく出されたのは煎茶の土瓶《どびん》と飯、瓜茄子《うりなす》の粕《かす》漬《づけ》を切りまぜにした香の物で、まことに結構な味であったという。

しかしそのあとの勘定書をみると一両二分と書かれてあり、これはいかにも高直《こうじき》、とばかりにたずねると、主人曰く、香の物は当節珍しい瓜と茄子、茶は宇治の玉露、米は越後の一粒選《よ》り、そして最も金のかかったのは茶のための水だという。

そのころ、煎茶が流行していて、まず茶銘を選び、つぎに水の出所を飲み分ける遊びがあり、これは玉川、これは隅田川、これはどこそこの井の水、と賞味して楽しんでいたらしい。

八百善の新鳥越付近は昔から水のわるいところで、邸内に新しく井戸を掘ったり、さらったりで悪戦苦闘した様子が語り継がれているが、この客のように極上茶を、といえば早飛脚を仕立てて玉川まで水を汲《く》みに走らせるよりなく、故《ゆえ》に莫大《ばくだい》な運賃がかかったのだという。

この話は、八百善の見識の高さを語るものとして、いつも引合いに出されるのだが、了二は笑いながら、

「鳥越と玉川といや遠いねえ。どうだか判りゃしないが、まあ早飛脚なら往復四、五時間で走るだろうから、できない話ではないね」

といい、聞いたとき汀子は、宙をすっ飛ぶような飛脚の使いなら、汲んで運

ぶ水の量もせいぜいお弁当箱ひとつぐらいではなかったかと思ったりしたものであった。

茶漬の一杯に一両二分も取られた客は、これに憤慨して世間に触れ歩いたか、あるいはさすが八百善、と膝を叩いたかは記されてはいないけれど、いずれにしろ、この話によって八百善の出す料理についての評判は拡《ひろ》まったにちがいない。

お金御用の水野を実父とする子を我が子として育てた八百善三代目の明らかな事蹟《じせき》の記録類は、のちの木原山の土蔵のなかには何も残っていないが、了二によると「手帖《てちょう》」と上書きのある和綴《わとじ》の帳面がひとつだけあり、享保何年寛保何年のメモとして、新鳥越二丁目町内出水、その修復、吉原土手のがけ崩れ、紙洗い橋下り口の杭《くい》のつけ替え工事依頼などが記されてあり、おそらくこの筆蹟が三代目善太郎の唯一《ゆいいつ》の遺筆ではないかと考えられるそうであった。

了二の推察するのには、三代目時代はかの田沼意次《たぬまおきつぐ》の贈賄《ぞうわい》政治のころで、ために八百善はこのころ大いに繁昌《はんじょう》したらしいふしがあるという。即ち山海の美味盛合わせた嶋台《しまだい》や、見た目も美しい二重がさね三重がさねの折詰の注文が多く、田沼は夜食にまで八百善の料理を食したことがいい伝えられている。

一方では大名たちの財政の窮乏甚《はなは》だしく、幕府も老中以下朝夕湯漬で、漬物も数のなかに入れて一汁二菜、むろん酒も表向きは飲めない時節であったから、八百善の美味は大きな魅力であったに違いない。

それに、財政困窮すればますます水野家への大名たちの御用は増えるわけになり、当時の勢いは十分に推察され、とすれば縁につながる八百善もともに栄えたと考えて間違いないと思われる。

しかしまた、三代目当主のうちにきびしい寛政の改革も迎えており、そういうとき、のちにもいく度か出会った倹約令の折のように、一時休業状態に入っていたことも考えられ、了二はそれを、

「いたちごっこてえのかねえ。食い物にまでお上の指図は受けたくねえっていう江戸っ子もおおぜいいて、しばらくなりをひそめてりゃ、また万事もとどおりに戻ったらしい」

といい、また実際、寛政五年にはこの改革をすすめた定信の引退と同時に八百善に客も戻り、そして三代目は息子に代を譲ってのち、文化二年、没した。

ここまでは店の起源にまつわる伝聞で、どこやら遠い話だが、四代目善太郎となるといささかの資料も蔵に残っているだけでなく、当時の江戸の、いろいろなひとの著作にもその名は上ってくる。

了二は、四代目の祥月命日《しょうつきめいにち》十月十五日にはその俳号をとって毎年包七忌をひらいて釜《かま》を掛けており、汀子も席に列し、はじめてそのひとの肖像画を見せてもらった。

軸装された絵は、四代目晩年に近いものらしく、髷《まげ》の束も少なくなっているし、心なしか前屈《まえかが》みの姿勢のようにも見えるが、しかし面《おも》ざしはいかにも思慮深く賢こそうで、いささかの卑《いや》しさもない。

ひょっとすると、これは実父水野の血筋のせいではないかと汀子は思い、とたんにはっとして、こんなことは寝言にさえ口に出してはいけないのだと自分を戒めた。

肖像画の他に、四代目自筆の克明な旅日記も三冊、揃《そろ》って床の間に並べられてある。

四代目は明和五年に出生、母親の、戒名貞光信女はこの長男のあと、三代目の子を生んだかどうか一切不明だが、ひょっとして男子を挙げていても、やはり父親はこの子を後継者として育てたのではなかったろうか。

祖父に当る二代目は、四代目出生を見たあとなお二年を生きて亡くなっているが、この子を後継者と定めた決断は、或いは父親よりも祖父であったかも知れない。

何しろ百間水野は万一のときの頼みの柱ともなる家だったから、八百善の繁昌をねがうなら、その実子を立てるほど緊密の度深まるものはなく、固い遺言として二代目は我が子三代目にその因果を含めたのち、逝《い》ったのかも知れないのである。

三冊の旅日記のうち、一冊は四代目二十一歳のときで、一日四十キロを毎日歩きつつ東海道を経て京都に至り、帰りは中山道《なかせんどう》を廻《まわ》って二ヶ月半の旅、あとの二冊は三十五歳で、これはさらに足をのばして四国の金比羅山《こんぴらさん》と丸亀《まるがめ》に至っている。

日記は仔細《しさい》に記され、各地の食べ物についての感想も述べてあるが、この三冊を手にして汀子は、三代目はずい分四代目を大事に扱ったんだなあ、という感想を持った。

何故《なぜ》なら、この旅は格別の目的もなかった様子だし、大枚を持たせて見聞を拡めに行かせるなど、当時としては大した贅沢《ぜいたく》といえるものではなかったろうか。

もっとも、二度の旅とも四代目はまだ家督を継いではおらず、世間を見るならいまのうち、ということでもあったろうし、また最初の旅は寛政の改革で店に手が要らなくなっていた理由も考えられ、また後の旅は十返舎一九の「東海道中膝栗毛《ひざくりげ》」が刊行された直後だったから、触発されたということもあったと思われる。

いずれにしろ、二度の大旅行は四代目の人間を形成するのに重要な役割を果したものと考えてよく、やがて店を継いでのち、多方面にわたる友人を得ることになり、それは即ち商いにつながって、八百善は当時一流の文人墨客の群れつどう社交場ともなるのであった。

汀子は、了二のいう、

「まあかいつまんでいや、四代目が八百善のご先祖さね。いくら金が儲《もう》かったって、客筋がよくなくっちゃ、店の格ってものは上りゃしない。その点、四代目は将軍さまから当時の文化人まで、ぴったりと八百善の常連にしちまったひとだからね。これはなかなかのスターですよ」

と聞くと、実直そうな四代目の肖像画を前にしてスターとは、聞いて汀子は思わず笑ったが、考えてみれば、お父さまとどこか似かよっている、と感じた。

面ざしや筆蹟ではなく、そのひとを取巻いて人が集まってくるという雰囲気《ふんいき》は、毎月の茶事でも見られるとおり了二も身につけており、これは商人たるものの必須《ひっす》の条件だという。

もっとも了二の八代目は直系ではないが、それをいえば四代目も血筋ではなく、

「身びいきでいうんじゃないが、商人《あきうど》の家ってのは往々にして養子の時代に栄えるねえ。我が子だと少々半ちくでも家譲らなきゃならないが、養子なら選りどり見どりでいいのをもらえるってこともある。さてうちはどうだかねえ」

と了二は笑いながら福二郎を見、福二郎はてれくさそうに、

「いやあお父さん、私はサラリーマンですよ。毎日これですよ」

とそろばんを弾《はじ》くまねをすると、れんがわきから、

「何でも大阪の船場あたりでは、男の子がいても次女か三女に家を継がせるんだそうでござんすね。何故なら長男長女はどうしても甘やかされて育っていますから、体の弱い子が多い。そこへゆけば次女三女は強うござんしょ。それにいい養子さまがみつかればこんな目出度いことはないってわけじゃありませんか」

　と口をはさめば、了二も相鎚《あいづち》を打って、

「それも道理さなあ。しかしうちは女の子は皆よそさまにあげちまったし、強いっていえば七人の子全部強いが、弱いっていえばこれまた七人、甘えん坊ばかりといえるんだねえ」

　とどこやらそれが嬉《うれ》しそうに語ったが、これはまだ汀子の結婚翌年の話、この時点では八百善の将来については何ひとつ決まっていないらしかった。

　了二に似ている四代目の友人兼常連客は、まず酒井抱一、大田蜀山人《しょくさんじん》、谷《たに》文晁《ぶんちょう》、亀田鵬斎《かめだほうさい》、大窪詩仏《おおくぼしぶつ》、大黒屋秀民などの名が見えるが、なかでも抱一は姫路十五万石の城主、酒井雅楽頭忠以《うたのかみただざね》の実弟で、出家して抱一と号し、尾形

光琳《こうりん》の画風に学び、その上にさらに洒脱《しゃだつ》さを加えた当代随一の画人であると同時に俳諧を好んだひとである。

四代目は抱一俳諧の弟子で包七という俳号を持ち、これら文人と集まってまことに粋な遊びをしていたらしい。汀子は、福二郎とのデートのとき、抱一の名を出され、知っているとうなずいたことを思い出しながら、この話を興味深く聞いた。

抱一は当時浅草千束村に庵《いおり》を結んでいたので、至近距離の八百善へは朝に晩に訪れたらしく、他の粋人たちもここを根城にしてさまざま趣向を凝らして楽しんだという。

客は他に、江戸在藩の高級役人や富商など、八百善ののれんをくぐるのを一種の威勢としたおもむきがあり、その上に文政十年には将軍家斉《いえなり》のお成りを迎えている。

正月十八日、将軍向島へ鷹狩《たかがり》に出られたとき、八百善寮橋場の真崎別荘に突然立ち寄られ、獲物《えもの》の鶴《つる》三羽を庭の松の木にかけて上覧、しばし休息されたよし、このときの様子を抱一描いて「鶴懸《つるか》けの松」という作品に残している。

その十二年後にはお世継家慶《いえよし》公も川狩の折、真崎荘におもむかれ、昼食も摂《と》られたことが伝わっているが、一商家に将軍をお迎えしたのは当時この上もない栄誉であり、そのとき使用した器物はすべて大切に保存したそうであった。

大名がたでは茶人で松江の殿さま不昧公《ふまいこう》の名も残っており、酔余の興に書いたという「竜肝鳳髄」というよい字の扁額《へんがく》も保存されているから、舌の肥えた殿さまでも八百善の料理は竜《りゅう》の肝か、鳳《おおとり》の髄か、と思うほどに珍しく美味だったのではなかろうか。

当然代金も高く、喜多村信節というひと、以前八百善で出されたハリハリ漬《づけ》の味を思い出し、小鉢《こばち》を持たせて使いをやったところ、ほんの一箸《はし》、と思える量に三分《ぶ》も取られたという。

あまりの法外、とばかりにかけあうと、八百善のハリハリに使う大根は、干した尾張《おわり》大根の大束一把《わ》のなかから一本か二本を選んでぬき出し、その細根大根を味醂《みりん》で洗って漬けるのでこんな値段になるのだといわれ、返す言葉がなかったという話も伝わっている。

大根を最初から水で洗うと辛くなるといい、高価な味醂を惜しげもなく使って泥《どろ》を落すという八百善の料理は、何かにつけ当時の話題となったことであろうし、またその贅沢をかいま見たいと人心をそそったことでもあったろう。

金に糸目をつけぬ人たちが集まってくるサロン八百善は、高級料理もさることながら、それを味わう建物も当然立派なものでなくてはならず、それについては了二が、惜しくも震災で焼けてしまったおこし絵の話をしてくれた。

おこし絵というのは裏打ちした厚い紙の上に絵を描《か》き、それを切抜いて立てると立体的な図ができ、家の設計によく使われたものだという。

八百善では七枚つづきの紙に邸《やしき》の見取図を彩色で描き、客への土産に持たせたというが、れんもよくおぼえており、

「小刀でふちどりをして切り、それを台紙に立てると、まるでほんものの家みたいでしたよ。抱一さんのお好みのお座敷は十五帖と六帖のあいだに一帖の床がござんしてね。あたしが杉山へ来たとき、古びてはいましたが、まだしっかりしていました」

と語り、了二もなつかしそうに、

「いまはもうあれほどの普請《ふしん》は逆立ちしたってできやしないやね。柱の四方に

木の内皮の残っているのを面皮《めんかわ》というんだが、それを全部檜《ひのき》の小丸太で揃えてあったんだからねえ。もっとも一部はあたしが震災前に改築したんだよ。

山谷の八百善は、そうさな、七、八千坪はあったんじゃないかねえ。二階に上ると敷地のなかに霞《かすみ》がたなびいていたっていうくらい広かったから」

と語り、江戸時代から関東大震災まで人の口から口へと伝えられた大八百善の基礎を作った四代目を、了二は心からたたえるのであった。

文化文政時代、刊行されたものに「閑談数刻」という書物があり、それは下谷の田川屋宇《う》右《え》衛門《もん》というひとが息子幸二郎に、四代目善太郎の人物を語って聞かせた部分が記載されていて、杉山家にもその写しが保管されている。

それによると、

「八百屋善太郎、福田屋という。新鳥越二丁目に住む。俳諧を好み、三味線を弾く。

料理屋の雷名このひとに続くものなく、遠方のお屋敷方より日々折詰注文の絶ゆることなく、仕出しも八百八町へ出し、御膳籠《ごぜんかご》の置所なく、江戸一なれば日本一成りと人々の申せし也《なり》」

とあり、一知人の言とはいえ、当時の江戸の人々が八百善をどう見ていたかということがうかがわれる。

この種の、八百善鑽仰《さんぎょう》の書きものは多く残っており、大田蜀山人の狂歌に、

詩は詩仏書は鵬斎に狂歌俺《おれ》
芸者お勝に料理八百善

と江戸一のものを詠《よ》みこんだ作を、了二はすらすらと詠みあげた。

こう聞いても、料理屋の実態を知らない汀子には芝居でも見ているような感じだが、四代目の家庭生活の話ではだいぶん近くなり、人間くさいかたちが次第に浮かび上ってくる。

汀子の興味はむしろそのほうなのだけれど、女のことはやはりあまり記されてはいない。

四代目の妻はお時、年齢も出自も嫁入りの年月日も一切不明だが、ただ没年だけは天保十年七月十二日、と過去帳に書き残されてある。

のちに汀子は、日本一の八百善当主、しかも通人粋人といわれた四代目を夫に持ったお時は、いったいどんな日々を送っただろうかと、しきりに思われて

ならなかった。

そのころの慣《なら》いで、四代目もおまちという妾《めかけ》を持ち、この女性も八百善には重要な役割を果したことが判《わか》ってくるが、そういうことも含めてしあわせな生涯《しょうがい》であったか、または案外、心中おだやかならぬ一生を終えたのか、推し測るべき記録の一片も見当らないのはいかにも残念であった。

ただ、お時が亡くなったのち、すぐあとを追うように三月後の十月十五日、四代目も没しているのを後の八百善身内の者は、きっと夫婦仲がよかったのだよ、女房が死んで気落ちしたのだよ、というふうに解釈しているのだけれど、真相は何も判らなかった。

しかし二人の仲には長男弥五郎、次男又七が恵まれており、さきの「閑談数刻」には、兄について、

「茶、広井宗微門人、河東節沙洲《かとうぶしさす》連中、
真実心ある人の句と認める。平生も人に恵むこと多し。包丁の上手也」

とあり、これならば父によく似て五代目当主たるにふさわしいひとと思われ、
続いて弟の記述には、

「茶、広井宗微門人、鼓《つづみ》をよくす。実体《じってい》なるひとにて親に孝なり。両親の不快の折にはもみさすりなどして寝食を忘るる。後には我知らず上手となりて、田川屋我病気の節は見舞に来《きた》り、たびたびあんましてくれたり。商売に身を入れ、かまぼこを製すること、このひとに並ぶ職人なし」

とあるからには、兄弟ともに褒《ほ》められ者のよい息子だったと思われ、よい子はよい家に育つことから考えると、四代目とお時は推察どおりの仲のよい夫婦だったと考えてもよいらしい。

子は男児ふたりの他に娘があったかどうか、何も書かれていないが、おそらくお時が他に何人かを生んでいても、他家に嫁いだ女子については系図にもろくに残さないのがふつうだったから、これも年月の彼方《かなた》に没し去ってしまったと思われる。

四代目妾というのは、もと吉原の遊女とも芸者ともいわれ、河東節と三味線の名手であったらしく、このひとの後姿が入っている絵が一幅、いまに残っている。

絵は「玉菊《たまぎく》追善小集図」と題され、享保九年ごろ吉原中万字屋の抱えであった遊女玉菊の百回忌に集まったひとびと十三人の姿を、戯画ふうに描いたもので、渡辺崋山《かざん》写、と署名がある。

玉菊は和歌、書、香の道に長《た》け、絶世の美人と聞えたが、二十歳にして発病、二十五歳で伽羅木《きゃらぼく》を焚《た》きながら息絶えたと伝えられ、半ば伝説化された玉菊を追慕するひとは、昭和に入っても続いたという。

文政九年八月十三日は、魂《たま》まつりとして抱一以下集い、床には玉菊遺墨の朝顔の歌をかけ、香供養《くよう》を行なったもので、十三人の人物にはそれぞれ名を描き込んである。

このなかで四代目善太郎は袴《はかま》付けで料理をすすめており、のちの六代目となる、まだ小さな万太郎は部屋の隅《すみ》で茶を点《た》てている。おまちは下段右よりに、崋山弟子の椿山《ちんざん》と池田孤邨《こそん》とにはさまれて向うむきに坐《すわ》っているが、膝前《ひざまえ》に銚子《ちょうし》を置いてあり、髪に笄《こうがい》を挿《さ》し、裾引《すそびき》姿だから或いはひょっとして、四代目の接待役として座に連なっていたのかも知れない。

このころ、四代目はのち将軍のお成りを仰ぐ真崎荘という寮を持っていて、おまちはどうやらここに住まっていたらしい。

真崎は大川べりにあり、長命寺の森や、牛の御前という土地や、梅若塚のある木母寺などが望まれる、ことに風雅な土地だったから、四代目は折ふし保養のために訪れていたものでもあろう。

順風満帆と思えた杉山家の家族のあいだにかげりが見えはじめたのは文政八年ごろのこと、長男弥五郎に嫁おうめを迎えたあと、この若夫婦に子はおはる、おむらと娘二人恵まれたものの、おむらがいたいけな三歳で突然亡くなったときからで、悲嘆の底に沈んでいるまもなく、ふたたび七年後には十四歳まで成長した一人娘のおはるも、父が五代目を次いだ翌年、帰らぬ人となってしまったのであった。

れんはそれについて、

「おむらちゃんが亡くなったのは師走《しわす》の十二日でござんしょ。料理屋の女房の暮というのは目が廻る忙しさ、なんてものではありませんからね。自分で体をずたずたに引裂いて、引裂いた身をいくつにも働かせなくちゃならないんざんすよ。きっとおうめさんは、子供にまで目が届かなかったと思いますね。かわいそうにどれほど悔んだか、あたしは判る気がしますよ」

無口なれんが力を込めておうめの悲しみを語るのを汀子は聞いて、江戸一の料亭のおかみがそんなに働かなければならないのかしら、とふっと思った。

汀子のような一サラリーマンの妻では、了二の話も単に家の歴史の一こまとしか受取れないが、八百善に嫁ぎ、その隆盛を体得しているれんは一入《ひとしお》の理解と同情を寄せたにちがいなく、その証拠に、おうめから六代目七代目、そして八代目のれんにも「天源淘宮《とうきゅう》術」という一種の精神修養術が受け継がれてゆくのである。

もともと天源術というのは宿命説の一つで、人間の天稟《てんぴん》の本源をたどってその一代の運命を予知するものといわれ、生年月日の干支《えと》と観相にもとづいて性質などを判断する。天海僧正の創始だが、これに淘宮術を加えたのは小石川に住む横山丸三、号を春亀斎《しゅんきさい》という人で、この人を訪ねれば、「黙って坐ればピタリと当る」どころではなく、心の奥底まで鏡に照らすようだと天保のころ、大評判であった。

二人の娘を失ない、気も狂わんばかりの悲しみに打ちひしがれたおうめは、

「おとうきゅうさま」を信じ、これによって精神の安定を求めたらしく、次の代の嫁たちも順に姑《しゅうとめ》にならって、家内安全を念じたものであろう。

長男の跡取り娘が亡くなれば、次男の子供たちに望みを託されるが、又七の嫁おためは長子の万太郎を生んだあと、続けて女児を出産したものの、産褥《さんじょく》から起き上らないまま、二十六歳の若さで帰らぬひととなってしまった。

了二によれば、昔は長男は一家の代表として旦那然《だんなぜん》と威張っていられるが、次男以下は雇人同様に働かされるのが常で、又七の仕事は家中の事務一切から雑用まで引受け、その上公儀御用の走り使いも勤めていたから、その忙しさはなみ大ていではなかったらしい。

おためをめとってのちも、八百善邸内の使用人部屋に夫婦で住み、万太郎はここで生まれ、おためもここで亡くなっている。

傷心の又七は、天保三年に遺児万太郎と娘、そして乳母を連れて橋場町に移ったが、これは公儀御用の多いため、将軍お成り場に近い場所へ、というお上《かみ》のお達しもあったためかと思われる。

公儀からの差し紙をはじめ、又七自身の記した御場日記は大きな束となっていまに残っているが、それによると又七は粉骨砕身、寝るまも惜しんで御用相勤めたふしがある。

その結果、橋場に移った翌年、五歳に育った娘が死に、その翌年、又七もまた女房おためのあとを追ってしまった。

扱うものは生《なま》の食べ物、もしものことがあれば八百善はのれんをおろさねばならなくなるかもしれず、一死以《もっ》て詫《わ》びたところでとうてい償いきれるものではない、とばかりに、又七は定めし神経をすり減らして働いたものであろう。死因については何の記録もないが、おそらく過労からくる病いと考えてよく、しかも三十六歳という若さであった。

いまに残る文書のひとつに、こういうものがある。深夜叩《たた》きおこされると公儀のお役人、差し紙を押し頂いて開くと、

明朝六つ時、公方《くぼう》様お成りに付、左の通り相勤むべく候《そうろう》

御用、と書かれた命令書で、お上のお達しとあらば夜討ち朝駈《あさが》けも辞さぬもののの、これが連続して毎度のことなら、又七も体が続かなかったものと思われる。

しかし打ち続く不幸をよそに八百善の商いはますます繁昌しており、老いた四代目はこのありさまを眺《なが》めながらどんな思いであったろうか。

四代目は隠居ののち、五十四歳のとき「江戸流行料理通」と題した料理本をあらわし、その後もとびとびに続篇を書いて第四篇まで刊行しており、当時料理本というのは寛永以来、「料理物語」「豆腐百珍」「甘藷《かんしょ》百珍」「海鱧《はも》百珍」などの百珍ものも含め、たくさん刊行されているなかで一きわ高い評判を呼んだものであった。

江戸でよく売れたのはむろんだが、江戸見物のひとや、江戸詰め武士の帰国土産にあらそって買い求めたといわれ、その後もずっと増刷を重ね、最後の版は明治二年となっている。

杉山家の蔵には、木版摺《ず》り初版本の、抱一、文晁、北斎、蜀山人などの絵を添えた豪華なものが残されているが、了二は曝書《ばくしょ》の折、これを示して、

「まあひとつ読んでごらんな、懇切丁寧に書かれちゃいるが、この八百善料理の本を見て作れるというお方は当時の日本にいったい何人くらいおいでだったかねえ」

というのは、庶民の食事はいかにも貧しく、下級武士は一年中金山寺味噌《みそ》のおかずばかり、他は推して知るべしで、魚など一年に一度食べればいいほうだったという。

「つまり、一般ではただ読んで想像して楽しむだけの本だったんじゃないのかねえ」

という了二の言葉を聞いて汀子は、このところずっとご無沙汰《ぶさた》続きの兄の護のことを思った。

護ならきっとこれを、資本主義の傀儡《かいらい》、といきまくにちがいないが、一部の特権階級にのみ料理を供して財をなした八百善の娘を妻にしていることはどうなのだろう、と思うと何だかとても可笑《おか》しかった。

悠々《ゆうゆう》自適、五代目を伴って遠く長崎の地にまでしっぽく料理の研究に出かけていた四代目も、次男又七の死にあって少なからず衝撃を受けたらしく、八百善の将来について深く憂《うれ》えたふしがある。

血筋としてもはや一粒種となった万太郎の処置について、熟慮の末、四代目はこれを妾おまちに託したが、ついてはさまざまな謎《なぞ》が残る。

子を失なった五代目にすすめ、ただちに何故本家の養子に迎えなかったか、後の誰もが首をかしげるところだけれど、考えられるのは、おとうきゅうさまに凝っているおうめが、師から「その子をもらえば家が亡《ほろ》びる」などのご託宣を受けたのかもしれないし、或いは二人の娘の死後、ずっと気鬱《きうつ》症で、子供など育てられる有様ではなかったのかも知れない。

また四代目が、早くに母親を失なった万太郎を異常なほどに不憫《ふびん》がり、玉菊忌の絵でも見られるように、いつも手もとにおいていつくしんだため、家のなかがうまく納まらなかったという説もある。

いずれにしろ、真崎荘に住んでいたおまちが当時十二歳の万太郎を預かり、養育費は本家からもらって一人前に育てたらしいが、その後、成人ののち六代目となってからの働きぶりを見れば、青少年時代の教育が立派であったことがうかがわれる故《ゆえ》に、おまちの人柄《ひとがら》もしのばれ、ひいてはそれを見越しての四代目の処断であったとも思われるのである。

ただし、万太郎がおまちとともに過した期間を知る手がかりはどこにもなく、了二の推理では、

「天保九年の江戸の大火で真崎荘は焼けちまったんだが、そのときまで一緒にいたのはたしからしいやね」

という話になる。

江戸時代は火事が多く、一旦《いったん》火が出れば南風を受けて大火になるため、ひとびとはどれだけ用心したものだったか、八百善も開店以来、一度も自家より火を出さないのを誇りにしていたという。

三月五日の払暁《ふつぎょう》、石浜の伏見屋別荘から出た火はまたたくまに燃え拡《ひろ》がり、十六歳の万太郎はおまちの手を引いて新鳥越の本家に避難した。

このあと引続き残り、万太郎は八百善で料理の修業に励むことになったとだけは判っているが、一年後、母方の叔父中村真之助方に引き取られている。これもまた謎のひとつとされ、やはりおうめが万太郎を受け入れなかったか、万太郎のほうで嫌《きら》ったのか、そういう人の心のうちまではどこにも書き残されてはいないのである。

真崎荘が焼失し、万太郎も本家で庖丁《ほうちょう》修業して一年ののち、天保十年の夏、四代目妻お時が亡くなり、その百ヶ日法要が終るや、四代目が後を追って他界した。

万太郎が中村家へ養子に出されたのは四代目の死の直後と思われるので、どうやら家の内の均衡が失なわれ、さまざまなことが表面に出たというわけではなかったろうか。

十七歳の万太郎は、金百両の持参金と衣類持物の一切を持って八百善を出、中村家へと引きとられたが、この辺り何やら激しい感情のやりとりが嗅《か》ぎ分けられる。そのとき、中村家に渡された約定書のなかに、万太郎の行いについておうめの気に入らぬこと有、という一項があったよしで、もしそれが主たる原因だとしたら、女ながらもおうめの権勢は相当なものであったと推察されるのである。

もちろん夫の五代目も健在だったけれど、時代こそちがえ夫婦ともなれば、いつのまにやら女房のほうがだんだん潜在的な実力をつけてくるのではないかと汀子はそう思った。

姑のれんは日頃《ひごろ》静かで無口なひとではあるが、過日、実家の弟の件で了二に詰め寄ったときは、汀子も座を外すほどの形相だったし、そのあとも一度、何やら激しくいいあらそった様子があり、何故そうと判ったかといえば、了二のほうが気の毒なほど、しおれ、した手に出てれんの機嫌《きげん》を取り結んでいたということがある。

汀子も、いまはまだ結婚一年余だし、思うことのすべてを福二郎にはぶちまけられないが、毎晩戻りのおそいことの不満が溜《た》まった上に洋服のポケットからバーのマッチが出て来たときなどは、こちらが詰問《きつもん》するまえに向うから、

「いや、その、何だ、仕事で行かなきゃならんときもある。いつも行ってるわけじゃないさ」

などとくどくどいいわけをするのを見ると、ふん、あやしいもんだ、と腹を立て、マッチを放《ほう》り出したりすることもある。

了二のように、人格識見すぐれたひとでも女房には頭の上らないのをみると、病身と思われるおうめをいたわってその意志を尊重した五代目の態度も、いちがいに非難できないと思うのであった。

それに、五代目は、この直後はじまった天保の改革に対応しなければならず、天保十二年には北町御番所から遠山左衛門尉《とおやまさえもんのじょう》の名で呼び出し状が来、料理屋

一同白洲《しらす》にかしこまり、いい渡し状を読み上げられたが、この文書はいまも八百善の蔵に残り、汀子も一度見たことがある。

その文書は至ってくだくだしく、また悪筆で、汀子のような古文書の判らぬ者が読んでも、決して立派な役人がしたためたとは思えぬものであった。料理屋に関する部分だけ見ても、

「これまでその方ども、種々手をつくし、新製工夫いたし、料理過美に相仕立て、杉糸目、柾《まさ》の折、重組、結びひもなど付け、たいそうに致し、また、白木台などとて、法に過ぎたる事いたし候事」

と挙げ、また菓子なども重に入れて送ったりしたことにつき、

「これもいたすまじく候。商売稼《かせ》ぎ、又、楽もいたし、よくよく相慎しみ、また申し渡し候事、相そむき候えば、不便《ふびん》なれどもお城下《しろした》には居られぬ。この旨《むね》、よくよく相心え候」

とあり、これを、八百善を筆頭に呼び出し三十六店の主《あるじ》の頭上に高々と読み上げたらしい。

五代目はその旨承わり、ただちに戸をおろして天保十四年まで休業せざるを

得なかった。しかしお上からの締めつけの下で市民の不満はくすぶっており、相次ぐ注文に応じて二年後には仕出しのみを始め、そして翌年九月、もとどおり看板を挙げた。

五代目は再開後一年の夏、五十歳の生涯を閉じたが、一人残されたおうめに心境の変化があったか、或いは親戚《しんせき》一同のすすめなのか、万太郎を呼び戻し、六代目を相続することになったのであった。

その折中村家では、五年まえ万太郎につけて届けられた百両の金をそっくり返したそうで、このことから考え合わせるとおうめの仕打ちの勝手さに大いに憤《いきどお》ったであろう様が浮んでくる。

中村家預け、とはいいながら、そのときは万太郎をどこへ養子に出そうと、或いは男子のいない中村家の跡取りにしようとどうぞご自由に、とまるで捨て子のようにくれてしまったのに、いまになって取り戻すとは、と腹に据《す》えかねた思いであったろう。

さだめし話は紛糾したと思われ、その結果、突き返された百両は一旦納めたものの、養育料として改めて五十両をおうめがさし出し、中村家ではこれをようやく諒承《りょうしょう》して受け取っている。

蔵のなかの文書は、叔父中村真之助よりおうめ殿、として、

受取り申す金子《きんす》のこと

一金五拾両

とし、以下この経緯を記してあり、一応かたじけなく候、とあるが、行間に無念の思いがにじみ出ているように感じられる。

五年のとし月は、そろそろ老いはじめたおうめと、二十三歳になった万太郎をだい分成長させたとみえ、このあと母子間には目立つほどの波風は立たなかったらしい。

四代目からずっと八百善当主を語り続けて来た田川屋は同じ「閑談数刻」で六代目をこう描いてある。

六代目幼名万太郎。茶は雲州流、河東節を語り、俳諧を好む。

座敷の造作すべて工夫の上手にて、御大名へも茶人にも向くようになしたり。庭のもよう、石のすえかた、樹木の植えつけ、田舎家の趣向、襖《ふすま》びようぶ、一切の道具、何によらず新工夫をすること、この家業に生れ付き

たる人なり。

その上母親に孝行にして妻と和合し、召使いの者、職人へも他人に慈悲心ありて、癇《かん》の気なく、柔和正直にてほめぬ者はなく、お客もひいき多くして益々《ますます》繁昌なり。

これご先祖のおかげ成るべし。代々のうち悪人は一人もなく、名のとおり皆々善人打ち続くこそ有難けれ。


と結構ずくめの褒めあげようだが、必ずしも八百善にこびへつらっての文ではないらしく、当時の世間の評判を代弁していると思われるふしもある。

たしかに、六代目時代には維新の胎動はじまり、まずペルリの饗応《きょうおう》のための調理、という八百善創立以来の大事件もあり、また普請好きとあるとおり、安政年間には店を新築し、それが大地震に遭って焼失し、その後明治に革《あらた》まってのち上野公園の精養軒に並んで新築の八百善も店を出している。

田川屋のいうとおり、まことにこの家業に生れついたような働きぶりで、時代変革の大きな波をうまく乗り切った感がある。

このひとの肖像画は何にもないが、結婚については、まず芝口三丁目の薬種問屋の娘、まきという名の女性との結納《ゆいのう》の書付け、続いて嘉永《かえい》二年二月の婚礼の記録が六代目自身の筆蹟によって几帳面《きちょうめん》に書き残されている。が、まきの名はこの記録を限りに消え、代って二年後、二十七歳の六代目は二十三歳のとくを後妻に迎え、こちらはうまく納まって最後まで添い遂げ、子供のころの了二に祖母とくの記憶はかすかに残っているという。

最初のまきはどうなったか、何の手がかりもないけれど、万太郎とおうめの確執を聞けば、やはり嫁姑しっくりといかなかったものと推察され、田川屋のいう母に孝、妻と和合、はとくの時代になってからの話と思われるのであった。

幕末は物価高騰《こうとう》し、江戸では大火疫病《えきびょう》の流行相次ぎ、高級料理屋など火の消えたようではなかったかと想像されるが、案に相違して八百善は順調に売上げを伸ばしているばかりか、明治に入ってからは政府高官の利用もあって、倍増に近い額となっている。

年間の総売り上げ高は、代々主《あるじ》が大福帳に記録しており、二代目の明和五年のころには、

内容帳〆高《しめだか》　金千百六十九両三分二朱三文
献立帳〆高　金五百八十二両三分八朱
出前帳〆高　金二百五両三分九朱八文
大〆　金千九百五十八両二分五朱二文
千秋万歳　大々叶　八百善奥

の帳簿がある。

一年の商い高二千両とは大した額だが、この額はずっと維持され、

文政十一年　千九百五十七両一分一朱
文政十二年　千九百五十八両二分五朱二文
文政十三年　二千三百八十三両二分と十五朱五文

とあり、あの天保の改革の前後も、休業中を除いて年間二千五百両は下らなかった。

幕末になると客筋がかわり諸藩の重役や尊王攘夷《じょうい》の志士など武辺が多く、

安政五年　二千百四十三両二十五朱と六十三文
文久二年　二千九百三十一両三分と三文四厘
文久三年　二千五百二十一両五分と銀九枚
元治元年　三千三百八十九両四分と二朱銀六枚
慶応二年　三千八百八十両二分と三朱二百文

そして明治四年には、

四千六百九十五両三分と七朱八文

という事になる。

こう眺めると、開店以来、一度の落ち込みもない順調な経営だが、それについては代々当主のなみなみならぬ苦心もあるわけで、さて七代目となると、これもまた養子を迎えている。

　養母おうめとのあいだで苦労した六代目は、妻とくとのあいだに恵まれた一子竹太郎が夭折《ようせつ》すると、そのあと早くから養子を捜していたらしい。二人の結婚後、たぶん十年余ののち、遠縁の山岡家から幼名真之助をもらいうけ、実子としてずっと手許《てもと》で育てたという。

　山岡家の初代というのは、「十八大通」の一人、大黒屋螺舎《らしゃ》秀民であった。十八大通とは、安永天明のころ、江戸で豪奢《ごうしゃ》な遊びを競って通人といわれた富裕な商人を指し、必ずしも十八人いたわけではないが、吉原の大黒屋秀民はその一人であったという。

　二代目も父親同様、歌舞音曲、茶道に通じ、惜しげもなく金を使って遊んだので、莫大《ばくだい》な借財が溜まり、その一部返済のため、いまなら国宝とされるほどの名物御所丸茶碗を、二千五百両という高額で手放したそうであった。

　三代目は、初代以来の家業、吉原総取締りの職に在ったが、父と祖父の残した借財にずっと苦しめられ、とうとうその死とともに大黒屋はつぶれてしまった。

八百善六代目は、大黒屋と懇意であり、その妻さきが妊《みごも》ったときから、腹の子をもらい受ける約定を交わしていたらしい。ただ、女児であってもその約束を守ったかどうか、男児ならば借財の責任のがれに他家へ養子に出すというかたちを取るためではなかったか、など、考えられるべきふしはある。

ともあれ、八百善六代目妻とくは真之助の生れ落ちたその日、我が手に抱いて連れ帰り、乳母を雇って養育した。が、成人するにつれて実家大黒屋の借財はなお真之助についてまわり、養家とのあいだで日夜ずい分と悩んだらしく、そのためでもあるまいが、真之助は非常に寡黙《かもく》で、生涯茶の道に沈潜したひとであった。

七代目を継いだのは二十三歳のときで、亡くなったのは明治四十四年、四十九歳だったから、了二はむろん、れんも養父、舅《しゅうと》として親しく接しており、このひとを語る話はぐっと近くなってくるが、何故か了二は七代目についてはは多くを語りたがらなかった。

七代目の妻みのは、木綿問屋小島屋から来たひとで、明治十二年十二月、二人の婚礼の書き付けには真之助十九歳、みの十七歳、とあるが、これはどうも正確ではないらしく、没年から逆算すれば真之助十八歳、みのは十九か二十ではなかったろうか。

戸籍がきちんとしていなかった昔は、年齢など適当であったらしく、婚礼などには二人の年恰好《としかっこう》が似合うよう、世間に触れたことと思われる。

二人のあいだには男児、女児と続いてさずかったが、何の因果か六代目と同じように二人とも早世してしまい、またもや八百善は相続者を物色しなければならなかった。そして矢部銀左衛門の次男、矢部了二に白羽の矢が立ったのであった。

しかしこれも、辿《たど》ればおみのの血を濃く引いている。

矢部銀左衛門というひとは、ご一新まで南町奉行同心を勤めており、その妻妙は八百善七代目の女房みのの妹だから、了二とみのとは伯母甥《おい》に当り、両家は密接な関係にある。

了二が養子に入ったのは十二のときで、その前日、自宅の庭で写した矢部家一同の記念写真がいまも一葉、残されているが、それを見て汀子は何となく奇異な感を持った。

明治二十六年といえば、写真はまだひどく高価であり、これを撮ったのはたぶん了二との生き別れという悲壮感を抱いたためではなかったろうか。写真の、了二の父、銀左衛門はお役勤めのころは黄八丈の着流しに松葉葵《あおい》の紋のついた半羽織、十手片手に自分のシマの吉原をぶらりぶらりと徘徊《はいかい》していたというが、大体矢部家には軍人が多く、戊辰《ぼしん》戦争のときの武勇談は了二を経て福二郎にまで伝わっている。

そのうちの一人、福二郎たちが電車のおじいさんと呼んだひとは、体中隙間《すきま》のないほど刀傷のあとがあり、まるで電車のレールのようだったという。

そういう武家から商家へ養子に行くことになれば、家族一同これが別れか、と思ったかもしれないし、また八百善のほうでも、もらったからには当方の勝手、というところがあったのかも知れない。

十二歳ならば、そのあたり了二は明確に記憶しているにちがいないが、何故か何も語らず、了二が雄弁になるのは我が代になってのちのことである。

ただ、大鈴は三代奉公だから、父親などの口から聞いており、それによると、

「男がこんな話するのも何だが、七代目は大旦那には冷たかったねえ。見てい

ても気の毒だったってうちの親父《おやじ》がそいっていたよ」

というのは、七代目は喜怒哀楽を表に出さないひとだし、夭折した我が子への思いを捨て切れなかったと見えて、何かあれば蔵のなかに入り、残されたお喰《く》い初めの本膳《ほんぜん》一式とか、葬式のときの、人から贈られた和歌や詩を眺めたりし、いつまでも女々《めめ》しく振舞っているようなところがあった。

それに、矢部家の躾《しつけ》では家風に合わぬとばかり七代目は了二を、二年ほど日本橋の呉服屋に丁稚《でっち》に出し、了二はここで、お辞儀のしかたや客扱い、商売の仕方を叩き込まれたという。

七代目も養子だけれど、これは生れ落ちた日から養育されている故《ゆえ》に了二の嘗《な》めた苦労は知るまいと思われるが、了二は気むずかしい父親を崇《あが》め、仕え、懸命に相勤めたらしい。

大鈴はそれを、

「大旦那はよく辛抱なすってね。のちには七代目も一目置くようになりなすった」

と讃《たた》えるが、これはまんざら世辞でもなかったらしい。

了二は十五の春、やっと二年の年季が明け、はじめて給金をもらったとき、これで何かお父さんへの土産を買って帰ろうと思ったという。

当時、浜町蠣殻《かきがら》町人形町にかけて道具店が点在しており、天気のよい日は見切品など路上に出して並べてあるのを見て、了二はそこへ行き、古唐津《こからつ》と思われる茶碗《ちゃわん》をひとつ求めた。

七代目は孤独な茶を好み、ときにはただひとり、金森宗和設計の六窓庵《ろくそうあん》をそっくり写したという庭の奥の茶室で、釜の音を聞いているときもある。

道具の好みも地味で、一見何の見どころもないと思われるものばかりを集めているのを了二は覚えていて、ひどく古びているのを気にしながらそれを買い、二年ぶり山谷の八百善に帰って茶碗を父親の前にさし出した。

すると、いつも苦虫を嚙《か》みつぶしているような七代目の顔が急にほころび、了二がはじめて見る笑顔を見せて、

「ほう、お前はいいもの見立てたねえ。ほう、ほう」

といいながら撫《な》でまわしているのを見て了二は、

「お父さん、口のあたり釉薬《うわぐすり》がちょっと剝《は》げていて申しわけありません」

とあやまると、七代目は目を輝かせながら、

「いいかい。よく覚えるんだよ。古唐津ってえのは一、釉薬がはげていること、二、石ハゼがあること、三、土に赤味がさしていて細かいことなどいろいろむずかしい条件がある。

大体米量《よねはかり》、根抜《ねぬ》け、奥高麗《おくこうらい》の三通りあってみんなあちらのひとが作ったものなんだ。ほら、ずっしりと重いだろう。

こんな遠いところのものが、よくお前の給金で買えたねえ。神さまのお引合わせとしかいいようがないね」

と手放しの喜びようで、そして、

「了二や、お前はなかなか見どころがある。みっちり茶をおやり。あたしが教えてやってもいいが、身内では上達が遅い。うちへは五日に一度、不白流の雪《せっ》柳《りゅう》尼《に》さまがお稽古《けいこ》に見えるから、お習いすればいい」

と、ようやくこの家の人間としての道をひらいてくれた。

了二は、こんなに冷たくされた養父をすこしも怨《うら》まず、

「あたしの茶は、お父さんから伝授されたようなもんさね。あのひとはもひと

つ奥深いところを極めていたからね」

といい、自分もそこに到達し、のり越えるのを念願としたという。

その後了二は七代目のそばにあって日夜熱心に励み、客からの耳学問も加えてそこらの学者も追いつかないほどの知識を身につけてゆくのだが、ここまで聞いて汀子が不審に思うことがひとつだけある。

それは、料理屋の主《あるじ》は仕入れや料理について詳しいし、げんに四代目は「料理通」という著作を持ち、また田川屋の本では五代目は庖丁の上手、その弟はかまぼこの製法を開発したとあるが、では七代目と八代目了二はどこでどんなふうに庖丁修業をしたかということであった。

「お父さま、お聞きしてよろしいでしょうか」

と質問すると、了二はそれがくせの、片手で薄くなった頭を撫でながら、

「いやあ参ったね。あたしは実をいや庖丁なんて握ったことはないんだよ。七代目もその通りさね」

とちょっといいよどむ。わきからられんが、

「主ってものは能書《のうがき》だけで十分でざんすよ。あたしはお父さまが腹にさらし巻

いて、胸に成田山のお守りさげて、巻舌でものをいい、高下駄《たかげた》はいて俎板《まないた》たたいているさまなんて、想像するだけで嫌《いや》でござんすねえ」

ときついことをいうと、了二は手をあげて、

「うちの大鈴は何もそんなやくざななりじゃありませんよ。生物《なまもの》を扱ういなせな仕事だからきりりと身構えているだけですよ。そうさな、あのひとはあたしと共同の料理研究家、そんなもんだねえ」

という。れんは口に手をあてて笑い、

「師《し》より家《か》になれっていいますが、大鈴も格が上ったものですこと」

といい、その話はそれで終った。

汀子はそのあと台所へ行き、とりのおばさんとともに夕餉《ゆうげ》の支度をしながら、能書だけはすごいというお父さまは、毎日の食事をどうごらんになっているかしら、と思った。

今夜のおかずは大根と生揚げの煮物、このごろはダシの煮干もカルシュウム源だというので、皿に一しょにつけ合わせるが、考えてみれば今週は大根と干物《ひもの》とが一日がわり、しかし誰ひとりこの家の人間は文句をいわず、そそくさと

かき込んで茶の間から出てゆく。

ペルリを饗応したという本膳料理の献立てを立てた六代目から、日本のごちそうの粋を伝授された七代目はさらに料理研究家の八代目へとそれを伝えている話を聞いたあとで、大根と生揚げの一皿と麦飯の食事で満足している了二を思うと、汀子は何だかふしぎでならなかった。

七代目というひとは、役者と見まがうよい男だったそうだが、れんにいわせると、

「とってもこわいお顔でしてね。いつも帳場に坐ってあたりを睨《にら》みまわしていましたよ。別段怒っておいでではなかったらしいけど、あたしは若いころ、おそろしくておそろしくて」

という話になるが、了二も死ぬまでこの養父には畏怖《いふ》を感じていたらしい。古唐津の茶碗を贈って喜ばれたのを旨に、了二も茶の道に励み、その果て古筆を好むようになったのも、もとはといえば七代目の気を迎えるためではなかったろうか。

了二が見合いののち、れんと婚礼の式を挙げたのは明治四十一年四月吉日、

二十六歳のときで、このときの記録は表紙に「婚儀祝物覚、並びに入費、諸掛共」と書かれた二枚折半紙を綴《と》じた部厚い帳面にびっしりと書き込まれてある。元禄以来の高級料亭八百善の跡取りと、お上御用達《ごようたし》浅井米穀商の娘との結婚はなかなかの盛儀であったと見え、祝物覚えには数え切れないほどの多くの人々が名を連ねている。

れんは翌年十一月に秀太郎を出産、そのあとほとんど二年おきに、女、女、男、女、女、女と七人の子を成してゆくのだが、これは八百善にとってどれだけ心強いことだったろうか。

とりわけ秀太郎の初節句には祝物が山と積まれ、外には緋鯉《ひごい》真鯉がひるがえり、床には金時や清正の人形が飾られて、家内誰しもこの子の無事成長を祈ったという。

長い八百善の歴史を見ても、これほど子宝に恵まれた夫婦はなく、定めし七代目は安堵《あんど》し、かつ喜んだかと思われるのだけれど、実は秀太郎の二歳の誕生のあと一ヶ月ほどして、四十九歳の若さで亡くなってしまった。

このひとの代は明治二十一年から二十三年間、と比較的短く、明治維新を乗り切った六代目のあとを受けて、その余恵のなかで家を維持して来た感がある。何よりも、生家大黒屋の借金に追われていたから、店の経営のかたわら、そちらへも相当な力を割かねばならなかったろうし、五十前の死はその心労のためだというひともあったらしい。

しかしまた、先祖から受け継いだ店の格を落さず、無事次の代へ譲り渡すのもなかなかの手腕だと見るむきもあり、いずれにしろこういうなかで了二は二十九歳の若さで八百善八代を相続し、一切を背負い込む次第になったのであった。

了二が当主になったとき、実は伯母で養母のみのはいまだ極めて健在、奥で睨みをきかせているころであった。

第三章　永田町界隈《かいわい》

大体この家のひとたちは、以前は金も人手もあったせいか、家族同士の密着度が薄く、相互にかなりの距離感があるように汀子には見える。

それが家風とするならば、こちらから馴《な》れ馴れしくするのもいけないと慎しんでいるし、またれんもとくに汀子に何かを打明けるとか頼みごとをするとかのこともないが、ただ、姑《しゅうとめ》に当るみのについてはれんはとき折、

「お姑さまはきびしいお方でしてね。あたしは嫁に来たその日からびしびしやられましたよ。実のお子を亡《な》くしたあとの養子に来た嫁ってのは、いちばん損な立場だと世間では申しますからね。私はその矢の的ってわけでござんしたよ」

とこぼすことがある。

びしびしやられた、とは具体的にどういうことなのか判《わか》らないが、汀子はこの言葉は自分にかけられたなぞかと思い、ずい分と考え込んだものであった。私は姑で苦労したけれど、あなたは私のような姑を持ってしあわせですよ、ということか、或《ある》いはその上、うちは養子でなく実子だから、あなたはとてもやりやすいのですよ、といっているのか、と考えてゆけば、いつも洋間に秀太郎とふたりこもりっきりの兄嫁もと子にもこういうことをいい聞かせているのかと思ったりする。

しかし汀子が、了二やれんの話を聞いて、それをただちに我が身に即して考えないのは福二郎が長男ではないためで、いいかえれば過去の八百善の繁栄も感覚的に遠い話でしかないのであった。強《し》いていえば、四代目の次男又七が福二郎の立場に当るわけになり、このひとの妻は二十六歳、又七自身も三十六歳という若さで亡くなった話を聞けば、時代こそちがえ料理屋という商いはずい分大へんなんだな、という感じはある。

七代目までの歴史を、折あるごとに了二からまた大鈴から聞いたあと、汀子は最初の子を妊《みごも》り、ひどい悪阻《つわり》に見舞われて代沢の実家へ休みに帰ったりしているうち、いつしかに昔話は遠退《とおの》いてしまった。

了二がその後の話を続けたくないのか、また殊更《ことさら》に汀子に話さずとも、子供たちそれぞれが知っているから、と考えたのか、それとも、茶を点《た》てて家の者にすすめるという余裕の時間を無くしているのか、汀子のほうも問いただす興味がうすれ、それよりも来《きた》るべき出産のことで頭のなかはいっぱいであった。

そして八月初旬、浜田病院で生れた子は丈夫な女児、名は園子、と了二が命名した。

秀太郎夫婦は子供に恵まれないので、園子は八代目にとって初孫となり、離室《はなれ》の二人は目のなかに入れても痛くないほどの可愛《かわい》がりよう、というほどであった。

嫁いだ娘たちにもそれぞれ子供はいるが、やはり同居の内孫となると思いも違うらしく、了二はやたら玩具《おもちゃ》など買い与え、れんはこれが女の子の楽しみ、とばかりに着飾らせては目を細めている。

嫁が母親ともなれば、こんなに気分も落着くものとは汀子のみつけた発見だが、同時に周囲の態度が自分に対する信頼度を増して来たかに感じられるのもうれしいことであった。

　働きものの汀子は、一日中くるくるとまめに体を動かし、そういう汀子を見ると了二も、

「ちょっと手伝っておくれ」

　ともいい出しにくいのか、毎月の茶事は続けていても手伝いは外から頼み、せっかく興味が出はじめた茶の湯も汀子にはまたもとのように遠いものとなってしまった。

　八百善の歴史は聞いたものの、この先どうなるか、そんなことも汀子は思い及ばないまま、毎日を忙しく過しているうち、ある夜、杉山家の家族会議が招集された。

　それは、園子も一歳と半年に育った昭和二十六年の春三月の日曜日のこと、朝食のあとで福二郎から、

「今日は離室で了二首相の政策発表があるそうだ。幕僚集合という命令だが、お前は好きにしていいよ。園子もいるし、身重だから行かなくてもとがめられやしないから」

といわれ、二人目を妊っている汀子はすこし考えていたが、

「出席しますよ。園子はききわけのいい子だから、人形でも持たせておけばおとなしく遊んでいるでしょう」

と答え、支度して離室へ渡って行った。

座敷には秀太郎夫婦に、長女惇子《じゅんこ》、次女静子とそれに珍しく真佐代がひとりで来ており、それに福二郎、汀子が加わると、兄弟のうち下二人が欠けただけで五人が揃《そろ》うことになる。

それぞれに久しぶりの挨拶《あいさつ》を交わし、お互いの消息など尋ね合っているわきで、了二はひとりひとり丁寧に薄茶を点て、れんが半東《はんとう》で一わたり飲み終えると、道具をしまい、釜《かま》の前を離れて子供たちに向きなおり、

「みんな機嫌《きげん》よく暮しているようすで何よりだ。今日はな、いよいよ店を再開することになったから皆に集まってもらったんだよ」

と口を切り、

「お前たちも知ってのとおり、江戸時代からの八百善は関東大震災で焼け、そのあと四年間、遊んでのち、築地に再開したね」

「おかげさまで築地の店も流行《はや》り、ずい分と儲《もう》けさせてもらったが、これも昭和十九年お上の贅沢《ぜいたく》禁止の命令で閉めさせられてしまった。以来、今日まで七年ものあいだ、この木原山で居食いして来たんだが、あちこちから八百善どうした、何をしている、としきりにお声がかかる。もちろん、あたしも、ご贔屓《ひいき》さまの要望にお応《こた》えして、これが八百善、という店を作っても一度のれんを上げたいと思わない日はなかったさね。

ただ、うちの商いにはいろいろとむずかしい条件があって、それが全部揃わなくては店は開けないやね」

と、了二はちょっと休んで、

「昔、おおかた四代目のころだろうよ。客が八百善に鯛《たい》のさしみを頼んだところ、あいにくと今日は鯛がございませんので、という挨拶をされ、河岸《かし》へ行ってみると鯛はいくらでもあったんだね。

そこでこうこうだと魚屋に話すと、魚屋曰《いわ》く、『事実そうなんで。鯛はわんさとあっても、八百善が使う鯛がないってことなんで』と説明したそうな。お判りかい？　料理の材料が何でもありゃすぐさま開店できるってものじゃありません。うちは何しろ東京一の品でなければ客の前には差出せないんです。

　さいわい、道具類だけは事足りるくらい蔵のなかで助かってはいるんだが、客を呼ぶについては昔の八百善の作りをはずかしめないような家も建てなくちゃならないし、それやこれやでついうかうかと七年も経《た》ってしまった。が、統制中でも皆さんぼちぼちのれんを上げたし、いまならまだ八百善の顔も利《き》いて食糧も昔どおりのものが手に入る見通しもつきました。

　建築もその方面に手はのばしてある。残る問題は恰好《かっこう》な土地と、店をやってくれるひとだが」

　と了二は秀太郎を見、そして福二郎を見たあと、

「どう考えても、ここは福二郎にあたしの跡継いでやってもらうより他ないやねえ」

　といったとき、座の誰もが積極的同意は示さずとも、仕方なしというふうにうなずいたのを汀子は感じたが、しばらくののち唸《うな》り声を上げて口を切ったのは秀太郎であった。

「それではお父さん、僕はどうなるんです。僕は長男です。福二郎よりはえら

いんです」

ふうーっふうーっと鼻をふくらましているのはよほど怒りを押えているに違いなく、顔いろもひどく青ざめている。

了二は秀太郎のほうに向きなおり、

「秀さんには、二人だけで話し合いしておくべきだったんだが」

となだめるように、

「お前には商いはとうてい無理さねえ。好きなヴァイオリンを弾いて一生楽しく暮せるように、あたしがはからってあげるから心配は要らないよ。そのほうがお前にとってもいちばんいい方法じゃないかねえ」

「それじゃお父さん、福二郎は九代目なんですか。このひとが八百善の主人ですか」

「そうと決めちゃあいないやね。ただ新店を任せるというだけだよ」

「でも財産は全部、福二郎にやっちまうわけになる。僕は福二郎に養われることになる」

「お前は長男ですよ。長男の取り分は法律でも決まっていますよ」

「僕は嫌《いや》だ。何も彼《か》も福二郎に取られちまうのは嫌だ」

「そうよ、お父さん」

と長女の惇子が一膝《ひとひざ》すすめて、

「家は総領に継がせるべきよ。秀太郎兄さんだってご自分はできないかも知れないけど、お父さんもお元気だし、大鈴さんもいるし、やってやれないことはないと思うわ。順序を乱さないで下さいな」

その剣幕に了二は驚いたふうで、

「八百善の将来を思えば、私だっていつまで元気でいられるか判らないよ。福二郎にいまから修業してもらうほうが最善だとは考えないのかねえ」

と、思わぬ娘の反撃に嘆くと、惇子はさらに、

「お父さん、妹たち誰もいわないから私が代表で申上げますけれど、秀太郎兄さんのいうように、財産は兄妹均等に分けて頂きたいわ。よそへ嫁いではいても、私たちにも、体面がありますもの」

というのへ、れんがわきから、

「惇子や、お前たち結婚のときにはちゃんとお支度してあげたし、その荷のな

かに値打ちもののお軸も入れてあげたじゃありませんか。お父さんも十分お前たちのことは考えて下さっていますよ」

と悲しそうなひびきでいさめ、そこで惇子は一まず黙ったが、秀太郎はなお納まらなかった。

「お父さんは僕を廃嫡《はいちゃく》しようとしている。いったい僕のどこがいけないんだ。何でそんな残酷なことをするんだ。僕がやれないことを福二郎がやれるはずはないんです。

それが判らないんですか」

汀子は部屋の隅《すみ》で一部始終を見守りながら、背筋が重くなるほどのおそろしさとおどろきを覚えた。実家の楠木家でも兄妹げんかは華々しくやるし、ときには摑《つか》み合い取っ組み合って手傷のひとつ負うこともあるが、原因はいつも他愛ないものばかり、それというのも、子に譲るべきほどの財産もない家ではあり、金にからむような争いではないためだったろうか。

しかし惇子のいう、民法の相続篇の大改正によって女子も権利があるという主張はまことにもっともで、れんなどの、

「あたしたち、嫁入り後は実家《さと》の物には何ひとつ目をつけちゃいけないって教えられましたねえ」

　というたしなめかたについては、いまは通らないとされる根拠は十分にある。

　しかし秀太郎が店を担《にな》うのは誰が見てもできない話であり、真佐代などはかつて汀子に、いずれ再開のとき、あなたなら店を任せられると母は白羽の矢を立てたのだと思います、といっていたように、財産分与と新店再開とは分離して対処したほうがいい、と考えていて、この意見には静子ももと子も賛成しているようであった。

　かんじんの福二郎は一言も発せず、そしらぬ顔をしており、いちばん後で了二から、

「福二郎、どうだね。お前さんやれるだろう」

　と水を向けられたとき、てのひらであごを撫《な》でながら、

「そうですねえ」

　としばらく気を持たせ、

「あたしに出来ますでしょうかねえ」

といったきりであった。

結局この日は、秀太郎が激昂《げっこう》して逆らっても、首相の政策発表は訂正部分なく承る他なく、出席者全員、かねて予想していたように、再開の八百善は福二郎が引継ぐもの、という確認をすることになったのであった。

激しくいい争ってもそこは血を分けた兄妹間でのこと、あとは和やかな世間話に移り、そのうち気分も納まった秀太郎は、

「福二郎さん」

と呼んで、

「さっきはすみませんでした」

といつもの人のよさそうな目のいろに戻って謝ったが、それも汀子にはおどろきであった。

その夜、汀子は、福二郎のわきで園子を寝かしつけながら思うこと多く、結婚後はじめて自分が、兄妹の多いこの家の嫁であることをしみじみと感じるのであった。

福二郎は長々とねそべり、足のおや指で毛布をつまんで引きよせているその

ものぐさな様子を、汀子はああまた、と横目で見つつ、

「ねえ、あなたは秀太郎お兄さまと惇子お姉さまのご意見、どうお聞きになったの？　お店はほんとにやる気？　会社はやめるんですか」

と聞くと、福二郎はうまく毛布が引きよせられないのに焦立《いらだ》って、とうとう手でそれをしながら、

「ふん」

と鼻先で笑い、

「八百善九代目はおれ、と生れたときから決まっている。ごちゃごちゃいうのは分け前が欲しいからさ」

と自信たっぷりで、

「あら」

と汀子が見返すと、

「杉山家の内輪げんかってのは昔からものすごいもんだよ。真佐代なんか子供のころから鍛えられているから、護ちゃんなんかたじたじじゃないか」

とあしらうのへ、今日のはただの兄妹げんかじゃなかったわ、というと、

「おれがいずれ店をやるとなるとお前も判るだろうが、杉山の家には財産なんてもうほとんど残っちゃいないんだ。この木原山の四千坪も、半分以上は人手に渡っているしさ。そのうち話してやるよ」

とめんどくさそうにいうと、ラジオのスイッチを切り、毛布をひきずって行って寝床へ入ってしまった。

へえ、と汀子はまたひとつ壁にぶつかった感じがし、なるほどそういえば、大家族を抱えて七年間無収入の居食いにはずい分と金もかかったろうと思うと、とたんに麦飯に干物《ひもの》の日常の食事のさまが目に浮び、何かしら納得する思いがあった。

しかし、この日の家族会議のあと、汀子は奇妙に胸が昂《たか》ぶり、ひとりでに力んでふだん以上に働いている自分を感じている。二度目の妊娠は悪阻も少ないせいもあるが、もしや福二郎が店主となると、自分も手伝わなくてはならず、それは、あらかた八百善の歴史を聞いて来た身には、開戦のまえの武者ぶるいに似た感じでもあった。

あたしって商売が好きなのかしら、と自分に問えば、少女時代、家業の旅館の帳場に坐《すわ》るのがいかにも苦痛で、遊び歩いていたことばかり思い出され、だとすると決して好きではないのに、この胸の昂ぶりはいったい何なのかしら、と思うのであった。

三月の家族会議のあと、了二は新店の用地物色をひろく知人に頼み、耳よりな知らせがあれば小まめに足を運んで見に行ったが、どれも帯に短したすきに長し、で、なかなかこれと思う土地はみつからなかった。

またそれに、福二郎店主については、秀太郎以下の子供たちにもなるべく快よく同意を得たいと了二は考えているらしく、どうやら個別に説得している気配であった。

汀子は夏の出産を控えて日々忙しく、離室の様子もあまりのぞきにゆかないが、ときどき夕飯の食卓で嫁いだ女の姉妹たちと出会《でく》わす折もあり、あ、そうなのかと悟ったりする。

かんじんの福二郎は、やる気があるのかどうかさっぱり判らず、汀子は心配して、

「八百善代々のご当主は皆立派な教養人ばかりだし、お父さまもなかなかの学者だから、その跡を頂くとするとあなた、大へんじゃない？」

とか、

「すこしは勉強なさいよ。お茶のお稽古《けいこ》もはじめたらどうですか」

とか、いってみるのだけれど、相変らず毎日酔っぱらっての帰宅はおそく、

「うるせえな。おれは穴掘大工だといってあるじゃないか。ノミ一方だ」

と冗談とも本気ともつかないことをいうときもあれば、

「ときが来たなら鳴りだしますの山鹿流《やまがりゅう》陣太鼓」

と胸を叩《たた》いてみせることもある。

そのうち了二は、秀太郎には家を一軒買い与え、生涯《しょうがい》にわたって生活全部めんどうを見るという条件で話をつけたと見え、ある夜、にこにこしながら秀太郎が福二郎の部屋を訪れた。

話は、日本最初のＬＰレコードがコロムビアから発売され、部屋にそれを聞く装置をつけたから、

「福二郎さん見においでなさい」

という誘いや、秋にはメニューヒンが来日することなど、一人でしゃべり続けて帰って行った。

そのうしろ姿を見ながら福二郎は、

「親父の慰撫《いぶ》工作がきっとうまく行ったんだ。長男の了承を取りつけたら、次は資金調達だろう。そのうち蔵のなかのものをごっそり売立てに出すに決まっている」

といい、汀子はそれを聞いて、福二郎というひとは駄《だ》じゃればかりいっているが、その実やはりよくものを見通すことのできる大人物なのでは、と思い、その顔をしばらくまじまじと見つめた。

いよいよ八百善再開の土地は永田町、と決まった八月土用すぎの日より一ヶ月ほど以前、これも八方手を尽した甲斐《かい》あって、秀太郎の家を大田区久ヶ原に恰好のものを見つけることができた。

大森とは至近距離の閑静な住宅街で、少し古びた洋館だが、ヴァイオリンを生涯の友とする秀太郎にふさわしく、何より本人が気に入っていて、すぐさま引越しという段取りとなった。

ちょうど日曜日に当り、福二郎も向う鉢巻《はちまき》ステテコ姿で荷作りを手伝い、顔を真赤にしてピアノをトラックに積み込んだりしている。秀太郎は大事な楽器は自分で小脇《こわき》に抱え、もと子と二人、お揃いの大きな麦わら帽をかぶって荷台の隅に乗り、見送る家族に手を振りながらトラックとともに坂の下へ消えて行った。

了二、れんのうしろから産み月間近の汀子も頭を下げて見送ったが、そのあとしばらく、もと子の姿が瞼《まぶた》から離れなかった。べつに理由はないけれど、この家の長男の嫁でありながら日頃《ひごろ》から何となく影のうすいようなひとだったし、いつ部屋に訪ねても、ひっそりとフランス刺繡《ししゅう》をしているばかり、たまに秀太郎がかんしゃくを起してものをぶっつけたりするときも、声ひとつ立てず、やりすごしていた姿も目に浮んでくる。

これから先、もと子の辿《たど》る人生を想像すると、働き者の汀子は、いくら恵まれているとはいえあたしは嫌だと思うものの、それは口にできることではなかった。

一時は各部屋にあふれていた杉山家のひとびとも、こうして次々と去ってゆくと、いやが上にも福二郎に自覚を迫られているように思われ、そのせいかどうか、本人もときどきは夜分、離室を訪ねて父親にいろいろと教わっているらしかった。

また、しばらく前から園子のために乳母を雇い入れており、これも近い将来、開店のための準備かと思えば、汀子もうかうかしてはいられない気になってくる。

そして了二が永田町の土地に決めて戻った日、離室に八代目夫婦と新店の主となる福二郎夫婦が顔を揃え、文字どおりの水入らずで今後のことを話し合った。

まず第一には、福二郎が会社を辞めること、翌日からは全力を挙げて開店準備にかかることだが、意外だったのは、了二から、

「あたしはもうすっぱりと足を洗わせてもらうからね。手伝いはするが、福さんが一切いいようにおやりな」

と宣言されたことであった。

汀子のみるところ福二郎はうぬぼれ強く、鼻持ちならない自信家で、かげではいつも、

「なあに店の一軒くらい、おれなら小指の先でちょいちょいとうまく廻《まわ》してみせらあ」

などと威張っているが、頼みの父親からこんなふうに縁切り宣言されてみると、青くなってうろたえ、

「お父さん、それはないでしょう。思うようにやれったって私はまるっきりど素人《しろうと》だし、皆目判りませんよ」

といえば、了二は、

「もちろん資金調達やら客の紹介などは、あたしも手を貸しますよ。しかし福さんや、お前さんも山谷の八百善で生れ、そのあと築地の八百善で二十六の年まで料理屋の商いを見て来てはいますよ。ど素人ってわけのもんじゃないやね。かけ違って次男には生れたが、男ならばいずれ八百善の商売に関《かかわ》らなきゃならないとはお思いじゃなかったかえ。

ま、やってごらんな。よそさまと違って、うちにゃ大事なお客さまがずっと

ついて下さっているし、譜代の奉公人たちも手を空けて待ち受けてくれている。こんな有難い条件のととのった商売は他にはありませんよ」

と福二郎にいい、汀子に向っては、

「八百善は代々、女房を客前には出してなかったようでね。このひとも」

とれんを振返り、

「一度も座敷へは出なかった。ただ、あたしの養母、七代目のつれあいは一度あたしに、『玄関でおじぎをしたっきりあの世へ行っちまったらこれ以上の冥《みょう》加《が》はありませんよ』なんかいっていたから、たまに客の送り迎えはしたらしいやね。

しかし汀子の場合は好きにするがいいよ。世のなかも変ったんだし」

と告げた。福二郎はその言葉に乗って、

「いやお父さん、私ひとりではなかなか。汀子にももちろん手伝わせますよ。このひとは私よりずっと強いですから」

というと、了二もれんも「え？」とけげんな顔をするのへ、福二郎は手を振って、

「何しろ木場の生れですから。威勢よくやってくれるに決まっています」

とごまかしてしまった。

汀子はあ、あのことだな、とさとったが、それは向うが悪いに決まっていると思い込んでいる。それは昨夕、夕飯の支度をしていて醤油《しょうゆ》がなくなっているのに気づき、あわてて一升瓶《びん》を下げて駅の近くまで買いに出たときのことであった。

チラホラ灯《あか》りのつきはじめた駅前どおりの電柱のかげで、よく似たひとだだと思って見直すと白い麻の背広の福二郎が、ワンピースを着た若い女と何やら話している。

店の軒先に身を寄せてうかがっていると、福二郎は片手で煙草《たばこ》に火をつけてくわえ、片手で女の背を押すようにして曲り角を消えて行った。

そのあと帰宅したのは十一時。指折ってみると五時間もどこでどうしていたやら、汀子のほうも胸のうちの憤懣《ふんまん》は時の経つほどふくれ上って来、戻ったらどうしてくれよう、平手打ちか、飛び蹴《げ》りか、アッパーカットか、と息を殺して待つうち、福二郎はやましいことがあるのか忍び足で廊下を上って来、

「ただいま」

と襖《ふすま》を開けたとたん、とっさにかたわらの枕《まくら》を投げつけたものの、見事に外れ、落ちた枕は園子の頭に当り、目をさまして泣き出してしまった。

駈《か》け寄って園子をなだめながら、汀子が語気荒く、

「何よ。今日の夕方の女は誰よ。肩なんか組んだりして五時間もどこへ行ってたのよ」

と詰問《きつもん》すると、福二郎は最初はぎょっとした顔つきだったが、すぐいつものとぼけた調子でネクタイを解きながら、

「汀子さんも転び徳利《とっくり》で出放題をおっしゃいますねえ。

あたしゃ何も肩なんか組んでませんよ。会社の女の子がちょいとしたものめごと起したもんで、一しょに部長宅へ行って話し込んでいただけですよ」

「じゃ何故《なぜ》、大森まで連れてくるの？　会社で話せばいいじゃないの」

「あの子はね、うちが大森なんです。帰りの電車で一しょだったもんで、あたしが説得しいしいあそこまで帰ってきたってわけ」

「じゃ部長宅ってのはどこ？　くらげマークでしょ」

「部長宅は南大井なんです。タクシーで五分のところ。すみませんねえ」
とズボンを脱いで吊《つ》るし、
「あんた産後で気が立ってるんだよ。安らかにおやすみ。アーメン」
というなり寝床にもぐり込んでしまった。
汀子はおさまらず、このやり場をどこへ持って行こうといらいらするうち、寝返りを打った福二郎の毛脛《けずね》がさわったからたまらない。それを思いっ切りぽーんと蹴ると、巨体はぐらりとゆらぎ、もう一度、ぽーんと蹴ると壁ぎわまで転んで行って頭を強く打ったらしいが、これも豪傑、まだ高いびきをかいている。
汀子の子供のころ、木場の町で三味線の師匠をしていた近所のおばあさんが、はばかりながら江戸っ子ってえのはね、と帯の前をぽんと叩き、鼻唄《はなうた》で、
火事ぃ火事ぃとけんかさわぎ
べらぼうめこんちくしょうめやっつけろ
五月《さつき》の鯉《こい》の吹き流し
ってもんさね、あたしゃ江戸っ子で気が短いもんだからね、何でもこう、さ

っさとしておくれよ、さっさと、と歯切れよくぽんぽんと啖呵《たんか》切っていたのを覚えているが、いま杉山家のひとたちの仕事ぶりを見ていると、こんな江戸っ子もいるものかなと思ってしまう。

いま江戸っ子とは、三代東京に居付いたひとを指すそうで、そうなると父が千葉の汀子は該当しないが、杉山家となると江戸っ子も江戸っ子、混りっ気なしの江戸っ子といえるのに、会社を辞めてのちの福二郎を見ていると、向う鉢巻腕まくりで新しい仕事に取り組んでいるとは汀子には見えないのであった。

毎日了二と一緒のときもあればひとりで出かけることもあり、夜遅く戻ってきてはながながとねそべり、

「おい汀子、ちょっと肩揉《も》んでよ」

などあごで使っては高いびきで寝てしまう。

「何とイキのわるい江戸っ子ね、あなたは」

と汀子がいうと、

「お前知らないねえ」

と軽蔑《けいべつ》のまなざしで見やり、

「火事とけんかは江戸の華なんてえのはね、あれは徳川さんのころの話さ。戊《ぼ》辰《しん》戦争で江戸城攻撃のとき、代々の江戸っ子は荷物まとめて在かたへ逃げて行ったろ。内心ぶすぶすと不平不満をいいながらね。以後お江戸は薩長《さっちょう》に乗っとられて、生粋《きっすい》の江戸人はぶすぶすといぶり続けだ。だから江戸のくすぶりっていうのさ。ほんとうの江戸っ子は威勢よかないもんだ。はっきりものをいわないのがご一新以来の東京人ってわけだ。わかったかい、木場のはねっかえり女史」

と教え、汀子は、

「へえ、そんなもの？」

と、ぽかんとして聞いている。

しかしくすぶりかどうかは判らないが、準備は着々と進んでいるらしく、当時和風建築では彼の右に出る者はないといわれた吉田五十八《いそや》氏の設計図がまもなく出来上って来、それにもとづいて本間建築事務所が母家《おもや》、茶室庭園とも一切の工事を請負ってくれ、すぐさま着工してくれた。

ある夜、離室から戻って来た福二郎は、手に持った書類をテーブルの上にお

き、

「女子供には金の話をしたってどうにもなるまいが、お前も知っておくだけは知っとくといいよ」

　と汀子に目を通すようすすめた。

　手に取ってみるとそれは永田町の土地売買に関わる契約書と、工事見積書とで、所有権や登記や税金、そして細かく見積った工費などぎっしりと書き込まれてある書類のなかで汀子の目を射たのはその金額であった。

　千代田区永田町二丁目五十五番地のその土地は、実測百八十七坪四合五勺《しゃく》、坪当たり六千円の計算で総額百十二万四千七百円という額になっている。すぐ間近に国会議事堂もある東京の中心地なら坪六千円も当然かもしれないが、つい先ごろ、大学卒国家公務員の年間賞与は四千四百円、と報じられているのを読んだ身には驚きのあまりものもいえないほどの高額に受取れる。

　第一、百十二万などという天文学的数字の金の貯《たくわ》えがこの杉山家にあるのかどうか、そしてさらに、総工費の六百四十六万五千七百四十八円、という数字を見れば汀子は、やはり女子供の及ぶところではない、と思うのであった。

深いためいきをついたあと、

「私にはどうしていいか判らないわ。このお金はお父さまが作って下さるの？」

と聞くと、

「近く蔵のなかのものを売立てするらしい。まだまだこれくらいの資力は親父にもあるらしいんだが、いってみればこれがおれたちへの財産分与だ。土地と入れものと客の世話はしてやったからあとは二人でおやりって、こないだもそいってたろう。いよいよ背水の陣だね」

といつになく真面目《まじめ》な口ぶりでいい、

「八百善は四代目で基礎が固まり、六代目、八代目で躍進を遂げた、と世間もそういっている。実際親父は実によく働いたらしいし、また運もついてまわったんだ」

と、福二郎の知る八百善を語ってくれた。

それによると、十五の年に茶碗《ちゃわん》を土産に奉公先から山谷の家に戻った了二は、いつもむっつりと不機嫌な七代目の顔いろをうかがいながら、丁稚《でっち》番頭から出前もやれば帳づけも引受け、ひとりで八面六臂《ろっぴ》の働きをしたらしい。

だから実質了二は十代の末のころから店を切盛りしていたにもかかわらず、七代目はなかなか代を譲ろうとはせず、結局襲名したのは亡くなってのちであった。

ペルリの饗応《きょうおう》料理を引受けたり、八百善を大改築したり、上野公園に新店を出したりした六代目は、生前からすでに二十三歳の七代目に店を渡し、自分は表に出なかったらしいが、了二は最後まで父親からはそんなあたたかな扱いは受けなかった。

それでも養父母に孝養を尽し、商いから上る利益は父母のために捧《ささ》げようとして、父親には望むままに茶道具を買い集め、母親にはいずれ隠居所を、と大正八年にはいまの木原山一山を買って、茶室のついた離室を建てている。

しかし了二は、こういう行為を、単に義理勤めのみというつもりであったかといえばそうでもないらしく、世捨人志向の七代目の孤独な茶を心から敬し、そっくりそのまま受け継いでおり、汀子が嫁いできたころからすでにこのひとの好みは茶はもちろん、すべてにわたってやつれたもの、欠けたものを好み、輝くもの、完全なものを嫌《きら》う傾向があった。

粋《いき》の果ては野暮に戻るように、深奥を極めれば挙句、もののあわれが身に沁《し》むといい、了二の口ぐせは以後、

「西行になりたいやね」

となるのだけれど、その意味は若い汀子にはまだ汲《く》みとれなかった。

了二が懸命に働いた明治三十年すぎから八百善はいっそう財を貯え、それはあちこちに土地建物を手に入れることや、よい道具類を求めることなどにあらわれたが、料理屋がよい道具類を使えば客もいきおい高級化し、ますます繁《はん》昌《じょう》に導くというよい結果を得ることになる。

江戸の古川柳に、八百善は奇妙で呉須《ごす》のうつわもの、というのがあり、江戸言葉のがす、またはげす、をかけて詠《よ》んだもので、事実八百善の用いる食器は、ほとんど藍《あい》色顔料の呉須でさまざまな絵柄《えがら》を染めつけた磁器ばかりであった。

土ものはテーブルを傷つけるし、重なりが悪くて女中泣かせだし、また耐久性もわるく、第一、料理が映えないという理由から、八百善では草創のころから代々主《あるじ》が古伊万里《こいまり》を集め、それに美しく盛りつけて出す習慣だったから、日

常土ものの雑器ばかりに馴れている客は、これだけでも高級感を享受《きょうじゅ》できたものと思われる。

またよい客も受け継ぎ、了二の代には政財界人のほとんどが八百善に出入して主と親交を深めていたばかりでなく、作家永井荷風も八百善の料理を好み、八重と再婚のときには披露宴《ひろうえん》もここで行なって話題を呼んだ。

材料を吟味すればいきおいこんな値段になってしまう、と了二はいうが、大正から昭和にかけて八百善の懐石料理一コースは十二円という高額であったという。

八百善の定食が十二円のころ、最高級料亭の魯山人《ろさんじん》主宰の星岡《ほしがおか》茶寮《さりょう》でも十円を出ることはなかったし、上物の天どんでも五十銭出せば食べられたから、いかに八百善が材料の吟味に心を砕いたか判ろうというものであった。

江戸初期に創設以来、こういう姿勢をずっと貫いてきたのは代々の主の見識でもあるわけだが、大正十二年には関東大震災に遭って、おおよそ二百三十年続いて来た店を一旦《いったん》閉じなければならなくなったのであった。

永田町の開店も近い日、何の用だったか汀子は珍しく一人で蔵に入っていて偶然、了二の手で書かれた「大震災当日の記録」という和綴《わとじ》の一冊を見つけ、首をかしげつつ変体仮名を判じ読むうち、お父さまはすばらしい名文家だこと、と感じ入ってしまった。

「ひとしきりあつかりしきのうの暑気も、ようやく梢《こずえ》の上に退きて初秋の気ただよい、ゆうべの鐘の音には諸行無常のひびき伝えて、生者必滅のことわりあらわすものは沙羅双樹《さらそうじゅ》の花のいろかは、ひとえにこれ風の前の塵《ちり》ぞかし」

と、汀子が女学校で習った平家物語の冒頭の文章のようなくだりがあってのち、きのと亥九月一日、相州葉山なる伏木某氏の正午の茶事に招かれ、まず主《あるじ》心入れの風呂《ふろ》に入《い》り、さてこれから宴はじまろうとするとき、

「空は急に墨を刷《は》いたる如《ごと》く、日の光さえにぶく閉ざされて、素破《すわ》と見る間に地鳴り震動、座敷は荒波に弄《もてあそ》ばるる木の葉の如くどよめきて」

と記され、ようやく倒壊を免《まぬか》れた伏木邸で一同一夜を明かしてのち、二日早朝、徒歩で東京へ戻っている。

途中ところどころ道は陥没、さまざまな難に遭いつつ、何個所も迂回《うかい》して東京へ戻ってみればどこもかしこも死人は山をなし、

「見渡す限りの茫々《ぼうぼう》たる焼野原となりて、富士も筑波《つくば》もひと目に見渡さるるこそあわれをさそうなり」

とあり、浅草にたどりつけば、

「焼野原にただ一基、仁王門《におうもん》本堂残りける」

で終っている。

かんじんの店と、家族や使用人との再会は書かれていないが、あまりの衝撃に筆をすすめる気も萎《な》えてしまったものであろう。

さいわい、家族使用人とも全員大森の木原山へ避難し、無事だったが、店は全焼、しかしこれも三棟の蔵のうち一棟のみ無傷で残ったのは奇蹟《きせき》的であったという。

このとき了二は前厄《まえやく》の四十一歳、働きざかりで、さっそく翌日から焼跡に出向き、まず千住の材木屋から杉板を取寄せて邸内の囲いをし、仔細《しさい》に点検した。

先祖伝来の宝物が一瞬にして烏有《うゆう》に帰した口惜《くや》しさを了二はその後語りはしなかったが、天災とはいえ、自分の代で多くのものを失なったことはいくらくやんでもくやみ足りない思いではなかったろうか。

ただ、焼跡から掘り出された多くの器のなかには完全な形で残っているものもあり、大広間用として百客と揃っていたのが、二十客、三十客と助かったのは有難かった。

下町一帯火事で地熱が上り、しばらくは焼け残った蔵の扉《とびら》も開けられなかったが、落着いてのち、八百善名物呉須の染付けの器は大八車に積んですべて木原山に運び、来るべき日にそなえて大切に保管したのであった。

そのあと、人を介してこの山谷の地所を譲って欲しいという話があり、了二は思案の末、思い切って伝来の土地を手放すことにした。理由は、この周辺はおいおい下駄《げた》の鼻緒屋が集まって来ていて、レザーの臭気が店にまで漂ってくることがあり、また料理屋にとって何よりいのちの水がここではひどく悪くて、あぐねているところだったからでもあった。

水道の水になるまで、明治に入ってのちも水との闘いが続いていたらしく、たびたび井戸をさらったり新しく掘ったりし、蔵の書類箱のなかには衛生試験所の検査結果の報告書がたくさん貯えられてあり、

「黴菌《ばいきん》発生の数過多なるを以《もっ》て煮沸するにあらざれば飲料に供すべからず」

と記されてあるのを汀子はいく度も見かけている。

大鈴の話によれば、こんな荒い水でも使いみちはあり、魚の洗いと、青物のあくを抜くのには水道の水は柔かすぎる故《ゆえ》に、震災までずっと両用して使いわけていたという。

そして木原山に七代目未亡人みのと了二夫婦、子供たちでおよそ二年の月日を過してのち、築地にふたたびのれんを掲げたのは昭和二年のことであった。ここは敷地面積二百四十坪余あり、持主は稲山某という山谷時代からの客だったが、契約のできたあとですでに六番抵当まで入っていることが判ったという。

隣は九代目団十郎の邸《やしき》で、懇意の間柄とて拡張のため庭先を少し分けてはもらえないかとたのんだところ、ご神殿を祀《まつ》ってある神聖な場所だからとんでもないこと、と断られてしまった。

築地の店は隆盛を極め、座敷が足りなくて昭和十年には二階を上げ、建坪二百二十四坪まで拡張したが、何故にこれほど繁昌したかについてはのちに大鈴からの話を聞くことになる。

了二が口ぐせの、

「西行になりたいやね」

を頻発《ひんぱつ》するようになったのはどうもこの築地時代からであったらしいが、理由は稲山某との金銭取引でむこうのいいように翻弄《ほんろう》されたらしい。

また山谷の土地を売るときも、譲渡の直後、買主はその倍近い値で転売しており、子供のころ苦労を嘗《な》めたとはいえ、大店《おおだな》の旦那《だんな》で金銭に鷹揚《おうよう》な了二には、生き馬の目を抜くような取引はできなかったらしい。

小学二年のときから築地に移り、ここで育った福二郎は往時をふり返って、

「景気がよかったねえ、あのころは。家中活気があって、親父《おやじ》もおふくろもよく働いていたって感じだね。子供たちに何でも買ってくれたし」

というのは、了二は大鈴と連れ立ちこそすれ、毎日の仕入れには必ず主導権を持っていて、決して譲らなかった。

河岸は震災までずっと日本橋で、その後は芝浦に臨時市場が立ち、昭和十一年から築地に開設されており、福二郎は一度父親についてここに入った日の様子を汀子に語ってくれたことがある。

「親父の買出し姿ってえのはね、ちょいとした河岸の名物だったらしくてね。そのいでたちはというと、唐桟《とうざん》の着流しの上に久留米《くるめ》がすりの変り柄でだんだらの道行きを羽織ってさ。

それがあの人込みのなかをすいすいと巧《うま》く縫って歩くんだよ。あたしが見ていると、客はみんな、あれこれ魚を手でいじってさ、その手を洗うわけでもなく、すれ違う人の着物で拭《ふ》いているんだ。

だから親父の道行きも相当になまぐさい匂《にお》いがしみついていたと思うんだが、ま、そういうことは誰もいちいちいっちゃいなかったね」

というふうな有様で、そしてここでは魚に目の利かない客、目秤《めばかり》や金の計算のできない客などはとことんばかにされるという。

仲見世のある寿司《すし》屋の爺《じい》さんは、梅毒で歩けなくなったのを使用人がおぶい妾《めかけ》がつき添って連れてくるのだけれど、背中の上から歯切れのいい江戸弁で、

「何いってやがるんだ。それで手打っちまえ」

などとわめき、それが威勢だったという話もある。

また本所の「田川」の爺さんは、自分の目秤に自信を持っているひとで、河

岸の若衆が、「旦那、目方かけやしょうか」と聞くと必ず、

「判っているよこれは。一貫だ一貫だ」

という。

若衆は計ったふりをして、

「旦那、すげえもんです。ぴったし一貫目で」

というと爺さんどうだ、とばかり鼻をうごめかせるが、その実は九百目ぐらいしかなく、みんなして爺さんをカモにしていたという。

了二はいつも毎朝七時ごろには河岸に着き、そのなかのお茶屋の一軒で一服してから魚問屋をていねいに見て歩く。

こちらが値をつけ、店がふっかけ、話が合わないと通りすぎるが、あとから若衆が追いかけて来て、「旦那、まかったまかった」と折れることもある。

ぐるりと一廻りしてはじめのお茶屋へ戻って待っていると、買った魚がつぎつぎ届き、それを供の者に荷作りさせて帰すのだけれど、あまりに多いときは河岸の軽子を雇って届けさせるのだという。

このお茶屋には東京中の目ぼしい料理屋の主が集まるが、皆江戸っ子だけに

粋なひとが多く、ゴム長などはいてのし歩くような姿は一人もいなかった。

それぞれ買いかたがあり、芝のある店の主は毎日実にたくさん買う。つぶしものと呼ぶかまぼこ用の虎《とら》ぎすやきすなら一日四、五百匹も買うが、大きな盤台の下のほうにはハゼくらいの小さいのも混ぜてあるのをおかまいなしに全部買ってゆくのを見て、誰かが、

「いくらつぶしものったって、こんな小さなのを買ってどうするんです」

と聞くと、

「なあに、洗いかたが捨てますよ」

と至って鷹揚なもの、また鮎《あゆ》は鮎専門、川魚は川魚専門の店があり、そして料理屋向きの青物を扱う店が河岸の近所にあり、ここへ行けばその他の材料も一切揃うので便利であった。

了二の魚の鑑別力は大したもので、鰹《かつお》一匹持ち上げてみれば、これが土佐沖で獲《と》れたものか紀州沖か房総沖か、一目で当てたそうであった。

うんちくを傾けて語るその昔の了二の魚談義が、福二郎の頭脳にはいまよみがえって来るようだという。

その了二のいうとおり、まず鰹は、

「いやあ鰹の話なら二晩三晩語り明かしても尽きないが、福二郎にはまだ判りやしまい。ただ文化のころ、蜀山人《しょくさんじん》の書いてあるものに、この年の初鰹の魚河岸入荷は三月二十五日、数は十七本、うち六本は将軍家お買い上げ、三本は八百善が二両一分で買い、残り八本が市中の魚屋に渡ったのを中村歌右衛門が一本だけ三両で買ったことが記されている。

何しろ鰹は足が早いし、沖から日本橋の河岸まで八挺櫓《はっちょうろ》の早舟で運ぶんだから、いくら一枚っきりの布子を質に置いても初鰹は庶民の口には入らなかったろうよ。

これも『徒然草《つれづれぐさ》』などによれば、昔は『頭はしもべも食わず、切捨て侍《はべ》き』とあるしろもので、ま、江戸期に入ってから江戸っ子が珍重しはじめていまに至っているというところだろうね。

ただね、これはようく覚えておおき。鰹は二、三月ごろから鹿児島沖にあらわれるが、土佐沖から紀州沖のころはまだ脂《あぶら》は乗っちゃいない。遠州灘《なだ》を通って伊豆半島をまわるころがいちばん美味になるが、これは銀皮のつやを見ればすぐ判る。

それから、いまは皆さん鰹にゃ生姜《しょうが》、と相場が決まっちまったようだが、通はやっぱりからしだね。そら昔の『江島生島』で遠島になった生島新五郎が、『初かつおからしがなくて涙かな』という句を二代目団十郎に送ったら、そのお返しに、『そのからしきいて涙の初かつお』と慰めてもらった話もあるほどだから。

からしは殺菌力が強いし、間に合わぬときはおろし大根、仕方ないときに生姜、そしてわさびは下の下だね。

あたしは中落ちが大好きでね。甘からく煮つけたのを骨の髄までしゃぶるときは、ちょいとした三昧境《さんまいきょう》だねえ」

と鰹の話をはじめるととめどもなく、福二郎がうんざりした顔をすると、まだまだ、と手をゆるめず、

「料理屋の人間は、たとえ自分で料理を食べなくても、知識としては客よりもはるかに身につけてなきゃならないもんだ。客に聞かれたとき、魚の上身と下身が判らないんじゃ笑いものになるさね。

魚は頭を左にして殺すんだが、自分の体の重味で下身はやわらか、上身は固くなるってわけだ。もっとも上つ方は魚をひっくり返してめし上ることはないから、いつも上身だけに箸《はし》をつけることになるんだねえ」

そのころ福二郎はまだ、自分が八百善を継ぐなど念頭にも無く、軽子代りの手伝いとして供を仰せつかっただけだったが、いまとなっては、了二に聞かされた魚の話はずい分有難いものだったと思えてくる。

江戸っ子の好きな魚は鰹、まぐろ、白魚などだが、なかでもまぐろは東京では味覚の一を誇るだけに河岸のなかにはまぐろ屋という大物だけを扱う店がある。

了二によれば、刺身の第一は関西では鯛《たい》だが関東ではまぐろであって、この理由は、瀬戸内海など実際に鯛の漁場が近いためと、刺身以外どんな料理にも使える便利さが受けて関西では喜ばれるが、まぐろは刺身以外には向かず、また胴の部分を一車《ひとくるま》という大きな単位で取引しなければならないので、かなりな料理屋でないと買えないということがある。

それに、昔は仙台沖で獲れていたし、身も無駄の多い魚ではあり、江戸っ子の気性でえいやっとばかりにこなさなければならぬ故に、勘定のこまかい関西人にはどうも合わなかったらしい。

それだけにまぐろ屋の若い衆は気の荒いのが多く、河岸でけんかといえばこの連中で、まぐろを捌《さば》く刃渡り二尺五寸の庖丁《ほうちょう》を振上げてよくやり合っていたという。

まぐろの頭としっぽの組合せを、どういうわけか上下《じゅうげ》、と呼び、河岸でこの上下を買うと、まず、独特のわたや、という商売人を呼ぶ。

わたやは、まぐろの目のまわりや尾の部分についている肉を、まことに手際よくせせり取り、みるみるうちにきれいに料理してくれるのだが、頭の部分はもっとも脂が多くてねぎまには持ってこいだという。

美味を語るとき、了二は、

「口のなかに唾《つば》が湧《わ》いてくるよ」

とさも美味《うま》そうに唇《くちびる》をつぼめて話すが、それが最もひんぱんになるのは二月、三月までの白魚の話であった。

月もおぼろに白魚の、のお嬢吉三《きちざ》の科白《せりふ》でも知られるとおり、白魚は江戸の春を象徴する小魚で、額に葵《あおい》の紋に似た斑点《はんてん》があるので最初の漁のとき漁師が徳川家に献上したといういわれのあるほど縁が深い。

昔は佃島《つくだじま》に上っていたのを、いまでは中川口と六郷口の二ヶ所になっているが、朝あげと夜あげとがあり、もちろん夜あげで一晩おいたものより、朝あげのほうが新しく、身がすきとおっていて美しい。

了二は、

「二月初めの白魚には一しょに新海苔《のり》がくっついてくるが、これが何とも香りがよくていい風情《ふぜい》さねえ」

とこたえられないような口調でいう。

さくらどきになると、白魚があみじゃこを食べているのが外からでも見えるようになり、同時に腹に子を持ちはじめるので、脂が落ちて味はよくなくなる。

了二はそれを、

「お素人の方は、子持鮎などとさわがれるが、鮎も白魚もほんとうは子を持つまえがいちばん姿も美しく美味なのだよ」

と教え、福二郎はそれを汀子に明かして、

「女もそうなんじゃないかねえ。いや、いろは孕《はら》み女にとどめをさす、なんて言葉もあるから、人間は違うかも知れない」

などとつい余計なことまでしゃべり、汀子にぴしゃりと腿《もも》を叩かれた。

白魚の料理法については、

「誰が何といおうと椀《わん》ダネがいちばんだねえ。あっさりと絹ごし豆腐をつけ合わせ、吸い口には新海苔をもんでかけるだけで白魚の姿が生きてくる」

と了二はいい、

「さもなきゃわかめとみつばと一緒にさっと煮て上からとき玉子をかける九十九《つくも》煮。このごろは、はぜも白魚もすぐ天ぷらにしたがる方が多いが、これはいけません。ぜひとも天ぷらとおっしゃる向きには黄身揚げかねえ」

と自信満々で自説を語るのであった。

他に江戸前では貝類だが、これも了二の話になると平貝みる貝赤貝、それにさまざまのはしらも入れてえんえんと続くよしで、いつ終るとも知れないという。

庖丁は持たずとも、味覚と知識を誇る了二と、料理場一切の采配《さいはい》をふるう大鈴との組合せが築地の店の隆盛を呼んだわけだけれど、それについては大鈴にも了二に負けず意見がある。

「いやあ八百善の伝統料理ってえのは、やったら手を食うんでさ。あっしの親父は相州小坪《こつぼ》の漁師の子で、ここから上った魚を早舟で江戸へ届けているうち十二の年に八百善の料理場に入らせてもらい、以後三代ずっとご奉公させてもらっているんでさ。

あっしは親父から仕込まれたんですが、こいつあきびしかったねえ。洗い方ばっかり十年もやらされて、それでもまだ『よしこれで仕上った』なんていわれたことはねえんで。

毎日毎日、何がどこから飛んでくるか判《わか》りゃしねえ。上等に洗ったと思っていても、煮方から見りゃまだまだ洗えてないってんで、鍋《なべ》が飛んでくる組板《まないた》で背中どやされる、年中こぶだらけ傷だらけで、それでも文句いわず辛抱しやしたぜ」

大鈴の話はいつも、了二の茶事の料理を引受けたとき、一切終って一服する時間で、大ていい汀子相手が多いが、このごろでは在宅なら福二郎も耳を傾ける。

「あっしが料理場に入らせてもらったとき、冷蔵庫の他に、まだおなやっても のも残ってましたぜ。

何しろ昔は輸送に時間がかかるもんで、八百善で使う魚はふつう東京湾でとれるものに限られ、遠くても三浦三崎までで、常磐《じょうばん》ものになると心配だから って使いませんでした。

山谷の店の東南の露路口を入ると、石を敷きつめた通路の先に井戸があり、井戸のまわりの地面を掘って青石を敷きつめ、四方を簀《す》の子で囲って風通しをよくしたところへ魚をぶらさげ、あっしなどひまさえあれば井戸から水を汲《く》みあげてはここへかけて魚を冷やしたもんでした。

それでも七、八月は万一のことがあっちゃいけないってんで、店は閉めていましたんで。

お江戸というところは、関東ローム層でもって土が悪い、土が悪けりゃいい青物がとれない、おまけに水も悪いとくれば、これはいきおい料理に手をかけて、見た目もいいものを作らなきゃならねえという始末になる。

いい例がうなぎをごらんなせえ。

材料に恵まれている関西じゃうなぎは素焼してすぐタレをつけて食べる、関東じゃあ割いたのへ串《くし》を打ってさっと素焼し、蒸し上げ、そのあとまたタレをつけて焼くという三度手間だ。

だから八百善が得意とした江戸料理は、しんじょと練りものです。こないだお二方の結婚披露宴《ひろうえん》にお出しした名物『松皮しんじょ』は、あの日は鯛が手に入りましたが、昔はきすや虎ぎすなども使っていましたよ。きすを三枚におろし、板ずりしたあと、摺《す》り鉢《ばち》ですり身を作るんですが、こいつがなかなかのもんでさ。若いもんが三人、半日がかりですってすってすりまくって、なめらかになったところで俎板に貼《は》りつけ、その上に鯛の皮をくっつけて形をととのえ、蒸し上げるんです。

きんとんもそのとおり。これも共粉きんとんといいましてね。かち栗《ぐり》の粉と、前の晩からみょうばん水に漬《つ》けておいた丹波栗にくちなしを入れて煮ます。こいつを裏漉《うらご》しにかけ、蜜《みつ》を入れて練るんですが、休みなし四時間も練らなきゃならねえんです。

はたから見るとおもしろそうなんで、あっしも一度やらせてもらいたいと思っていたんだが、いざやってみるとこれは骨でさあ」

「こんなに手間暇かけてたんじゃ、職人も大勢要るし、第一、予約なしの客はいくらお馴染《なじ》みったってお上げするわけにゃ参りやせんやね。

しかし、うちの親父から耳にたこが出来るほど聞かされたのは、

『何しろおめえ、この料理でもってペルリさまやらロシアのアレ、アレ、アレキシス殿下さまやらイギリスの王子さまやらにお召上り頂いたんだ。あんまし有難くて、おれあ涙が出たぜ。

これからも本膳《ほんぜん》料理なら八百善見ろやい、といえるように、おめえたちがしっかりしてなくちゃならねえ。べらぼうめ、判ったか』

てな調子だったもんで、あっしもこれだけは彦次の野郎には伝えなくちゃなんねえと考えているんでさ。

え？　ペルリさまのときですかい？

実いやあ、親父はこの嘉永《かえい》七年にはまだこの世には生れていなかったんでさ。親方に聞いた話を持って廻《まわ》ってるわけなんで、あっしゃ可笑《おか》しくってたまらねえんですが、たったひとつ叶《かな》わねえと思うのは、そのときの献立を、死ぬまで

そらでいえたことでさあ。

何も自分で作ったわけじゃなし、ペルリさんの料理も本石《ほんごく》町の百川《ももかわ》という店と分け持ってやれという御用命だったそうですから、親父なんざ全く関《かか》わっちゃいませんやね。

それでも、あっしは何度聞かされたやら、

『本膳料理ってえのはな、日本の国の正式のほんとの料理のしきたりだ、これを知らねえで庖丁を振りまわしたって日本の国の板前だっていえるかよ』てんで、それで自分も献立の研究をおっぱじめたってわけらしいんです。

ペルリの応接場は御浜御殿、四十人分の料理を用意するため八百善と百川は三日三晩、不眠不休で働き、おびただしい皿数だったっていいますがね。代金は千両もらったそうだって、そんなことまで親父、おぼえていましたぜ。

で、ペルリさん着席するとまずのし紙を引いた三方《さんぼう》に銚子《ちょうし》盃《さかずき》を載せ、松葉するめと結び昆布《こんぶ》の干肴《ひざかな》と、はまちと青山椒《さんしょう》の中皿肴を添えて一献をすすめ、そのあとお吸物には吉野雁《がん》、芋入片栗、えのき茸《だけ》、紅島かまぼこ、黄味かまぼこときすの大根巻そして松竹草花で作り花をお見せし、続いて御嶋台《おしまだい》には車えびのし煮、子持きんこ、紅粉吹長芋、菊形煮柚子《ゆず》、鯉活作《こいいけづく》り、御刺身としては小川大根、わさび、朝日防風、鯛船盛、あまだい中ぐし塩焼、あまだい片身おろし照り焼、作り花には大根で帆に見立て、お鉢肴がしらがゆば、寄ごぼう、紅しょうが」

「お茶碗《ちゃわん》がみの松茸《まつたけ》に摘《つみ》せり、小鯛姿塩やき、お丼《どんぶり》がうに焼ゆりと茶巾栗《ちゃきんぐり》、青竹のお鳥籠《とりかご》にはうずらの羽盛にきぬたごぼう、紅白宮城野《みやぎの》さし、これは白木台に載せて紅葉の作り花を添えます。

八番目お提重《さげじゅう》は蒔絵《まきえ》地紙形にうなぎ蒲焼《かばやき》と山桝《やまます》を盛り、お蓋《ふた》丼に鴨《かも》丸煮と玉子入りけんちん詰で、お食籠《じきろう》はすっぽんを煮て花くわい、しょうろ、さんかんぶを入れ、最後のお吸物は寿海苔《のり》であっさりと、都合十一品をつぎつぎとすすめてのち、さてこれから本膳一の膳になるって寸法でさあ。

本膳料理ってえのは一汁三菜、一汁五菜、二汁五菜、三汁五菜などさまざま種類のあるなかで、これは二汁五菜の型でやっていなさるねえ。

あっしも前菜まではおぼえていますが、本膳二の膳となると親父のようにはとうてい覚え切れねえ。ただお引物は青小判形蓋付きの籠詰めで鴨おん（鴨椀）

をお持ち帰り頂いたって、そいっていました。

前菜十一品、本膳四品、二の膳四品、お土産入れたら二十品、これや大へんなことだったと思いますぜ。正真正銘日本の山海の珍味をかきあつめてご賞味頂いたんですから。

ただね、これを召上った紅毛人さんお四十人がうめえ、とおっしゃったか、まずくて食えねえと仰せられたか、そこんとこが親父にもあっしにも判らねえところなんで。

ま、もっともいま、進駐軍の皆さん結構日本料理を喜んで下さるそうで、ペルリさんも案外、ぜーんぶおはらの中におさめて下さって、ベリーグッドなあんていわれたかも知れませんやね。

お供の方のなかには、日本の人妻が眉《まゆ》を剃《そ》り落しているのを見て、下のへヤーもないのか、と質問されたこともあったようですが、このときの八百善のお出ししたいり酒などで酔っ払われてのご冗談だったんでしょう。と、これも親父の機嫌《きげん》のいいときの話なんでさあ。

しかしこれらは金に糸目をつけねえお大名の料理です。店では旦那《だんな》が茶懐石の汁、向付、椀盛、焼物に口取りと刺身を添えた会席料理というコースを決めなすって、築地ではずっとこれで商ってきました。

もっともよく出前もやりましたから、内容は臨機応変で、ご注文どおりのものを作りましたね。宮さま方、華族さま、実業家のお邸《やしき》、あっしもよく上ったものでさあ。十品くらいご用意して五円ほどのお仕切だったように覚えていますがね」

大鈴も料理の話になると了二同様、とどまるところを知らず、たとえば茶事の味噌汁《みそしる》についていて汀子がちょっとでも質問しようものなら、待ってましたとばかり、

「このせつの味噌と来たら、ありゃあ何です。やたらべとべとしていてまるでアメみてえだ。

江戸っ子ってえのはね、徳川様がお国から持っておいでなすった岡崎の三州味噌しか使わないもんですぜ。

三州の三年ものは岩みてえに固くなっているのを出刃庖丁で切って、鰹節《かつおぶし》を練り込んだのを水で溶いて使うんでさ。なかなかこつがありやしてね。味噌

の豆の蛋白質《たんぱくしつ》がうまくかえるかどうかってところがむずかしい。

白状すりゃあっしだって、いまだに百点満点の赤だしは年に数えるほどしかできねえ。

もっとも三州はだしのとりかたをしみったれたらほん味は出ねえもんですから、昆布は昔は渡島《おしま》の川汲昆布を争って手に入れたもんでしたが、駒ヶ嶽《こまたけ》が噴火してから獲《と》れなくなっちまった。いまの真昆布は釧路《くしろ》以北のものが糖分が多くていい品のようです。

鰹節も五人さんくらいで一本は使いまさあ。八百善じゃずっと土佐節だったんですが、いまは伊豆の松崎あたりの小節がよろしいようで、こいつを叩《たた》き合わしてカンカンいうような固いのを使います。ボトボトなんて不景気な音を出すのは金輪際うまくねえ。

その小節を湯で洗って皮をとり、血合いを取り除《の》けます。血合いは味噌汁、身の部分はすましに使うんで、両方掻《か》き分けてあんばいします。

だしは昆布が過ぎると精進料理かいっていわれるし、昆布をけちるとうま味が出ねえ。この割合いは逆立ちしたって人から教えられるもんじゃありやせん。

またそのときどきの昆布と鰹節の品質によっても違う。

よく料理本に昆布何センチ角のもの一枚に鰹節何グラムで何人分、なんて書いてあるんですが、あっしにいわせりゃずい分と不親切な記事でござんすねえ。昆布ったって鰹節たってピンキリあって、産地と品質の説明をしてあげなくちゃ思いどおりのだしは出ねえもんなんです。

あっしも修業時代にゃ、旦那には悪いが、利尻《りしり》や三石《みついし》の昆布は俵にして何十俵分も捨てたもんでさ。みんな失敗して。

その挙句、自分なりにカンが働くようになったってわけなんですが、いやあ、やればやるほど奥深いのがこの椀方《わんかた》でさあね」

大鈴は続けて、

「料理の腕が上るには、舌の利《き》くお客に出会うことがかんじんなんで、昔、抱《ほう》一上人《いっしょうにん》は鰹の刺身をめし上って、これは研ぎたての庖丁で切っただろう、とお叱《しか》りになったって聞きましたぜ。砥石《といし》の匂《にお》いってのはしばらく残りますからね。

あっしはその点は恵まれて、子供のころからむずかしいご注文のお客にずい分出会いました。

たとえばうずらのしんじょが食べたいとおっしゃられ、やってもやってもふわふわで固まらなかったことや、ふくろになるような平目を刺身で出せといわれて、こりゃあもう必死で神に祈るより他なかったってこともあります。

若旦那はふくろ平目ってえの、ご存知ですかい？

三浦三崎の梅沢あたりに上った平目は新しくて河岸《かし》でもとっても珍重するんでさあ。魚問屋では客に、この通りだといって爪《つめ》で平目の皮をひっかくと、実際、血が吹きあげるほど生きがいいんです。こんなのを河岸で買って来て、夕方さて料理しようとすると、平目は自分の脂《あぶら》のためにぶくぶくにふくらんでいる。こうなるともう刺身にはなりやしません。

仕方なし切って煮つけるんですが、河岸で朝見たときは、こいつがまさか夕方にゃふくろになるってことはこりゃ皆目見当もつかねえんで。

買って来てすぐ刺身に切りゃいいようなもんの、そんなことやってたんじゃ、あっしどもの生きてゆく道はないも同じですからね。刺身は切口が光ってねえとどうしようもねえ。

築地のころ、彦次のやつ生きたままのこちを買って来て、盤台に泳がせながらその前で膝《ひざ》をかかえてじっと考え込んでいるんでさ。

どしたんだって聞くと、客は六時半、刺身を出すのが七時前、そしたらいったい何時にこいつを殺せばいちばんいい刺身が出せるか思案中だっていうんで、あっしはわざと、バカそんなことはてめえで試してみろっていいました。そしたらヤツ、三匹のこちを二時間おきに殺してって、それでもまだよく判らねえって首かしげてました。

やっぱり海泳いでるのと、盤台でようやっと生きてるのは違いますからね。あっしの客は、鯛のうしお煮を出すと、お前さん知ってるかい、魚は頭から先に悪くなるんだよ、鯛の目はちょっと古くなるともう食べられなくなるんだから、買ってきたらすぐ目玉を押出して塩をまぶして、またもとのようにはめておくんだよって。

こういう勉強ってえのは有難いもんですねえ」

大震災のあと、昭和二年に再開した築地の八百善はずっと盛業が続き、十二年に日中戦争がはじまってそろそろ物資の無くなりかけた十五年ごろからがいっそう繁昌《はんじょう》したという。

というのは、客のなかには軍人政治家事業家の有力者たちが大勢おり、融通を利かせてくれたこともあって、このせつ八百善へ行けばうまいものが食えるということだったらしい。

しかし昭和十八年は経済統制の頂点に達し、ガス水道電気まで規制を受けるようになって、十九年の二月末、閣議で高級享楽《きょうらく》施設停止に関する具体策要綱が可決され、三月五日発布と同時に都内の高級料理店、待合芸妓《げいぎ》置屋、カフェー・バーは全部閉鎖しなくてはならなくなってしまった。

そうでなくてさえ、料理場の若い者にもつぎつぎと召集令が来て人手不足も深刻になりつつあり、了二は閉鎖のあと家族を引きつれて伊豆修善寺の古い旅館に疎開《そかい》した。

誰もいなくなった築地の店は、ときどき大鈴がやって来て雨戸を繰り、風を入れていたが、木原山のほうは勤めを持つ福二郎が一人だけここに残って暮していたという。そして二十年三月十日、下町を焼き尽した米軍爆撃に遭って築地の店はあとかたもなくなったが、木原山のほうは奇蹟《きせき》的に無傷のまま残ったのは何よりであった。

福二郎はそのときの様子を語り、

「火の手はすぐそこまで迫っていたが、何とかしてこの家だけは助けたいと思ってさ、おれ一人で井戸から水を汲みあげては、家とまわりの木にざぶざぶかけたんだ。無我夢中だった。おれの半生であれほど我を忘れたことなんて他に無かったね。

気がついてみると両手の指は指紋がすっかり消えてツルツルになっていたよ」

といい、そのあと指の痛みが消えるのに一ヶ月以上、指紋がもとどおりになるのには三ヶ月かかったという。

この話はかっきりと汀子の脳裏に刻まれ、酔っ払って駄《だ》じゃればかりいう福二郎を見たときは、きまって、懸命に防火活動をしているこのひとの別の姿が目に浮んだものであった。

やるときはやるさ、という言葉は案外福二郎の本音かもしれず、それを見抜いた了二はこのときからはっきりと跡目をこの子に、と決めたのではなかったろうか。

実際、福二郎の必死の働きがなければ木原山は蔵もろとも消失していたかもしれず、家族間ではしばらくのあいだ福二郎はいい顔だったという。

了二や大鈴の話を聞いたあと、汀子が永田町の工事現場をはじめて訪れたのは、その年の暮であった。

木枯しの吹く寒い日で、ショールをまとった汀子は福二郎とともに赤坂で都電を下り、坂を上ってゆくその途中から、もう芬々《ふんぷん》と得もいえぬ新しい木の香が流れてくる。

上棟式は終って左官が入っており、景気のいいトンカチの音とともにたくさんの人影が動いて、ここだけは木枯しも除《よ》けて通るような明るさがあった。

福二郎は図面を片手に汀子に、

「客部屋は茶室を入れて全部で五つ。どれも控えや踏み込みがついている。あとは男部屋、女中部屋、家族部屋、応接間と九部屋だ。二階は二十帖《じょう》あるね。大寄せの茶会もできる」

とあちこち説明し、

「ここが料理場」

と指さしたそのかたわらに、大きな穴が掘ってあった。

「なあに、これ」

と聞くと、

「お前も大鈴からさんざ聞かされただろう。江戸料理はしんじょが身上だから、この穴へ摺鉢《すりばち》を埋め込んでおくのさ」

と明かしてくれたが、それだけ聞いて、いまの汀子にはしっかりと呑《の》み込むことができる。

摺鉢でよく摺るためには摺鉢の安定が必要だし、それが家庭料理とちがって商売用ともなれば、摺鉢も直径一メートル以上のものが必要で、したがって土中に大摺鉢を固定しておいて、男たちが力まかせの仕事をしなければならないのであった。

なるほどなるほど、とうなずきながら茶室の中に足を踏み入れると、ここは意外な広さがあった。木原山の古柱庵は二帖中板だったから、少々勝手がちがうように思われ、

「こっちのお茶室は大きいのね」

といった、福二郎は、

「何故《なぜ》広いか、なんて決して親父に聞くんじゃないぜ。最初狭いのが好きだった侘《わ》び茶の茶人が、最後には四帖半くらいの広さを好むようになるという理由を、あのひとが話しはじめたら半日じゃすまなくなるからさ。めんどうだよ」

と固くとどめられた。

図面と照らし合わせながら一室一室みて廻《まわ》り、さてそろそろ帰ろうかとしたとき、ジャンパー姿のうしろ向きの男を見つけて福二郎が声をかけて、

「やあ小鈴じゃないか」

福二郎の声に、ふっと胸さわぎをおぼえて汀子が振り返ると、いつかのような白い割烹着《かっぽうぎ》でない小鈴が、料理場となる場所に立ってじっと眺《なが》めまわしている。

「ときどきここへ来るの？」

と福二郎が近づいてゆくと、小鈴はズボンのポケットに手をさし込んだまま、

「いえ」

と短く言い、

「若旦那もお聞き及びでしょうが、冷蔵庫のことです。

進駐軍の家はこのせつもうみんな電気の冷蔵庫を使っていて、おれは一度見せてもらったんですが、温度がいつも一定に保てて大へん具合いがいい。

だからこの新店は、ぜひとも電気の冷蔵庫にしたほうがいいっておれ、親父にそいったんですが、聞き入れねえんですよ。

そんなもの使うほどおれはおちぶれちゃいねえって、とうとうここに大きな氷の冷蔵庫を二つ作りつけにすることが決まったそうですね。親父は昔の山谷の店の、あのおなやっていう、地面を掘って魚を冷やした話ばかりして、おれの意見にゃてんで耳を貸そうともしませんが、しかしおれとしては、このさい思い切ってアメリカから電気の冷蔵庫を買うべきじゃないかって。あきらめ切れねえもんですから、今日はふらっと寄ってみたんです」

と話した。

福二郎はそういういきさつは聞いておらず、

「冷蔵庫は氷だって誰も疑いもしなかったが、電気のがあるとはね」

と驚きつつも、

「しかし何かい、電気代ってのはべらぼう高いんじゃないの」

と聞くと、小鈴もそういう細かなことは何も知らず、

「ただ、音はブルルル、ってな感じで大きいですね。おれの見たのは小さな家庭用でしたが、営業用ともなればもっと大きな音がするんじゃないですかね」

と答えると、福二郎はあっさりと、

「そいつはいけないね。客の座敷にまでひびくようじゃ営業妨害だもんね」

で打切ってしまった。

汀子はそばで聞いていて、まあ惜しい話だこと、と思った。

昭和二十六年ではまだ電化製品は出廻ってはいないが、炊飯器と洗濯機《せんたくき》の便利さだけは新聞か雑誌かで読んだおぼえがある。

小鈴との話はこれだけで終り、福二郎は、

「じゃあね」

と手を上げ、汀子は目礼をして二人で工事現場を離れた。

門のあたりで振返ると、腕組みして冷蔵庫を置く場所をまだじっと睨《にら》んでいる小鈴の姿があり、汀子は何やら気がかりで、

「電気でものを冷やすなんて何だか信じられないわねえ。あたためるなら判るけど」

　というと、福二郎は、

「新しいものにとびつくのは危険だよ。あいつも親父のいうとおりやってりゃ間違いないいんだがねえ」

　と主《あるじ》らしい口を利き、ゆっくりと坂を下りながら、

「お前、蔵のなかの雇人に関する証文類を一度めくってておくといいよ。

　八百善は昔から雇人たちによって支えられて来たとはいえるが、これから先は大へんだろうよ。民主主義ってのはなかなかめんどうだから、主といっても頭からどやしてこき使うわけにはいかない。ここがいちばんの苦労だろうと親父もそいっていたよ」

　といいつつも、目の前に赤坂の灯《あか》りがぽつぽつと灯《とも》っているのを見ると心浮き立つらしく、鼻唄《はなうた》で小唄か何か口ずさんでいて、

「汀子さん」

とした手に出て呼び、

「おれ、これから会社のときのダチの家に寄るから、あんたさきに帰っていてよ。ここんとこ、ちょいと不義理をしてるもんでね。ここまで来たら顔見せてあげなくちゃ」

というと、返事を待たず、

「じゃ」

と手を上げて電車道を渡って行った。

その背に向って汀子は、

「ダチってバーのことでしょ」

と投げつけたが、あとを追って行先をつきとめるほどの気はなかった。

それよりも、乳母役がいるとはいえ、日暮れになっても帰らぬ自分を待ちわびて、子供たちが泣いていはしないか、とその光景ばかりが頭を占め、なかなかやってこない都電がもどかしくてならなかった。

今日こうして普請《ふしん》の進捗《しんちょく》状況をつぶさに見、胸の高鳴る感じがあっても、汀子の心の底には常に子供二人の影がこびりついている。働く覚悟は定めていても、これから先、世の母親のようにいつもそばにいてめんどうを見てやれないことに、いまだ気持はふっきれてはいなかった。

普請は順調だし、了二と福二郎が連れ立って挨拶《あいさつ》に廻る先々では、

「お店開きはいつですか。ずいぶんと待ち遠しいことで」

と急がされることもあって、ともかく客座敷だけでも完成したら直ちに開店の運びにしよう、という手はずが決まり、その日は三月吉日、と決まった。

その昭和二十七年の一月二日、正月礼に身内の者たちは連れ合いや子供を伴って木原山へほぼ全員集まり、離室《はなれ》は賑《にぎ》やかであった。

当然話題は新店の噂《うわさ》に集中され、汀子が聞いていると、

「そう？　永田町の敷地は百八十七坪ですか。じゃ築地のときに較《くら》べるとほぼ半分ね。

お部屋数はたった五つ？　お茶室も築地では二つありましたよ。今度は一つね」

と一人がいえば誰かも応じ、

「じゃ築地のころのお客さまがいらっしゃると、がっかりなさりゃしないかしらね。あんまり小さくなって」

「毎朝女中たちが糠袋《ぬかぶくろ》でお廊下磨《みが》いてね。顔が映るほどピカピカだったわ。あれはお母さまの監督がよかったせいね」

「私たちお茶のお稽古《けいこ》のときは、いつも母家《おもや》の三帖台目《だいめ》の狭いお茶室でしたわねえ。狭いところだとお点前《てまえ》のあらがよく見えるからって、ここでみっちり仕込まれましたっけ」

とさかんにやりとりしているのは、今度の新店が以前の八百善には較ぶべくもないということと、昔を知っている者の誇りをひけらかしていること、そしてそれは、嫁の汀子に向って聞かせているように受け取れるのであった。

なかでも姉妹の代表の立場にある長女の惇子ははっきりとものをいい、

「お父さま、お店を小さくしたのは福さんが素人《しろうと》だから、不安なのでしょう」

と痛いところを突き、

「私たちみんなでお手伝いしますわ。やっぱり八百善の昔を知っている者でないと、お客さまにそそうをするかも知れませんから」

といえば、皆口々に、

「そうね。毎月のお茶事だって大へんよ。お手伝いがその心得もないのでは、お父さまもお気の毒ですもの」

と応援をいい出し、それは明らかに汀子を指してそういっているのが判る。汀子は自分がすこしずつ青ざめてゆくのが判ったが、すぐには座を立てなかった。

秀太郎はいつも通りどこ吹く風、と話のなかには入らないが、姉妹たちの話題はなおそこから動かず、

「ほら、八百善の三種の神器ってあったわね。抱一の鶴懸《つるか》けの松のお軸と、同じ抱一の文がら帳と狩野正信《かのうまさのぶ》の布袋《ほてい》の図、あれみんな永田町へ持って行くんですか、お父さま」

「もったいないわね。扱いがむずかしいものはこちらの蔵から出さないほうが無難じゃないかしら、ね」

「ここにある石灯籠《いしどうろう》や蹲踞《つくばい》はそのままに残すのでしょうね。みんな焼け残りのいわれのあるものばかりですから、新店の庭には似合わないと思うわ」

と口々にかしましく、それは昔の八百善を語ることにより、新入りの人間に対しての示威行為になるのを十分意識しての上だと汀子は思った。

その上、惇子は長女の威権を見せて、

「お父さま、奉公人は築地の店の者たちをもとどおり入れてやって下さいね。洗い場はおときさんがまだ元気だし、お燗番《かんばん》はお秋さんが少し足が不自由だけど十分勤まりますから。みんな楽しんでうちで働ける日を待ってたんですよ。それに、八、主が素人じゃ、勝手知ったひとたちに切廻してもらわなきゃ、あぶなっかしいし」

というに至っては、このひとが店の采配を振るのではないかとさえ思えてくる。

長女の言葉に、妹たちも「そうね」と強い同感の意を示しており、了二もれんもにこにこしながら聞いていて、

「ま、時代も変ったたし、東京のまん真中で昔の山谷のような大きな店ならいまはきっと持てあますに決まってますよ。端から端まで目の届くような小ぢんまりとした店で、地道な商いをしたほうが長つづきするさね」

と一言いっただけ、福二郎は福二郎で、

「船頭多くして舟、山へ登るってのはこのことだねえ」

と笑っているばかりであった。

汀子は、もはやいたたまれなくなり、れんの膝で遊んでいる園子を残し、尊《たか》之《ゆき》を抱いてそっと座を外した。

部屋に戻り、尊之を寝かせ、火鉢の埋《うず》み火をかきおこしててのひらをかざしていると、さっきの姉妹たちの、自分に向って投げつけられたとしか思えない言葉の数々が、次から次へとはっきりよみがえってくる。

あたしたちは上等の、とらやの羊羹《ようかん》を食べて育った人間よ、あなたのような大福餅《だいふくもち》とは違うのよ、由緒《ゆいしょ》ある八百善の店の手伝いができるなんて、棚《たな》ぼたの幸福だとありがたく思いなさい……。決してあなたに店を任せはしませんからね……。

汀子は、なお聞えてくる毒針のようなその言葉に向って、こぶしを握りしめながら懸命に心のなかで叫んだ。

いったいあのひとたちのいいぐさは何？　嫁のあたしをまるで下女のように

見くだし、棚ぼたの幸運を得た者としてさげすんでいる、あたしだっていわせてもらえば、八百善とは関係なく、一介のサラリーマンに嫁いで来た身なんです、それが思いもかけぬ事態になってしまっていまさら尻込《しりご》みもできず、もうやるしかない、と覚悟を決めたところじゃありませんか、それを、汀子さんご苦労さまね、の一言もなく、雇人の人選にまでくちばしを入れるなんて、と思うと怨《うら》みはあとからあとから噴きあげてくる。

先日も、汀子が福二郎にいわれた雇人たちの証文類を見るため、れんに蔵の鍵《かぎ》の借用を申入れたところ、れんはありありと困惑のいろを浮べ、

「あたしが蔵のなかへ自由に出入りできるようになったのは、お父さまが八代目を継いで世間にきちんとご披露してからでござんしたよ。福二郎には店を任せこそすれ、まだ九代目をゆずるなんてお父さまはおっしゃってませんからね」

と拒まれ、汀子はすごすごと引退《ひきさが》ったが、娘の惇子は一人で蔵のなかに入っているのを汀子はいく度か見かけたことがある。

父親の茶会の手伝いのためだろうとは思っていたけれど、この家の当主とな

らなければ蔵の鍵は渡せぬといわれれば、では他家に出た娘たちはどうなのか、と改めていいたくなる。

それに、はがゆいのは福二郎が何の反論もせず、ゆるんだ顔をして酒を飲んでいたことで、これでは先が思いやられる、と汀子はつくづくとそう思った。

福二郎が部屋に戻って来たら、きつく抗議してやろうと待ち構えていると、声高に話しながら廊下を歩いてくる気配がして襖《ふすま》が開き、

「おい汀子、こっちで護ちゃんと飲みなおすから支度しろ」

といわれ、

「もういい加減飲んでいるじゃないの」

と一言報いつつも、久しぶりの兄の手前、用意せざるを得ず、台所へ立って行った。

三人で卓袱台《ちゃぶだい》を囲み、勝手放題しゃべりながら盃のやりとりをしていると、さっきの憂《う》さが晴れるかと思ったが、それはこれからの問題に関わっているだけに、そんなことでは容易に消えはしなかった。

それに護も、ろれつの廻らなくなった口で、

「福さんや、汀子はね、元来外交型でね。家のなかで三つ指ついて旦那に仕えるなんてのは性に合わないやつなんだ。何しろ子供のころは木場の角乗りのまねばかりしていたおてんばなんだから。この調子でやれば福さんの頼もしい片腕になるよ」

としきりにけしかけ、福二郎も、

「このひと案外腕力があるんだ。おれ何度もぽかぽかやられている。むしろおれが抑え役に廻らなけりゃならないかも知れないな」

と応じ、二人で高笑いしているのを見ると、汀子はいっそう腹立たしくなってくる。

誰もあたしのこと判っちゃいない、頼みの福二郎でさえこんなのんきなことをいっている、と思うと汀子はつくづくなさけなくなり、急速に気持がさめてゆくように思えた。

夜更《よふ》けて客たちは三々五々帰ってゆき、いちいち玄関でそのひとたちを送ってしまうと、汀子は何だか体中の力が脱けてしまったような感じがあった。

いままで深くも考えず、なりゆきに任せ、それなりに自分を馴《な》らして来たけれど、歴史の古い家にはいろいろなひとの執念が染《し》みついていると汀子は思った。

おそろしいこと、おそろしいこと、他人の私が八百善という名の店を預かるなんてとんでもない、と思うと、いまにしてはじめて、汀子は自分の立場のむずかしさが判るように思えるのであった。

一晩まんじりともせず夜を明かし、福二郎が出かけるのを待って汀子は二人の子供に着替えをさせ、尊之をおぶい、園子の手をひいて家を出た。

玄関から門に至るあいだ、とりのおばさんに出会い、

「あら若奥さん、おでかけですか」

と声をかけられたが、

「ええ、ちょっと」

とだけで行先は告げなかった。

汀子が子供連れで行ける場所といえば代沢の父親のもとしかなく、電車を乗り継いでようやく楠木家の玄関に立つと、茂一は目を見張り、

「どうしたんだ、突然」

と聞くのへ、

「帰ってきちゃったの」

というなり、昨夜からこらえにこらえていた涙が、かんぬきを外したように
どっとあふれ、汀子はこたつの上に突っ伏し、声を挙げて泣いた。

この家は、かねてからの約束どおり、長女の律子が夫ともどもこちらに移って来ており、台所から手を拭《ふ》き拭き出て来た律子も、泣き伏した汀子を見て呆《ぼう》然《ぜん》としている。

園子と尊之は律子の子供たちとさっそくはしゃぎ廻り、それを見やりながらも、茂一と律子は汀子の涙のわけを無理矢理に問いただそうとはせず、

「園子ちゃんもお姉ちゃんらしくなったわね」

とか、

「尊之は元気がいいね。男の子はやっぱり違う」

とか、あたりさわりのないことをいい、ようやく汀子が涙を拭いてから、

「おなか空《す》いたわ。何か無い？」

というと律子がほっとしたように、

「あ、やっとて子ちゃんらしくなった」

と笑った。

娘のころから、汀子は愚痴をこぼすのが嫌《きら》いだったし、そういう性質を知っていれば二人とも汀子が泣くのはよくよくのこと、と察しがついている。それに、汀子はしげしげと実家を訪れるたちではなく、この前は前年の夏、法事のため兄妹集まる機会にやって来ただけで、ほとんど半年ぶりなのであった。

律子心づくしのきつねうどんをすすりながら、茂一が、

「お父さんお母さんはお元気かい？　福二郎さんもいまはずいぶんと忙しいだろうね」

とたずねると、汀子は箸《はし》をおいて、

「お父さん、あたしもう何も彼《か》もイヤになっちゃったの。子供二人連れてここに帰って来ていい？　何でもして働くから」

というと、茂一も同じように箸をおき、しばらく考えていて、

「汀子はいままで何にもいわなかったが、ずい分むずかしい立場だろうとは判っていたよ。

何かね、福二郎さんが放蕩《ほうとう》でもするのかね。それともご両親が気むずかしいのかね」

「うん」

と汀子は目を落し、しばらく迷っていたが、

「そんなんじゃないの。あたしじゃあのお店はやれないってこと」

といってしまうと、ずい分と気持も楽になって、

「お父さん、あたしは何にも欲しくはないの。貧乏でいいの。八百善の名は重すぎるわ」

と舌足らずないいかたをしたが、二人はそれが十分に理解できたようであった。

「そうだろうね。はなっから汀子もその覚悟で嫁《い》ったんじゃなかったからね。それにご長男もいらっしゃるし、女の姉妹も多いしなあ」

と茂一はうなずいたが、律子はしばらく考え込んでいて、

「私はて子ちゃんの結婚式のときから事情はよく判っていたわ。でもて子ちゃんなら立派にやり遂げてみせるものと父さんも私も安心してい

たのに。お商売が嫌《いや》なの？　それともどうしてもできないわけがある？」

と顔をのぞき込んで聞いてくれたが、汀子は父と姉を前にして、もともと育ちが違うんです、ことごとにそれに突き当るんです、とは口が裂けてもいえなかった。

言葉を濁している汀子に、母代りの律子は、

「女が他家に嫁いで、そこの家風や身内に馴染むまで最低十年はかかるっていうからね。て子ちゃんはいまはじまったばかりじゃないの。夫がサラリーマンだとばかり思って結婚したら、途中から商売人になったって話はべつに珍しくはないことよ。

福二郎さんについてやってみるべきじゃない？　ご両親やご姉妹によく教えて頂くといいわ。みなさんいい方ばかりでしょ」

という親身な意見も、真実を打明けてなければ的を外れるのも無理はないが、しかし汀子は、それを訂正することはできなかった。

いつもに似合わず歯切れの悪い汀子を見て茂一は、

「お前すこしくたびれてるんじゃないのか。今日はこちらだと許しをもらって

出て来たのかい？　それなら二、三日ゆっくり休んでおゆき。子供は私が見てあげよう。うちのチビも友達が出来てよろこんでいるし」

とやさしくいい、そんないたわりの言葉を聞くと汀子は胸がいっぱいになり、ふたたび涙があふれそうになる。

嫁いだせい子の噂などしながら、実家《さと》っていいな、みんなあたたかだな、としきりに思い、そのうち、律子も茂一もいなくなったこたつにもたれ、汀子はいつのまにかうとうとしていたらしい。

誰かがそっと、肩に綿入りの半纏《はんてん》をかけてくれたのをおぼろげにおぼえているが、そのあとどれくらい眠り込んでいただろうか。

何かあざやかな色の絵があらわれては消え、消えてはあらわれしているなかにもがいている自分があり、そのうち、聞きおぼえのある声がひびいてきて、ゆっくりと夢からさめた。

声は玄関からで、

「ごめん下さい。汀子はこちらにお邪魔していませんか」

というのは正しく福二郎で、それを聞いて子供二人は飛び出してゆき、

「お父さまだ、お父さまだ」

と園子がその手にぶらさがりながら、こたつの前に案内した。

いつのまにかもう辺りは暮れており、ふと見ると福二郎のオーバーの肩には粉雪が二ひら三ひら乗っかっている。

茂一や律子と挨拶を交わしたあと、福二郎はこたつに足を入れながら、

「いったいどうしたんだ。心配するじゃないか、無断で出てきたりして」

というのへ、汀子は父や姉の前では決して見せなかった怒りを露《あら》わにして、

「よくもそんなしらじらしいことがいえるわね。昨日あれだけ私が総攻撃されているのに」

と声を荒げて抗議すると、福二郎は狐《きつね》につままれたような顔をして、

「昨日何だい？　何があったんだい」

と聞き返し、

「呆《あき》れるわね。あなたは何も感じてないのね。一つ穴のむじなね。

ご姉妹揃《そろ》って、素人のあなたと私がお店をやることにいたくご不満だったじゃありませんか。さももったいないみたいないいかたをして。

その上、お道具や雇人のことまで指図して、みんなでお手伝いして下さるそうね。これではあなた、あたしたちの立つ瀬がないってものじゃありませんか」

と汀子がせきを切ったようにぶちまけると、福二郎は、ああそのこと？　と大きくうなずきながらハッハッハと笑い、

「いやあお父さん、お姉さんもびっくりなすったでしょう。昨日正月礼に身内みな集まったんですが、うちはどれも個性が強いものですから汀子は驚いたと思います」

ととりなしてから汀子に向い、

「あれはね、単なるデモンストレーションだよ。かつての八百善の娘といえば、いまだに勲章だと思っている。その勲章をちょいと見せびらかしたかっただけなのさ。

あのひとたちも、婚家さきでは結構苦労しているみたいだから、せめて親のもとに戻ったときだけでも、甘えてみたかったところだろうよ。

心配するなって。店はおれがやるんだから」

福二郎が胸を叩くのをみても、汀子は容易に信用できず、

「あなたは自分の身内だからひいき目に見るけど、あたしはただ一人だけ他人なのよ。多勢に無勢よ」

「取越苦労だよ。あのひとたちも一人一人は気が小さくて、臆病《おくびょう》なんだ。それに皆それぞれに仲わるいし、昨日はたまたま、一致団結ふうを見せたかっただけで、あれはお前に対するよりも、親に見てもらいたかったんだな。

女の姉妹ってそんなもんじゃないのかね。結婚して家族を持つようになると、めいめいに利害関係は対立するようになる」

「でもよってたかってお店を手伝うというのなら、あたしの出る幕はないし、もうやる気も無くしたの。子供もいるんだし、もともと働くのは無理なんだから、あたしはもうお暇を頂きます。この家に母子《おやこ》三人置いてもらうつもりよ」

激しい口調で汀子がそういうと、福二郎は沈黙し、茂一と律子はおろおろしているなかで、子供たちだけがふざけており、その子供たちの動きを目で追っていて、福二郎が、

「ま、かんにん信濃《しなの》の善光寺、というよりないが、あたしに姉妹の多いのは承

知の上で汀子も来てくれたんだしね」

と弱々しくいいつつも、

「しかしね、どこを見ても、家をしっかり支えているのは他家から来た嫁ですよ。

汀子もうちの歴史はほぼ判ったろうが、代々、表には出ないものの八百善の内を納めて来たのは、嫁にいった娘などじゃなくて、主の女房なんだよね。げんにうちのおふくろだって、おれたちの目から見りゃ、でーんとして家の守り神みたいな顔をしてるけど、祖母《ばあ》さんや、祖父《じい》さんの兄妹衆からはどれだけいびられたか、汀子もその話は聞いているだろう。

もう昔話になっちまったから、おふくろも細かい話はしないが、こうなるまでには長い時間がかかったらしい。

あたしの姉妹たちも、口では手伝うなどと親の手前、恰好《かっこう》よくいってはいるけど、嫁いださきの自分の家のほうが何より大事なんだからね。実際には大した応援もできやしないよ。

何度もいうけど、店をやるのはおれなんだから。

雑音や邪魔者はおれが排除する。だから安心おし」

いつにない福二郎の真面目《まじめ》な言葉は強い説得力があり、固く閉ざされていた汀子の心もすこしずつ和らいでくるような感じであった。

それでも、それじゃ考え直します、とはすぐいえず、なお気にかかるいちばん重いこと、

「でもね、しょせん育ちが違うのは永久に解決できない問題よ。今後とも、あのひとたちに見くだされるのはあたしは嫌。ちくちくとトゲでつっつかれるのはたまらない」

と、それを口にすると、福二郎はとたんに笑いだし、

「お前は育ちがちがうちがうっていやにこだわるが、いったい育ちって何だい。この楠木家と杉山家のどこが違うんだい？　おれはね、築地の家で育ったけれど、この家みたいに子供が一人で勉強する部屋なんて誰ももらえなかったね。

お前も永田町の設計図を見たろうが、家族部屋なんてのは家中のまん中の、昼も電気つけなきゃ新聞が読めないような暗い狭い部屋がたったのひとつ。そこに親兄弟みんな、芋扱《いもこ》ぎみたいに寝るしかないんだ。

食いものだってひどいもんさ。ご馳走《ちそう》はすべて商品だから家族には関係ないし、せめておふくろが子供用の食事を作ってくれりゃいいのに、あのひとは料理場へは入らないひとで、結局、お燗番や掃除のおばさんが手の空いたときライスカレーとか、そんなもの適当にあてがってくれるだけだった。

おれは子供のころ、一人っ子の友だちの家へ遊びに行って、飯どきにはおふくろがちゃんと食事を出し、やれ風呂《ふろ》の、やれ下着のとまめまめしく世話をしているのを見て、涙の出るほど羨《うらや》ましかった。

うちに比べれば、この楠木家は家族仲よく助け合って、いい家風を作り上げていますよ。汀子が育ちが違うなんて、恥じることはかえっておかしいよ」

と熱弁をふるうのを聞いて、汀子はいま、それがまんざら自分を引き戻すための方便の言葉とは思えなかった。

そばで聞いていた茂一も一言いわざるを得ず、

「汀子もわがまま者だから、福二郎さんにはえらくご迷惑おかけしますねえ。私もいま思えば、子供のころから汀子にも茶道華道くらいの稽古はさせられないこともなかったのに、母親亡《な》きあと、自由にさせたのがいけなかった。

映画館や美術館ばかりに行かせたのが、恥をかく結果になってしまいました」

茂一の言葉に福二郎は手をふって、

「お父さん、そんなことは極めて些細《ささい》な問題です。お茶なんて、必要なら汀子も稽古すればいいのですから」

と慰め、

「さあもういいだろう。みんな一緒に帰ろう。おれが自転車に乗っけてゆく」

といえば一同驚き、ええ、ここまで自転車で来たの？　と汀子が聞けば、

「あっちこっち捜しながらだったから、そのほうが便利だったんだ」

と軒先の自転車を引出して来た。

しんしんと寒さが沁《し》みる夜、暮れがたにちらちらと舞った粉雪はどうやら納まっているが、代沢から大森まで、一台の自転車に親子四人またがっての長道中は考えただけでも大へんだと知れる。

しかし福二郎はこともなげに、

「なあに、こういうときこそ、何とやらの底力ですよ」

といい、家のうちは今朝とは一変してバタバタと帰り支度で忙しくなる。

汀子は、律子が台所へ入っていったのを追いかけてゆき、

「お姉ちゃん、ごめんなさい。あたしほん気で戻るつもりだったんだけど」

と頭を下げると、律子は笑みを浮べて、

「私ね、女学校の国語で習った一葉の『十三夜』を思い出していたのよ。あの小説もたしか幼馴染の辻《つじ》の人力車でまた戻ってゆくのよね。でもて子ちゃんのご主人はあのおせきの旦那のように妻を虐待《ぎゃくたい》はしないものね。

安心して帰りなさいよ。つらくなったらいつでもここへ告げ口に来ればいいんだから」

と汀子をそっと包みこむように慰めてくれたが、かといって汀子の家はもうここではないのを改めて思わないではいられなかった。

自転車の前には厚い座蒲団《ざぶとん》を敷いてまず園子を乗せ、うしろの荷台には尊之をおぶった汀子が腰かけ、最後にオーバーを着た福二郎がまたがって準備完了、見送る人も、車上の人も長い白い息を吐いているのが夜目にもはっきりと判る。

厚い頭巾《ずきん》から目だけ出した園子が、

「バイバイ」

と手を振ったのが出発の合図で、自転車はすべり出した。

汀子は、大きなあたたかい福二郎の背中にしっかりとつかまりながら、こうして親子四人、がんばって生きてゆくよりない、と思うのであった。

大兵《たいひょう》の福二郎の前では自転車は小さく見え、その小さな自転車に大小四人がこぼれるほどに乗って、夜更けに木原山へ戻って来たが、戻ればここはもとどおりの明け暮れで、何ひとつ変ったことはない。

汀子はあの日、父親には事情を明かさないつもりだったのに、迎えに来た福二郎との口喧嘩《くちげんか》ですっかり知られてしまったのを、恥しく思うかたわら、胸の中に溜《たま》っていた重いものが消え去った感じはあった。

何より効いたのは、どこの家でも屋台骨をしっかり支えているのは嫁だということ、そしてそれにはれんという生証人が目の前にいる。

れんも汀子同様、こまかな悔み話は全くしないひとだけれど、年にしては背が丸くなりすぎているのも、姑《しゅうとめ》に気兼ねして一日中暗い部屋を出ず、そこで店の帳面を手伝っていたからだとは、確か福二郎から聞いた話だったと思う。

第四章　大鈴の死

三月開店ともなれば、松が取れたとたんもう目の廻《まわ》るような忙しさとなり、一月末には蔵のなかの道具類の運搬も終えた。

雇人は、やはり戦前の八百善縁故の者がほとんどで、掃除婦まで入れると全部で十五人と決まり、そのうち家持ちの大鈴小鈴のみ通いで、あとは全員住み込みの約束であった。

福二郎と汀子は、木原山に子供も居《お》り、了二夫婦との連絡もあるため当分は通勤というかたちをとることになった。

ある夜、福二郎が蔵のなかから四、五十枚の証文を取出して来て汀子に見せ、

「経営者からいえば昔はよかったねえ。ごらん、これが乳母だね。天保四年でお給金は五年間で四両とあるよ。こっちは安政三年、一年間で二両と相定め、

と書いてある。

給金もさることながら、また誓約書ってのがおもしろい。この請書《うけしょ》はお家の法何ごとにもふれず相守り申すべく、万一取り逃げ、かけ落ちなど仕《つかまつ》り候《そうら》わば、さっそくたずね出し、その品々相改め、お給金もきっとさし出し、少しも御損かけ申すまじく候、と保証人が書いてある。ちょいとしたドラマだな。

ま、読んでおくといいよ」

と手渡したものを、汀子は夜なべに一枚一枚目を通してみると、八百善という店の底辺で黙々と働いていたひとの呟《つぶや》きが聞えてくるように思われた。

自筆代筆の約束状、改心結約証というわび状、お礼の一札、奉公人請状、実にさまざまの姿がある。

証文は文政から明治にかけてのもので、平吉、藤助、嘉三郎、恒八、とよ、ぬい、きよなどさまざまの名が出て来、五年の年季が明けてめでたく国へ帰った者の礼状、途中逃亡して親が平あやまりに謝っているもの、店の者同士のかけおち、親に死なれ、その借金を払うため廓《くるわ》に売られて行った娘、火事場どろぼうを企《たくら》んで発覚し、お縄《なわ》になった者、いろと酒とに溺《おぼ》れ、いく度も身元引受人に引取られ、その都度恐れ入って戻ってくる者、いずれも過ぎ去った昔の話ではあるけれど、いまこのひとたちと関《かか》わりを持つ八百善の人間として身を入れて目を通すと、ここにはさまざまの教訓が示されていることが判《わか》る。

男女合わせて十五人もいて、しかも十三人が住み込みともなれば、時代こそちがえいろいろな問題も生じることと思われるが、しかし汀子は、新店のなかで自分がどういう役割なのかまだ皆目わからなかった。

手伝うとはいっても、部署が定まらなければ何をしてよいか知らず、福二郎をつかまえて聞くと、

「お前は女中たちを監督すればいいよ」

とだけで、具体的な指示はしてくれぬ。

二月に入って初午《はつうま》のあさ、了二が珍しく部屋へ訪ねて来て、

「ようやく出来たよ。これでどうだい？」

と福二郎にさし出したのは、新築開店の挨拶状《あいさつじょう》の草稿であった。

毛筆で清書してあるが、ずい分まえから下書をいく度も推敲《すいこう》していたらしく、食事どきに顔を合わすたび、

「いまふうの文章ってえのはむずかしいもんだねえ。候文でよければ得意なんだが」

とこぼしていたのを汀子も聞いている。

福二郎が受取って目をとおし、

「いいじゃないですか。江戸気分のただよう渋味をモットーとするなんて、お父さんも意外と新しいですねえ」

などといっている。

「江戸文化の最盛期、光琳《こうりん》、乾山《けんざん》、在世中より盛業、二百八十年の八百善も築地にうつり、皆さまの声援のうちに永い歴史を残して、硝煙の中に消えました。その後、自由世界の陽光のうちに、このたび当所に会席料理を相始めました。再新築間もなく、江戸気分のただよう渋味をモットーとする姿を以《もっ》て始めました。

簡易なご会食、及び花柳の里も近く、いつにてもお間に合い、お茶事用等々、ご利用相願いたく、尚《なお》、万事調っておりませんが、何卒《なにとぞ》皆さまにご披露《ひろう》のほど、願い上げます」

文書の終には、

昭和二十七年三月、

永田町、八百善

とあった。

汀子も一読後、福二郎同様、さすがお父さま、と感じ入ったが、ただ、福二郎の讃《たた》える江戸気分のただよう渋味、という言葉にちらとひっかかったものの、これが八百善の持味なのかも知れないとすぐ打ち消した。

挨拶状はただちに印刷屋に出され、達筆の了二が自ら筆を取って一人一人の宛名《あてな》を書き、大森の局から投函《とうかん》した。

同時に、その発送先の名簿は即ちこれからの得意客となってもらわなくてはならず、

「毎朝これを拝みなさいよ。神棚《かみだな》へ祀《まつ》っておくといいね」

と了二に笑いながら渡されたが、お祭のときならいざ知らず、神仏に祈ることの嫌《きら》いな汀子は、形だけ永田町の神棚のわきにそれを載せてある。

商いは縁起もの、千客万来を祈ってこれからは新店のかまどには荒神《こうじん》さま、

井戸には水神さま、商家の守り神にはお稲荷《いなり》さんと祀らなければならないが、その上、汀子は一日、離室《はなれ》のれんに呼ばれ、訪れた。

れんは少し改まった気色で、

「この恵美須《えびす》大黒さまの一対《つい》をお店に持っておゆきなさい。お帳場わきへ飾って、お米とお神酒《みき》をお供えし、いつも大切にするように。私も先代からお預かりし、ずっとそのようにしてきましたから」

と黝《くろ》ずんだ一尺ほどのお社《やしろ》を手渡された。

汀子はかしこまって頂き、捧《ささ》げ持って部屋に戻り、改めて目をこらして見たところ、なかには高さ五センチほどの木彫りの二体が一座となって納まっている。

二神ともどっしりと坐《すわ》りがよく、くまなく時代のいろがついて黒く輝き、柔和な表情をみつめているとこちらも微笑《ほほえ》みたくなってくる。

色の黒いのはまっくろになってよく働き、丈の低いのは腰をかがめて客に笑顔で接するよう、とれんは言葉を添えてくれたが、ではいったいいつごろのものだろうか、と汀子は好奇心に駆られ、おやしろの裏側を拭《ぬぐ》ってみるとかすか

に、

明和四歳丁亥正月吉日
杉山善……
施主　大河原清兵衛
大工　木戸平四郎

という文字が読み取れる。

明和四年といえば、百間水野のお女中を嫁に迎えた三代目の時代で、生れた四代目はもう大きく成長していたころかと思われ、親子計らって、この年から恵美須大黒講を始めたのではなかったろうか。

正月二十日は初恵美須、信心深い大河原清兵衛さんは大工の平四郎さんに頼んで二体を彫ってもらい、これを八百善に安置して友人知人、月の二十日には群れ集《つど》って祈願を込めたことと思われる。

この大黒講はずっと明治になっても続き、大正の震災以後、客筋が変ったこともあって途絶えていたらしいが、れんのいうとおり、築地の店の帳場のわきで家守りの神として鎮座ましましていたらしい。

眺《なが》めているうち、汀子はいいしれぬ感動が身内のすみずみまで拡《ひろ》がってくるのをおぼえた。福二郎にまだ九代目の呼称は許されていないが、再開の店を預かるのは福二郎と汀子なら、元禄以来のこの家の長い歴史は正しく自分のこの両手で受継ぐもの、そしてそれをゆくすえ隆盛に導いてゆかねばならぬ。そう考えると先日来の陥《お》ち込んだ思いは後退し、元来の自分が徐々によみがえってくるように汀子には思えた。

翌日汀子は風呂敷《ふろしき》に包んでしっかりと抱え、永田町の店の真新しい神棚にそれを祀った。

家はもうすっかりでき上がり、八百善伝統の竹垣《たけがき》に沿って草庵《そうあん》ふうの屋根門をくぐると、石を並べた露地が自然に玄関へと誘ってくれ、各部屋からはそれぞれ、数奇《すき》を凝らした庭がのぞまれるようになっている。

了二の説明によれば、一木一草、いわれのないものはなく、それに石灯籠《いしどうろう》、蹲踞《つくばい》、石、垣、過不足なく配され、そして何よりも、了二丹精の苔《こけ》が美しい。

これも了二にいわせると、東京で苔を生育させるのはむずかしく、叡山《えいざん》苔、鞍馬《くらま》苔などうまく付かず、わずかに杉苔の系統か、また梅苔の種類のものならば望みがあるといい、自分でも木原山の庭で干したり揉《も》んだり、しめりをやったり、さまざま試みた挙句、永田町へは杉苔を移し植えたのだという。

さて万端相揃《あいそろ》い、最後に看板は、となるとこれはもう何の造作もなく、伝来のものをさりげなく門柱に掲げればそれでよかった。

伝来のものとは、酒井抱一揮毫《きごう》の筆蹟を彫琢《ちょうたく》したもので、その版木は蔵のなかで助かっており、およそ、百五十年以上の年月を飛び越して、いま墨痕《ぼっこん》あざやかに新しい看板としてよみがえっている。

抱一は絵はむろんだが、篆書《てんしょ》ふうのその筆蹟も一種飄逸《ひょういつ》の味があっておもしろく、いかにも八百善に似つかわしい、と汀子はしみじみと眺めた。

了二の提案で、草創以来、八百善は他に屋号として一水亭という名をつけてきたが、このたびは世もあらたまり、また水に苦しめられた時代も去ったことではあり、新たに屋号をつけ変えようという。

しかしこういうことは了二をおいて誰にも知恵はなく、結局了二が決めたのは菊亭、という名であった。

由来は、昔、周の穆王《ぼくおう》に仕える菊慈童という少年あり、讒言《ざんげん》に遭って罪を着

せられ、南陽郡に流されたが、その地で菊の露を飲んで不老不死となったという伝説からとったもので、

「八百善の料理を食べればいつまでも若々しく、元気でいられる」

という意味が込められているといい、これからは網行灯《あみあんどん》の場合、八百善、という字のわきに小さく、菊亭の名を添えることとなった。

あと、汀子の唯一《ゆいいつ》の心残りは、四歳の園子と、まだ満一歳に充《み》たぬ尊之《たかゆき》とを人手にゆだねなければならないことだが、これはれんが遠見してくれるし、それにもともと汀子は子供にべたべたするほうではないので、いくらか思い切り易《やす》いところがある。

しかし、これまでにも、出かける汀子を園子は門まで追ってくることもあり、尊之も泣きわめき、なかなか納まらないときはまるで逃げかくれるようにして家を出たのを思えば、胸の痛まないことはない。

が、いまは何も彼《か》もすべて、開店に向ってひた走っており、汀子も懸命でその流れについてゆかねばならなかった。

三月四日の開店を前に、従業員一同、一日から仕事に就くことになり、その日、午後一時から顔合わせやら打合わせがあるため、汀子は昼前、永田町に着いた。

羽織姿の了二と背広の福二郎が、時刻が来ると皆を呼び集め、二階広間に並んだが、汀子は座を指定されないため、いちばんうしろに坐っている。

床を背にした了二は、膝《ひざ》の前に手を組み合わせ、

「みんな、暫《しば》くだったね。よく集まってくれました。お礼を申しますよ。ずい分長くお待たせしたが、八百善もやっと今日の日を迎えました。何も彼も昔どおりに働いてもらっていいんだが、たったひとつ、違っていることがある」

「それは、あたしはもう毎日店には出ないで、木原山で悠々《ゆうゆう》自適の暮しをさせてもらうってことだ。店はこの福二郎が一切取仕切ります。福二郎に商いの経験はないが、築地の店で育っているし、まごまごするようなときは、みんなで教えてやって下さい。

要するにだね、みんな築地でやっていたとおりをやればいいんです。それが

八百善の伝統なんだから」

な、と親しく一同を見まわし、次に、さ、お前さん、と福二郎の挨拶を促した。

福二郎はすこし緊張して咳払《せきばら》いし、

「このたび、私がこの新店を預かることになりました。八代目は木原山に隠居のつもりらしいですが、ま、教えてもらわなくてはならぬことがたくさんあるので、たびたびこちらに来てもらうことになると思います。

みんな力を合わせてしっかりやりましょう」

と呟くようにいうと、今度は従業員それぞれの紹介となる。

これは了二が一人一人を指して、

「まず料理場から。料理長というか、昔からの板長が鈴木清次、同じく息子が彦次、他には築地の店で修業し、しばらくよそで遊んで来た久夫と健二、それに久夫の弟、竜夫《たつお》と竜夫の同級生栄一の二人が新しく見習いとして来てくれることになった。

この六人がうち独特の味を作り出してくれるんだが、洗い場の補佐役としてこれも昔からの梶原《かじわら》とき、やや年はとったが、娘のひろ子を今度座敷女中に連れてきてくれたので、二人一緒に働くことになります。

そして帳場の久松与之助、このひとも八百善で年をとりました。男はあと庭番の甚助《じんすけ》、庭掃除はこのひとでなければいけません。苔か草か見分けがつかなくては困るからね。

女のほうはお燗番《かんばん》がお秋、足はどうだい？　ま、神経痛は年病いだから、あまり気にしないほうがいいやね。なにお燗番くらいはつとまりますさ。

座敷は五つだが、予備を入れて座敷係は六人、うち、わか、さとの二人は築地時代から、ひろ子はときの娘、そしてそちらの浅井琴は、うちのやつの実家の弟嫁です。また新顔の小倉啓子は娘惇子の友人、そしていちばん後に坐っている汀子が福二郎のつれあい、うちの嫁です。将来は女中頭を勤めてもらうつもりだが、まだ全くの素人《しろうと》なので、みなさんどうぞ教えてやって下さい」

と、これで都合十五人の従業員の披露を終えた。

汀子は了二の紹介を聞きながら、胸のうちに次第に不安と疑念、そしていいようもない口惜《くや》しさが浸みひろがってくるのをおぼえた。

第一、結婚以来、家と両親を語るとき、はるかに距離をおき、一種揶揄《やゆ》的に、ときに鋭く批判的だった福二郎が、開店が迫るにつれて大きく変貌《へんぼう》しはじめ、何事につけお父さんお父さんと相談しており、ただいまの、挨拶にもならない呟きを聞いていると、まるで木原山の司令塔からのサインなしでは、何ごとも始まらないかのような印象を受ける。

サラリーマンの俄《にわ》かな転身なのだから無理もないかも知れないけれど、昨年八月以来八ヶ月も準備期間があったのだし、いますこし自分の方針もあっていいのではないか、とはがゆいが、一方ではまた、八百善盛業時代の経営者がうしろに控えているのでは、万事につけ、やりにくいところもあろうかという同情も少しばかりないではない。

それに関連して、十五人の従業員もすべて了二の裁量どおり、もっといえば正月の惇子の意見を全面的に取入れたもので、もとの八百善に全く関わりを持たぬ人というのは一人もいないのであった。

れんの弟嫁と惇子の友人に至っては汀子にいうべき言葉はなく、また座敷係六人は、十代のひろ子を除いて全員中年以上ときては、何やら暗澹《あんたん》たる思いになる。

この現実について、汀子は福二郎に強く抗議をしたかったが、今日からの福二郎はきっと、

「おれたちが素人だもんだから、全員経験者を集めてくれたんだよ。親父《おやじ》の配慮だよ」

などといい出しかねず、そしてさらに汀子が口惜しさをおぼえるのは自分というものの扱い、将来は女中頭といういい分であった。

福二郎は、家は代々、嫁が支えて来ている、おふくろだってつらい時代を経て来ている、といって慰めたが、れんもかつて、こんな屈辱的な目に遭っただろうか、と思うと、れんは夫がしっかりしていたぶんだけ、汀子よりははるかにましではなかったかと思われるのであった。

店を預かっても福二郎は九代目ではなく、どんなに働いても嫁は女将《おかみ》とはならず、ただの女中頭、と思うと汀子は今日の日を胸高鳴らせて待っていただけに、すうーっと風船のしぼむように気のぬけてゆく感じがあった。

しかしこういうとき、汀子はじっとふさぎ込むたちではなく、考えたって仕

方ないや、なるようにしかならないんだから、とぱっと転換できるのはいっそ特技といってよかった。

　折よく、広間には折詰が運ばれて仲間同士の固めの宴会が催されることになり、福二郎から、

「この折詰は、こちらの新しいかまどで作ったいちばん料理です。お客さまよりも先に味わってもらうわけになります。いわば初物ですから、有難く頂いて、明日からはそのご利益《りやく》で一所懸命働いて下さい」

　とすすめられると皆折詰の蓋《ふた》を取り、いっせいに歓声を挙げた。

　戦前と同じようにものが出回るようになったとはいってもそれはまだ極く一部での話、おおかたは戦時中の延長のような食事をしているなかで、色どりよく山海の材料が溢《あふ》れるように詰まった折詰を見ると、皆ひとしく、この家で働く幸運を感じたにちがいなかった。

　店のかまどのいちばん料理、それを作ったのは今日から板場一切を預かる六人の腕っこき、とすればまずは八百善自慢の虎《とら》ぎすの紅白かまぼこにこってり甘い江戸風のだし巻き卵、そして店独特のきんとんもたっぷりつけ、いろどり

には焼きえび、青みにはいんげんのゴマ和《あ》えと見た目も美しく、このせつ、これは豪勢なごちそうなのであった。

おいしいおいしいの言葉がゆきかい、懐旧談に花も咲いて賑《にぎ》やかだが、それというのもここに会する一同、すべてがかねて縁のある仲同士と来ては、四散していた家族がようやく再会、という喜びの雰囲気《ふんいき》になるのも無理はなかった。

盃《さかずき》がまわりはじめると、皆、それを持って床前の了二と福二郎に挨拶にゆくのだけれど、その帰りにでも汀子のそばに来て、

「若奥さん、どうぞよろしく」

というひとはなかなかおらず、十五人のうち、大鈴に琴、洗い場のときにひろ子、それにさとの五人だけであった。

大鈴は顔見知りであり、改まった挨拶もなく、逆に、

「若奥さん、馴《な》れねえ仕事で大へんでがしょう」

と励まされ、また、

「小鈴のやつも相変らず無口のガンコものですが、ま、よろしゅうにお頼申します」

と言葉を添えたのは、どうやら本人は挨拶に来ないつもりらしかった。

琴は神妙な態度で、

「いつぞやは恥しいところをお目にかけてしまって」

と詫《わ》び、

「とどのつまり、あたしがこちらで働かせてもらうていたらくとなりました」

と頭を下げた。

洗い場のときはたっぷりと肥《ふと》り肉《じし》の頼もしげなひとで、ハッハッハと大声で笑うのを、娘のひろ子が袖《そで》をひいて止めている。

女性七人のうち、十八歳のひろ子を除いては全員、汀子よりははるか年上で、お燗番の秋ともなるとどうやら六十を上廻っているらしい。

年齢と経験の多さはこの場合即ち威圧ともなり、気圧《けお》されて見ている汀子の前で、とりわけ目ざましいのは築地で働いていたというわかとさとの二人、そのうちわかはとくに差配がましく、もう皆に指図している。

「あら、ビールの栓《せんぬ》抜き、こんなとこへ置いちゃダメ。帯にさし込んで、そらそら」

とか、

「台ぶきんは湿らせて持ってるのよ。これ乾いてるじゃないの」

とそれは誰にともなく、自分がこの店の客あしらいについては主導権を持っていることを、ひけらかしているように見えた。

了二はかねてから、汀子に、

「案じることはないやね。知ってる者がいるからそれについてやっていれば、いつの間にかおぼえるよ」

といっていたが、それはこのことだったのかと思った。

縄のれんか赤提灯《あかぢょうちん》かの小さな店なら、何も心配しなくていいのだけれど、仮にも八百善の店でそそうをしでかしたらのれんにかかわる、と思うと、当分は二人をたてるより他なく、また汀子は自分も早くしっかりと仕事をおぼえたかった。

開店までに座敷係の女たちは秋やときを模擬客にしていく度も練習をすることになり、そういうとき、一切の采配《さいはい》はわかが振るようになるのは当然のなりゆきだが、わかはまず髪の結いかた化粧のしかた、着物の着かたまできびしく

いい、

「いい？　これはあたしがいうんじゃないからね。八百善の昔からの方針なんだから。

あたりまえならあたしたち顔も拝めないようなえらい先生方がお客さまだからね。うれしがってはしゃいだり、こわがっていじけたりしないよう、そして絶対しちゃいけないのはお客さまへのおねだりだね。色紙書いて欲しいだの、お芝居の切符下さいだの、一緒に写真撮って下さいだの、またおねだりしないまでも、好きなお客さまにだけべたべたくっつくのもご法度《はっと》よ。

お席が五人さまだと、五人さまに同じようにサービスしてあげなくちゃならない。これとっても大事なこと。

それからきつく戒められているのは、どんなに勧められても、お座敷では絶対にものを食べちゃいけません。お客さまのなかには、お箸《はし》で料理をはさんで、食べてごらん、うまいよ、なんておっしゃる方もおいでだけれど、必ず、結構でございます、とご辞退して、決して口を動かすような真似《まね》をしちゃいけない。

それから立居は静かに、お盆やお皿、お箸の置きかたはきちんと作法どおりにね。築地のとき、角切《すみき》りの蓋ものを逆さにおいて、お客さまがとってもお怒りになり、大旦那《おおだんな》さまがお詫びに上ってやっとけりがついたことがありました。また、お床の掛物、お花、料理、お客さまがたが何を質問なさってもお答えできるよう日頃《ひごろ》からよく勉強しなくちゃいけません。

こちらでも週に一度、お茶の先生がいらして皆を教えて下さるそうだから、みんな必ずお稽古《けいこ》してくださいよ。判《わか》った？」

と説くのは、汀子同様、啓子も琴もひろ子も未経験者ばかりのためだが、経験者のさとはわかのその長広舌をいささか皮肉めいた目差《まなざ》しで見つめている。

模擬客の実演のときは、玄関まで出迎え、下足番の甚助に靴《くつ》を預かってもらってから先に立って部屋に通し、敷居際《しきいぎわ》に下ってきちんと挨拶する。

客の人数が揃ったところで半月盆を出し、料理がはじまるのだけれど、その前に女中たちは献立に目を通し、このしんじょは何のしんじょか、いり酒はどういうふうに作るか、田ぜり岡ぜり、鴨《かも》と合鴨の見分け、海老《えび》の種類、等々すべて知っておかねばならず、またつけ汁も醤油《しょうゆ》、甘酢、ゴマ味噌《みそ》、たで酢、さまざまを間違えてはならず、汀子は見ていてこれはなかなかの緊張だと思った。

たかだか料理を運ぶだけ、と考えていたけれど、これは立派な専門職、ではわかやさとは一体何年くらい勤めていたかと聞けば、鼻をうごめかしながら、

「はばかりながら、あたしは山谷のお店で産湯《うぶゆ》を使わせてもらいましたつっても間違いないくらいですよ。何しろ、八つの年からお店に出入りさせてもらっていましたから。

家は、父親が八百善へ納めるマッチの下請けやってましたけどね。大酒飲んで仕事をせず、つぶれっちまいましたよ」

とわかはそれが何より自慢らしい。

こういうひとがいれば、好き嫌いは別としてもやはり店には磐石《ばんじゃく》の重みがあり、当分、汀子もわかを立てて見習ってゆくしかなかった。

そして開店前にもう一つ、近所への挨拶廻りがある。

汀子は気がつかなかったが、八百善の竹垣のとなりは雑草の茂る空地となっており、その向うには立派な屋根門があって、「万寿老《ますお》」という大きな扁額《へんがく》がかかっている。

有名な映画スター、喜瀬川益男夫人の経営する料亭で、もう大分以前からよ

く繁昌《はんじょう》しているということであった。

福二郎は、こちらの建築にかかる前、挨拶に行ったらしいが、このたびおとなりでいよいよお商売をさせて頂くことになりました、という礼は汀子がとらねばならず、衣服を改め、菓子折をさげて時間を見計らい、訪ねて行った。

夕方は客が来はじめるし、おやつどきは従業員たちの小休止の時間だし、昼すぎなら昼めしの客の帰ったあとだと考え、門をくぐると、大きなゆったりした玄関にはちゃんと水を打ってある。

口上を述べ、菓子折をさし出すと、応対に出た係はていねいに、

「しばらくお待ち下さいませ。女将を呼んで参ります」

と断り、奥へ入ったが、入れ替りにあらわれたのはきちんと帯も締め髪も取上げたひとであった。

こぼれるような笑顔で挨拶を返し、

「ここら辺りはいまだに狐《きつね》や狸《たぬき》が出るなんて敬遠される方もございましたが、おたくさまがおいで下さればすっかり賑やかになりましょう。よろしくお願い申上げます」

とまことに申し分のない態度で、汀子は毒気を抜かれ、ぼそぼそと受け答えしただけで帰って来た。

福二郎は、

「あのひとは新橋さ。やっぱり違うね。根っから客商売の水で洗いあげたひとだもの」

といったが、べつに、

「お前もすこしは見習えよ」

とはいわなかった。

水もしたたるようなあのひとにくらべ、自分の何と野暮なこと、着物も帯も化粧も頭も、これじゃ山出しだな、と改めて鏡のなかに見入ってみたが、かといってべつに深い落胆はなかった。

開店は四日、福二郎は朝早く起き出して河岸《かし》にゆき、汀子は十時には店に到着した。

第一日目は毎日新聞社さま一客、献立は、

汁　おか芹《ぜり》、三州味噌、水辛子《みずがらし》
向付　みる貝、わけぎ、きくらげ、つくし、白味噌和え
椀盛　車えび、あなご火取、松露、ゆり根、生しいたけ、鴨よせ、若ふき、柚子《ゆず》
焼物　ます切身塩焼、平貝粉山椒《こなざんしょう》付焼
強肴《しいざかな》　白身ほど煮、木の芽
吸物　のし梅
八寸　鯷《ひがい》付焼、黒くわい、甘酢漬《あまずづけ》、赤唐がらし
香物　花菜、うど糠漬《ぬかづけ》
菓子　若菜きんとん

と決められた。

開店第一日の献立はとても貴重なもので、大てい主《あるじ》自筆のそれを記念として客に贈るものだけに、この日のために了二は蔵のなかの古い記録をめくり、

練りに練って作り上げたのであった。

懐石料理は何よりもまず季節感を重んじ、そのために床の掛物、花、道具類、敷物まで、手落ちなく調えられた席のなかで、美しく盛られた料理を目で十分に楽しみ、次には器をじっくりと鑑賞し、しかるのちに美酒を友に一品ずつゆっくりと味わうという寸法で、そのために座敷係はおもむきをこわさぬよう、盛上げるよう、出ず入らずの態度を堅持しなければならぬ。

この日は了二も朝からあらわれ、これからのちは花を生ける係となる啓子をつれて各部屋を見まわり、今日の客の席にはとっておきの北山懐紙の写本断簡を表具したものをかけ、花は下かぶらの胡銅《こどう》に春牡丹《はるぼたん》のみ一種生けた。

懐紙は、春三月、西園寺公宗の北山第に後醍醐《ごだいご》天皇が行幸されたとき催された歌会の懐紙十二葉の写しで、牡丹は百花の王、今日開店の席にこそ似つかわしく、この床の飾りものを見ただけでいまが春三月、伝統ある八百善の新しい店びらき、と一目瞭然《りょうぜん》で判る。

料理を盛る器も、大鈴と相談しながら了二がひとつひとつ選び、独特の呉須《ごす》の染付けと漆を使って華やかに美しく盛りつける。

夕景が近づくにつれ、汀子の胸は高鳴り、いく度も自分の部屋の鏡をのぞきに行った。

わかの訓辞では、

「髪は派手にとりあげるのは大旦那さまがお嫌い。着物もね、座敷女中がちゃらちゃらした染物はいけません。働き着ですからね。地味で目立たない織物に限りますよ」

とのことで、汀子は長い髪を自分でアップに結い、薄化粧して大島紬《つむぎ》を着ているが、これでいいのかしら、と気になって仕方がない。

五時を過ぎると、女中たちは水を打った玄関に居並び、客を待つようわかにいいつけられ、汀子もいよいよ緊張して待つうち、やがて背広服の五人の一団が露地を通ってあらわれた。

法被《はっぴ》すがたの甚助が下足を取り、わかが先に立って客を案内、二階奥の竹の間にいざなうと、わかは下座に下って手をついて挨拶する。

襖《ふすま》のかげに坐って汀子が聞いていると、

「正木さま、しばらくでございます。このたびは部長さまにご出世なさいましておめでとうございます」

と久闊《きゅうかつ》を叙し、床前の部長も、

「やあしばらく。いいお店ができたねえ。これからはたびたび利用させてもらうよ」

と応じているのは、どうやら築地時代からの客であるらしい。

五人客のあしらいは、わかにさとが付き、ひろ子が介添えで、汀子や琴たちは料理場から皿や銚子《ちょうし》を運んで来てはふすまのかげでそれを座敷の三人に取次ぐ役となる。

懐石料理は、皿を出す間合いがいかにも大切で、同座の客がほぼ食べ切ったころ、次の料理を出さなければならないが、この指示は全部わかが出し、襖の外の者はそれに従って運んでくるのであった。

八寸にかかったころ、わかが汀子に、

「大旦那にそいって下さい。ころあいですって」

といい、汀子はよく判らないまま、了二にそう告げると、了二は手早く袴《はかま》をはき、もみ手をしながら竹の間の敷居ぎわに手をついて、

「本日は皆々さま、当店に早々お運び頂き、まことにはや、有難う存じます。私、当家八代目の杉山善太郎でございます。八百善も長らくお休みさせて頂いておりましたが、ご要望にこたえ、かような、ささやかな店を持ちましてございます。以後ごひいきにお願い申し上げます」

と口上を述べると、客たちは一時しん、としたが、すぐもとの賑やかさに戻り、

「八百善さん、さ、一杯いこう」

と盃をさすのを、了二は一応頂きながらも、

「その前にちょっと床前のご説明をさせて頂きましょうか」

とにじり寄り、

「この北山懐紙は写本でしか残されておりませんが、十二葉の和歌の筆者は経忠、道平、公賢、親房、宣房、公明、えーとそれから」

とはじまり、

「和歌懐紙の場合、原則では一首でございますな。右端の袖をすこし明け、歌の題を書き、次に官位、姓名を記し、それからいよいよ和歌をしたためるので

ございますが、九字、十字、九字、三字の四行書と定まっております」

了二が懐紙の知識を披露しはじめると、はじめは床の間に視線を当てて聞いていた五人も、あまりにくどく長くなると私語しはじめ、そして誰もふりむかなくなり、それを見て、ようやく了二は話をやめた。

「では皆さま、どうぞごゆっくり」

とおじぎをして了二が退座したあと、床前の部長は、

「どうも新聞記者は教養がなくていかんな」

と苦笑いし、あとの四人も同意の笑みを浮べたものの、控えているわかやさとを憚《はばか》ってすぐ話題を変えた。

五人とも料理は全部きれいに平らげ、

「さすが八百善だねえ。戦前とおなじものを出してくれるんだから」

と喜び、九時前には一コース全部を終っていい機嫌《きげん》で帰って行った。

帰りのお土産は、了二が、そこらあたりのタオルなんかじゃ恥しくて差出せないやね、というとおり、日本手拭《てぬぐ》いに抱一の八百善の字を藍《あい》で染め抜いた、表装でもできるような逸品を奉書で包み、紅紐《べにひも》をかけたものにマッチを添える

という念の入ったもので、それを一人一人に捧げ、玄関まで女中全員見送った。

ああやれやれ、と汀子は大きな息を吐き、部屋に戻ると、了二が福二郎に何やらいい含めている。

「いいかい、仮りにも八百善だからね。床の掛物が何か判らないようなお方は、客としては来て欲しくはないやね。

ここら辺りは国会も近いし、これからは政治家なんかが申込んでくるかもしれないが、くれぐれもそんなの受けちゃいけないよ。

うちは江戸の昔から風流の判るお方のつどいの場所だった。酔っ払って政治の駈引《かけひ》きの場に使われるようになっちゃおしまいだ。

客の職業を見てから、うちに合わない方はその場で断っておしまい。

見境いなし客を入れたんじゃ、看板がすたれるってもんさね」

福二郎もうなずいて、

「ま、築地の店のごひいきさまで十分やって行かれるでしょうから」

と同意している。

聞いていて汀子は、これが八百善としての誇りなのか、と思った。

商売のことは何も判らないが、たぶん安易な条件にたやすく同意しないことで、店の格が維持してゆけるのかも知れないな、と何となくそう思うのであった。

客が帰ったあとの部屋の片付けがすむと、全員女部屋に集まって今日の座敷係の反省をすることになり、わかの講評では、

「予約の電話を受けたのはいったい誰だったの？　本日のお席はどういう名目か、どなたが申込まれたか、お客さまはどなたか、そこんところをはっきりお聞きしておかなかったものだから、私は恥かいちゃったよ。

いい？　今日は正木さまの部長昇格のお祝いで、それを次長さん以下お四人《よったり》が計画なすったものなんでしょ。

だったらお床の前は部長さまお一人、あとの方はご相談で対面がお二人、両脇《りょうわき》にお一人ずつとか、最初からそういうふうにお席を作っておかなくちゃならないいじゃないの。

それを、今日はお仲間同士だと思って床前三人、対面二人ご用意して、私は正木さまに申しわけないことになりました。これからお電話受ける者はぼんや

りしてないで、はっきり確かめてちょうだい」

ではじまり、

「それからひろ子さん、あんたはじめてだから無理もないけど、お客さまの話に耳を傾けて一緒に笑ったり、うなずいたり、あれはいけないね。

女中は話のなかに入らないで、一しょけんめい、お盃がからになっていないか、料理を食べにくそうになさってはいないか、お盆のなかが汚れていないか、それればかり気を配らなくちゃあならないの。

それからね、徳利の底のお酒を、お正客におつぎするのは失礼よ。ひろ子さん正木さまに徳利をさかさにして最後の一しずくまで入れてたじゃない？　徳利が軽くなったと思ったらすぐとり代えること」

とこまかな指摘までずっと続き、そのあとようやく汀子のことを若奥さん、と呼んで、

「襖の外のお取次ぎは、姿の全く見えないのがいいと思いますよ。若奥さんひざが見えていましたよ」

と注意された。

しかし汀子は、わかの態度が少々大きすぎるとは思っても、いまの場合、こうしていちいち手に取るように教えてもらうのがどれだけ有難いか、と考えている。

いく百年の歴史を伝えて来たとはいっても、歴史はすべて男のもの、座敷女中の作法など誰も伝承していないでは、山谷の店からのわかがいまは何より貴重といわざるを得ず、汀子はさっぱりとした性格もあって、これからは何ごとにつけ、彼女に相談してゆこうと思っている。

それにしても座敷係とは何と気骨の折れること、汀子のように娘時代を好き勝手にすごしてきた者にとっては窮屈きわまりなく、どう逆立ちしてもわかのようにはできないところから当分客前には出ず、襖のかげの取次ぎの役に徹していようと思うのであった。

翌二日目は、この頃《ごろ》景気のいい建設会社の部長クラス四名の一組、三日目も一組で、これは八名、大蔵省より天下りの役人を迎えた金融関係の歓迎会で、このときははじめて二階の宴会場を使った。

四日目は予約なし、五日目は美術関係者三人の一組、六日、七日も予約なしで八日は三組で合計十五名の客があった。

ここは全部予約制だから、当日までに申込みがなければ店は閉めてもいいのだけれど、

「そんなつれないことをしちゃいけないよ。昔のお馴染《なじ》みさんが、つい寄って下さることもあるだろうし、そういうときはお茶室へなとお通しして抹茶《まっちゃ》の一ぱいでもふるまってさしあげなきゃ」

という了二のことば通り、客のない日でも各部屋には花を生け、露地には水を打って、いつなんどきでも不意の訪問者を迎える準備はしていなければならなかった。

開店十日目は、これまで木原山で催していた月例の茶事の日で、今日は水屋の手伝いをしなくてはならないだろうと汀子は早く起き、朝十時に永田町へ入ると、部屋には思いがけず惇子が坐《すわ》っていてわかやさとたちと雑談をしている。

ふっと不快な思いが胸をよぎったが、汀子が挨拶《あいさつ》すると、惇子はちらと振返り、

「どう？　汀子さん、少しは馴れたの？」

といったきり返事を聞こうともせず、わかとさとに向かって、

「そう、真っ先に毎日の正木さまが来て下さったの？　部長さんにおなりになって？　そうね、あのころはまだヒラでしたものね」

となつかしそうにいい、

「それから？　ああ星川画廊さん、他は存じ上げないわね、このお方は？」

と予約表を指して聞きただしている様子はまるで女将《おかみ》気取りだと汀子はひそかに思った。

了二があらわれるまでに茶室の掃除をしておこうと汀子が立ちかけると、惇子は呼びとめて、

「これから毎月のお茶事は私が手伝いますからね。あなたは何もしなくていいの。

私に差支えのあるときや、もっと人手の欲しいときは啓子さんに頼みますから。いまからお稽古《けいこ》なすっても間に合わないでしょ」

惇子が手伝いにやってくるのはかねて予想していたことだが、こんなふうに我ものがおに振舞われるとむっと来ないわけはないが、しかし汀子は口争いで

は自信はなかった。

福二郎も同じで、駄《だ》じゃれならいくらでもいえるのに、理詰めのけんかとなると口より先に手が動くたちなら汀子もそのとおり、だからいまも惇子の言葉には一言も返さず、すっと立って各部屋の見まわりに行った。

最初からにらんでいたとおり、やはり啓子は惇子方のスパイとして送り込まれたと見てよいが、汀子はそういうふうに人を見るのが嫌《いや》なのでつとめてそれは考えないことにしてある。

ただ、啓子は惇子の威を借りて、まだ十日くらいの勤めなのに、

「私は茶花を生ける係ですから」

などといって、糠袋《ぬかぶくろ》で廊下をみがく作業に加わらないときもある。

これはわかからきびしくいわれ、

「あんたカンちがいしちゃいけないよ。仕事はみんな平等。お秋さんだって足をひきずりながら便所掃除もしているじゃないか。この家は昔から花を生けるだけの人なんて雇ったことはないんだ。茶花なら誰だって生けられるんだから」

とおさえつけられるとぐうの音も出ず、以後は嫌々ながら掃除に加わっている。

いまのところ、わかが睨《にら》みを利かしている限り、女たちは命令に伏しているようすで一応平衡が保たれているが、ひとり琴の場合、仕事ののみこみがおそく、まごまごすることが多いし、また、わかとほぼ同じ経験を持つさとが、わかの態度をどう見ているか、気にかからぬこともない。

しかし汀子は、いま一所懸命であった。

将来は女中頭でとどまろうと、女将さんとは呼ばれなかろうと、この店を任せられた限りはわか以上によい客あしらいが出来なくてはならないと思うと、一日一日がとても大切で、そして一人一人の客からそれぞれに学ぶものがある。

客を送り出し、女部屋で毎日反省会をし、翌日の簡単な打ち合わせをして表へ出ると腕時計は大てい十一時を廻《まわ》っている。電車で帰るときもあるが、急に子供たちのことが気になって電車ではまどろこしくなり、タクシーを拾って戻ってみると、当然二人とももう眠ってしまっている。

その枕許《まくらもと》に坐って、ゆっくりと子供たちのことを考えてやれる日は稀《まれ》で、頭のなかは明日の仕事でいっぱいなのであった。

開業のまえ、日曜日を休業にするかどうかで了二に伺いをたてたところ、

「そんなこと、あたしに聞くことはないやね。お前さんも料理屋の子なら判《わか》っているはずじゃないか。お客さまの口を預かる稼業《かぎょう》に休みはないのだよ」

といわれ、福二郎は舌打ちして、

「旧態依然もいいところだな」

といいつつも、昼の弁当もむろん、土日も平常どおり仕事をつづけている。

店を開けている以上は、家にいても落着かず、結局汀子も、一日も休みなく一ヶ月が過ぎた。

木原山のところどころにある山桜が散りそめ、風の向きで家の庭に吹雪のように舞い落ちるのをみて、ああ、もう一ヶ月がすぎたんだな、と気がつくような、無我夢中の日々であった。

しかし気がついても、改めて家のうちを見廻すほどの余裕はなく、それよりもやっぱり店の営業のことで頭はいっぱいになっている。

昨夜、店を閉めてのち、帳場の久松と福二郎がそろばんを弾《はじ》いている場に行

きあわせ、聞いてみると、福二郎は、

「まあまあだよ」

といい、まあまあとは、と重ねて聞いてみると、

「そうだな、おれの計算では、いまの規模なら一日十人の客が十六日間来てくれて、それでとんとんだね。あとは儲《もう》け、という寸法になる」

ということで、三月はそのとんとん、の目標には達していないらしかった。

客の数は汀子の胸算用にもあり、稀に全部の部屋がふさがった夜がありはしたものの、一客もない夜のほうがはるかに多い。

「大丈夫かしら」

と汀子が眉《まゆ》を寄せると、福二郎はそろばんをがちゃがちゃと振って、

「商売は牛のよだれ。のんびり行きましょう。のんびり」

といえば、久松も老眼鏡を外しながら、

「客には波がございますから」

といい、

「年中大潮ばかりだとみんな忙しすぎて内輪もめがする、と大旦那《おおだんな》さまがおっ

しゃっていました。まだ開店早々でございますので、引潮ぐらいでちょうどい いぐあいではございませんか」

と柔和な笑顔で言葉を添え、そう聞くとそんなものかと汀子も考えてしまう。

店をはじめてから福二郎とはすれちがいばかり、出勤もべつべつなら、帰りはどこへ寄ってくるやら、深夜戻って、ふとんへそっともぐり込んでいる様子だけれど、いまの汀子にはそんな福二郎が、手がかからなくていっそ楽にさえ思える。

元来、じっと考え込んでいるよりは体を動かすほうが性分に合っている汀子だけれど、仕事を早くおぼえようとあせっているときは必ず子供たちが熱を出したり、そういうときは自分以外誰も母親にはなれない子供たちのために、いっときそばにいてやりはするものの、心は店に飛んでいる。

子供のこと、お茶の稽古、従業員たちへの目配り、客の顔と好みを覚えること、献立の知識、と指を折ってゆけば限りなく、これでは体がいくつあっても足りぬ、と思うと汀子は汗が噴き上げるほどの思いになる。

しかし三ヶ月も経《た》つとようやく了簡《りょうけん》が固まり、店の経営は福二郎がいるのだから、自分は女七人の束ねをすればそれでよい、と思うとずい分と気が楽になり、女部屋でときには皆と冗談をいいあうときもある。

三月開店の座敷は六月から夏姿となり、家中、簀戸《すど》を入れすだれを吊り、籐《とう》の敷物、夏座蒲団《なつざぶとん》となり、扇風機、花氷も用意し、汀子も夏大島のいく枚かを買ってもらった。

了二はときにれんを伴ってひんぱんにあらわれ、目ぼしい客の前には袴《はかま》をつけて挨拶に出るが、れんは部屋からは出ず、ときどき汀子を呼んで、

「あなたそんなに衿《えり》もとを開けて着物着るのはおよしなさい。だらしがない」

とか、

「大きな口あけて笑うなんて、みっとものうござんすよ。たとえお客さまの前でなくてもです」

とか注意するが、それはこの商いの先輩としての沽券《こけん》というものかもしれなかった。

ただ、れんは山谷も築地も、店には決して出ず、料理場へも入らなかったひとだから、汀子には単に、姑《しゅうとめ》としてたしなめるだけの意味ではなかったろう

か。

しかし夏の意匠を凝らしても店に客はあまりなく、福二郎は相変らず、

「なあに、夏枯れだよ。いずこも同じさ」

と心配する様子もなく、このごろようやく一人で献立をたてることが出来るようになって、前日の朝、それを大鈴に渡すと、ふらりとどこかへ消えるか、一日、部屋でながながと寝そべっている。

夏は風炉《ふろ》のそばを敬遠するが、秋は炉開きがあるから懐石料理のお客は多いよ、と了二はいっていたのに、その秋になっても忙しくて目がまわる、といった日は稀であった。

こんなことでいいのかしら、とときどき頭をよぎるが、かんじんのわかが、

「体がきつくなくていいじゃありませんか」

というと、ま、赤提灯の店ではなし、これが八百善の商いかと汀子は思ってしまう。

了二も、機嫌《きげん》のいいときは客の座敷に腰を据《す》えて、

「念のため、あの石灯籠《いしどうろう》の部分の呼びかたを申上げてみますと、上に乗ってい

る宝珠《ほうじゅ》型のものを文鎮、その下が笠《かさ》、灯《ひ》を入れる部分が火袋、その下が受台、またその下の長いのが竿石《さおいし》、いちばん下が台座、とこう申します」

などと講釈し、客が興味を示そうものならうんちくを傾けて説明するが、その様子を眺《なが》めていると、まるでこの店は了二の道楽のために建てたのではないか、とふっと思うことがあった。

師走《しわす》に入ると忘年会で一時賑《にぎ》わい、汀子も襖のかげから取次ぐだけでは人手が足りなくなり、座敷に出て酌《しゃく》をしたりもしたが、そういうとき、ざわめきにまず酔ってしまい、何やらいい気分になってくる。

鼻唄《はなうた》でもうたいたいような感じで部屋に戻ると、苦り切った了二が福二郎に叱言《こごと》をくれており、

「節度ってものがない客たちだねえ。いったい誰がこんなの上げたんだい？」

とただし、

「誰って、それはまあ電話に出た者が」

などとにごしていると、

「さっきも、聞いていると、この部屋は灯《あか》りがくらい、電気をけちっている、

なんて大声でわめいている方がいる。お前も知っているだろう。夜咄《よばなし》の茶事などは電気は点《つ》けないんだよ。灯芯《とうしん》だけでとても風情《ふぜい》があるんだよ。今度からああいうお客は上げちゃいけない。いいね。うちの名にさわるからね」

と、いくらか語気を荒くしており、それに対して福二郎は煮え切らない返事をしているのを見て、汀子は複雑な感じを抱いた。

しかし、了二のいう風流を解する客ばかりを寄せて、それで店が成立つなら何をいうことがあろう、と思い、それというのも、汀子は自分が、いまだ茶のたしなみに浅いことを恥じているためでもある。

開店の年が暮れ、昭和二十八年が明けたが、商いのほうは相変らずで、暇でのんびりしているのがこの店の風となりつつあるように汀子は感じている。

了二が催す月例の茶事の、二月はちょうど節分に当り、この日、汀子は朝早く店に出た。

手伝いにあらわれる惇子と顔を合わせるのは不快だけれど、かといって姿を見せないでいることはできず、茶室に雑巾《ぞうきん》がけをして清めたあと、料理場の前をとおって自室に入った。

通りざま汀子は、小さな火鉢《ひばち》をひきよせて煙管《きせる》で煙草《たばこ》をふかしている大鈴の姿を見かけ、一瞬視線が合って、

「茶室のほうよろしくお願いしますね」

と、聞えたか聞えないか判らない程度の声をかけたが、そのとき、大鈴さんこの寒いのにえらく薄着だこと、と思った。

もっとも、料理場は年中火を焚《た》いているので、冬もちっとも寒くはなく、板前は大てい、白い調理服の下は晒《さらし》を腹に巻いているだけだと聞いたことがある。しかし年配の大鈴はときどき丸首のシャツを着たり、毛糸の腹巻をしているのを汀子は木原山で見ているだけに、衿もとのぐっと開いた、胸の皮膚も露《あら》わな大鈴を見てちょっと不審に思ったが、すぐその場を通りすぎた。

茶懐石の料理は順次水屋に運び、それを啓子がととのえ、惇子が座敷に捧《ささ》げ持ってゆくのだけれど、いつも料理場の誰かがわきについていることになっている。

いつものように客は五人、寄付《よりつき》に集まったところで惇子が白湯《さゆ》を出してすすめているころ、部屋にいた汀子のもとへ啓子が駈《か》け込んできて、

「申しわけありません。若奥さん水屋を替って頂けないでしょうか」

という。

わけは、たったいま、啓子が女手ひとつで育てている息子が自転車で下校の最中、友だちの自転車と衝突し、病院へ運ばれたといい、気も動転しているらしく、すみません、すみませんを連発しながら、あたふたと裏口から出ていってしまった。

汀子はすぐに、

「ああそれはすぐ行ってあげなさいよ」

とはいったものの、水屋の勤まる自信はなく、しかし茶事は順に進んでおり、さて、と廊下に出たところへ、大鈴があらわれ、

「若奥さん、おやりなせえ。あっしが介添いたしやすよ」

汀子は大鈴にそういわれると、パッと目の前が開けた感じがあり、その場で覚悟が決まって、

「そう、じゃ頼みますよ」

というと、先に立って茶室の水屋へと小走りに駈けつけた。

茶懐石は、茶の精神の発露であって、あたたかいものはあたたかいうちに、冷たいものは冷たいうちに食べてもらわねばならず、それにはころ合い、というものが何よりも大切とされている。

水屋に入った汀子を見て惇子はおどろき、

「啓子さんは？」

と小声で聞くのへ、茶室にはもう客も並んでいることとて、汀子も声をひそめて、

「あとで」

というなり、大鈴のはからいで、すでにあたためられてある器を並べて膳組《ぜんぐみ》のできているものへ、順にご飯をつけ、汁をよそう。

これがなかなか呼吸のいるものだが、わきについている大鈴が無言で指さしてくれるとおり、順にすすめ、最後に、水に浸しておいた箸《はし》の水分を拭《ふ》き取り、折敷の右へ指二本分の幅だけ出してつけると、それを惇子に手渡す。

膳が行きわたると、燗鍋《かんなべ》、盃台《はいだい》を出し、あと順次椀盛《わんもり》、焼物、箸洗い、八寸、香の物と進んでゆく。

客は了二のいつもの茶の友ばかり、皆うちくつろいで和やかに歓談しているなかに手順を踏んで終わったが、汀子はこちこちになり、しばらくはものもいえないほどであった。

了二は笑いながら、

「やってみることとさね。次から汀子に任せようか」

というのへ、惇子はきびしい顔で、

「それはいけないわ。今日のお客さまは、最後の香合《こうごう》拝見にずい分時間をとって下すったから、お膳が間に合ったのよ。お酒も召上ったし、全体にとてもゆっくりと運ぶことが出来たためにボロを出さないですんだんです」

と、汀子に聞えよがしに了二に向ってそういうのへ、汀子は心のうちで、大鈴さんがいなかったら全然できなかったわけだから、何といわれても仕方ない、と思うものの、腹のなかは熱くなる。

茶事が終って大鈴が料理場に戻るとき、汀子は頭をさげてこころから礼をいい、それから、ついでに、

「大鈴さん、そんな薄着で寒くない？」

と問うと、大鈴は、

「いやあ、ここんとこ、逆上《のぼ》せだか何だか知らねえが、やけに暑くってしょうがねえんでさ」

と答え、料理場の前まで来て、

「六十ももうゾロ目だってえのに、まるで若い衆みてえだとうちのやつに冷やかされているんですがね」

と、平手で首筋を叩《たた》くのへ、

「お元気で結構じゃありませんか」

と汀子はそういって別れた。

そのあとはすぐ夜の客を迎え、料理場の口へいく度も料理を取りに行っては運んだが、その都度、大鈴がいたかどうか、汀子はまるで記憶がない。

客が帰ったのは九時半、門まで送って出たとき、わかが、

「今夜はまあ冷えること、こんなだと風呂屋《ふろや》の帰りは体がカチンカチンに凍ってしまうわね」

と首をすくめるのを聞いて、汀子は、

「そうね。風邪ひくと大へんよ。お風呂はやめたほうがいいわ」

と相鎚《あいづち》を打ちながら家に入り、自分の部屋に落着いた。

今年に入ってからは、毎晩の反省会も取り止《や》めており、座敷の片付けを終ると、皆女部屋に引き取るのを見届けてから汀子も店を出た。

暮に、福二郎が、

「汀子、お前も寒い夜更《よふ》けに家へ帰るのも大へんだろう。これを買ってやったから着てみろよ」

と、かさのある包みを手渡してくれ、開けてみると毛織りの防寒コートであった。

丈もぴったり裾《すそ》まであり、汀子は飛上るほどうれしくて、礼の言葉に、

「あなたもぼんやりしているかと思ったら、案外こまかいところに気がつくのね」

といったのは照れかくしだが、福二郎はとたんに、

「ぼんやりとは何だ。そんないいかたってないだろう」

と怒り出し、汀子も鼻っ柱の強さをそのままに、

「事実じゃないのよ。大男、総身に何とかよ」

と心ならずも煽《あお》り立て、怒った福二郎の平手を頭に受けて、一旦《いったん》はうずくまったものの、猛然と逆襲し、げんこつで胸を突いたところ、福二郎はもろくものびてしまった。

これが開店最初の夫婦げんかだったが、考えてみれば、惇子のさし出がましさや、兄妹からの無言の威圧に対する汀子のうっぷんを晴らすのには福二郎よりなく、他愛なくやりあえば一時に胸もおさまり、以後は防寒コートを毎夜ありがたく愛用している。

外はしんしんと寒く、その夜赤坂の通りへ出るとすぐ手を上げてタクシーをつかまえ、木原山の家の前で下りたのは十一時ごろだったろうか。

いつものとおり福二郎はまだ帰っておらず、コートを着たままで汀子はしばらく子供たちの寝顔を眺めていたが、まもなく寝巻に着替え床に入った。

寝付きのよいたちで、枕に頭をつけると五分と経たないうち眠ってしまうのだけれど、了二の声を聞いたのはその寝入りばなであったらしい。

「汀子や、ちょいと起きておくれ」

という襖の外の様子は何やらただごとではないように思われ、寝巻の上に半纏《はんてん》を羽織って出てみると、

「大鈴がたおれたんだよ。いま店から電話があった。福二郎はどこだい？」

という了二の言葉はふるえており、それを汀子は寒さのせいと受取って、

「お父さま、内へお入りになって。いま火をお持ちします」

というと、了二は珍しく声を荒げて、

「何をとんちんかんなことというんだね。命の瀬戸際《せとぎわ》じゃないか。福二郎は何をしている？　え？　わからない。しょうがないねえ。じゃとりあえず、あたしと一しょにお前さんもすぐ行っておくれ。早く」

「はい。千住のおうちでしょうか。病院で？」

「店だ、店だ、店にいる」

「判りました。すぐ参ります」

「こんなとき、いったい福二郎はどこなんだい。困るねえ。汀子も亭主の行先くらいは聞いておかなくちゃ」

と了二はいらだち、しきりとぼやくのを背に聞きながら大急ぎで支度し、汀

子はタクシーを呼びに坂を駈けおりた。

店に着いてみると、男部屋のまん中に敷いた蒲団に大鈴は調理服のまま横たわっており、見れば顔面紅潮して大いびきをかいている。

「清さんや」

と、駈けよった了二は、

「起きてごらん。おれだよ」

とゆすぶろうとすると、洗い場のときが、あ、と手をのべて、

「大旦那、それはいけません。少しでも動かしちゃ危いって、そいわれました」

ときにそういわれると了二も気付き、

「そうだったね」

と手を引っ込めたが、了二が大いびきで寝ていると錯覚したほど、それは酒に酔っていい機嫌で眠り込んでいるような姿であった。

「いったい、どこでどんなふうにして倒れたんだね」

と了二が聞くと、枕もとに坐っている従業員たちは顔を見合わせて黙ってい

るばかり、では小鈴の彦次は？　と見れば、

「へえ、まだなんで」

と健二がいい、

「久夫もかい？」

とさらにたずねると、

「ちょいと出ていて、連絡つかねえんです」

と答えるのを聞くと、

「みんなあいにくのときに倒れちまって」

と了二は嘆きながらも、健二に根問いすると、

「へい、よく判らねえんです。おれが気がついたら料理場の入口のところに倒れていなすったもんで大さわぎになりましたんで」

「すぐに医者は呼んだのかい？」

の問いにはときが引き取って、

「この界隈《かいわい》のことはまだ誰もよく知っちゃいないもんですから、あたしがお隣の万寿老さんに聞きに行きました。

そしたら、ついそこの見付にいいお医者がいらっしゃるってんで、竜夫さんが自転車で迎えに行ったんです」

「先生はどんなお診立《みた》てだったたんだい？」

「やっぱしノーイッケツっておっしゃいました。ふだんから血圧が高かったでしょうって」

「先生は入院させるようおっしゃらなかったかね」

「動かしちゃいけないって、そればっかり」

と聞けば、よくある中気の症状だから、了二はよく判っている。

手をこまねいて見ているだけで、誰もどうしようもなく、静まり返った座敷のなかで大鈴のいびきだけがまるで地ひびきのようにいやに大きく聞えている。

了二は時計を見上げて、

「明日にさわるから、みんなもうお休み。汀子、お前さんはついていておあげよ」

と振返った。

汀子はもちろんそのつもりで、了二に代ろうとして大鈴のそばににじり寄ったとき、裏口の戸が開いた。

あらわれたのは福二郎で、予《あらかじ》め聞いていたのか神妙な顔つきでオーバーを脱ぐと、大鈴のそばに寄り、

「手当てのしようもないんじゃ、手の打ちようもないですな」

といったきり、じっと寝顔を打ち眺めている。

了二も、

「お前さん、いまごろまでどこ行ってたんだね」

とも聞かず、汀子もそれに気付かないまましばらくの時間が過ぎ、ふたたび裏口が開く音がして、今度は皆が待ちかねていた彦次であった。

彦次はひどく青ざめていて、ぎごちない動作で父親の顔をじっとみつめたあと、了二からあらましを聞き、

「判りました。動かせないんじゃおふくろを呼んで来るしかない。皆さんにお世話かけちゃいけません。一っ走り千住へ行ってきますから、いますこし親父《おやじ》のことお願いいたします」

と立とうとするのへ、福二郎がとどめて、

「彦さんはここにいたほうがいい。栄一、お前行っといで。なあにタクシーとばしゃすぐだ。それにおふくろさん乗っけてくるんだよ」

と指図し、了二は自分の部屋で、男たちは女部屋で雑魚寝《ざこね》するようういつけ、ここでようやく膠着《こうちゃく》したようだった空気が溶けて、皆それぞれ寝支度をした。

了二は部屋に引きとるとき、汀子を手招いて、

「容体はいつ急変するか判らないからね。誰かひとり、目を離さず番をしているんだよ。いいね」

といい含めたが、汀子はまるで夢のなかにいるような気分で、この事態がまだ十分に呑《の》み込めないでいる。

時計は一時をまわっており、福二郎が立って電灯を豆球に切りかえ、そのうす暗い灯りの下で、大鈴をまん中に、ときどき居眠りしている福二郎、膝《ひざ》に手を支え、俯《うつ》むいて身じろぎもせぬ彦次のわきで汀子は今日の、暑くてたまらぬといいつつも、自分の水屋の介添えをしてくれた大鈴の姿をひとつひとつ思い返している。

そのうち、大鈴の女房加江が転げるようにして泣きながら入って来、

「お前さん、お前さん」

とさすがに声だけははばかって呼びかけたが、むろん大鈴は目をさまさなかった。

大鈴は昏睡《こんすい》状態のまま朝を迎え、一日がはじまると皆それぞれ持場へ戻って仕事に就かねばならないが、不審なことに久夫の姿がゆうべからずっと見えなかった。

ふだんなら福二郎も、

「若いもんの行先聞くなってことよ」

と朝帰りも見て見ぬふりをすることもあるのだが、今朝は今朝だけに、

「久はどうしたんだい？」

と小鈴に聞いてみると、首をかしげて彦次も答えぬ。

板長の大鈴が抜けた上、その下に彦次と並ぶ久夫がいないのでは、今日の客をどうする、とあわてるが、彦次はきっと顔を上げて、

「若旦那、献立は変更なしでいきます。やってみますから」

といい、一言も愚痴はこぼさず料理場に入って行った。

そのうしろ姿に目をやった汀子は、あら彦次さん、片方の足、怪我でもしたのかしら、と気がついたが、病人がいて取込みのさい中でもあり、そのまま声をかけずに見送った。

病人は女房の加江にまかせ、汀子も朝食を摂《と》ったあと、庭に面した客用の手洗いに入ったところ、裏手で女同士のひそひそ話が聞えてくる。

霜の朝、人目を避けて寒い庭で何の話？　と聞耳をたてると、どうやら洗い場のおときと、娘のひろ子らしく、とぎれとぎれの言葉では、

「気をおつけよ……甚助さんがいなかったら……だからいってあるだろう……お前はぜんたい……」

と強い口調は母親で、ひろ子のほうは、

「だって……突然のこと……仕方ないわ」

とあやまっている様子、いったい何の話やら、と見当がつかず、そのうち、

「しっ」

とおときが制したと思うと、二人とも足音をしのばせて遠ざかって行った。

ま、母娘《おやこ》の話、と汀子は気にもとめず部屋に戻ると、片ときも病人から目を

離さずにいる加江から、

「何だかしっきりなしよだれを垂らすんです」

と呼びかけられ、これはさっそく、また医師の往診を乞《こ》うた。

加江は医師にすがりつくように、

「先生、このひとはふだんから体の丈夫なのが何より自慢なんです。まる一日もぐうぐう寝たら、ひょっこり起きるのではないでしょうか」

しかし加江の願いはむなしく、大鈴の清次は二日二晩眠りつづけたあと、三日目の午前一時、呼吸が急に荒くなり、医者も間に合わないまま息を引取った。

臨終の枕もとには加江と彦次、ずっと泊り込んでいた福二郎との三人だけで、汀子は知らせを受けるなりすぐさま駈けつけたが、了二は高齢でもあり、夜が明けてのちということにした。

深更の町のなか、後方に流れてゆく町の灯を眺めながら、汀子はタクシーのシートにもたれ、これから先料理場はいったいどうなるのだろうと思った。

大鈴が倒れた夜の状況にはいろいろ不審な点も多いが、何よりも久夫が三晩も行方不明で持ち場を空け、大鈴との二人分、小鈴が奮闘するさまがうかがわれるだけに、早く戻って欲しいとあせる気持がある。

それにしても、六十のゾロ目で若返っちまった、と喜んでいた大鈴が、こんなにあっけなく、たった三日のわずらいで死んでしまうなんて、と考えていると、実母の藤江がこれも寒い夜、心臓マヒで急逝《きゅうせい》したことも思い出され、人の命のはかなさがいまさらのように身に沁《し》みてくる。

店では、この時刻にも全員起きていたが、大鈴は長年、八百善のために尽してくれたひとではあり、できれば葬式は店から出してやりたいという福二郎に、了二からは電話で、

「それでは一日休業しなければならなくなる。お客さまにとっては迷惑かもしれないやね。

今夜のうちに清次は千住へ連れて帰り、近所のお寺を借りるようにしよう」

という指図で、遺体はしっかりと蒲団でくるみ、彦次が抱いてタクシーへ乗せることになった。

皆ざわめいており、タクシーを裏口につけて彦次が乗込もうとするとき、出

会いがしらに久夫がひょっこりとあらわれた。

久夫は遺体に目をやると、

「おやっさん」

と駈け寄り、両手を合わせてしばらく瞑目《めいもく》していたが、彦次が、

「行くぜ」

と呼びかけ、遺体を抱いて車に乗込んだのを機にうしろに下り、頭を垂れて見送った。

タクシーへは福二郎も乗込んでおり、それをあとから料理場の若い者がみな追いかける手はずで、そして夜明けを待って手の空いた女たちも行くことになっている。

タクシーが見えなくなると、全員家のうちを浄《きよ》める作業にかかるなかで、汀子は久夫をものかげに呼んで、

「あんたどこへ行ってたの？　大鈴さん倒れたの知ってたんでしょ」

と聞くと、久夫はぐいと顔を挙げて、

「これ見ておくんなさい。ドジな真似《まね》してこんなていたらくでさあ」

という左半面、見るも無残な紫いろのあざが出来ている。

驚いてわけを聞くと、

「親方が倒れなすった晩、運悪く酔払ってころんじまったんです。こんな顔で人前に出るとさわがれると思って、腫《は》れのひくまで雲隠れしていました。相すみません」

という次第だが、汀子には久夫に膝詰めでしっかり意見をするだけの器量はまだなかった。

それに、料理場は、ときは別として女人禁制のような一種きびしい空気があり、一応のあるじとはいえ、こういう問題は福二郎の管轄《かんかつ》と思えばせんさくはそこまでで、汀子は引下るより他なかった。

何よりも、開店一年足らずのうちに病人が出、死人が出たことで一同動転しており、とくに料理場では、このひとが坐っていただけですみからすみまで睨《にら》みの利《き》いた板長がいなくなれば、あとは混乱し、とりあえず葬式と初七日が終るまでは久夫が代理で指揮を取るかたちになっている。

一年の月日のあいだ、汀子はようやく若い女将《おかみ》らしい目配りを身につけては

きたものの、これもわかに比べればまだまだだが、それでも女部屋の一同には、

「みんな大鈴さんの亡《な》くなったことを、お客さま方には気《け》ぶりも見せないようにね。料理屋にお線香の匂《にお》いがしてもいやなものですから、大鈴さんは当分うちではお祀《まつ》りはいたしません。お葬式へは替り合って行ってもらいます」

と触れ、何もかもふだんどおり、平静に勤めるようにいい渡した。

翌々日千住の寺で行なわれた大鈴の葬式は、汀子は店があるため、焼香するだけでとんぼ返りしたが、見送りには思いがけなくおおぜいの参列者があった。

夜更けて了二とともに帰って来た福二郎は、

「昔の八百善ゆかりのひとたちが伝え聞いて、来てくれたんだ。親父すっかり喜んでね。さかんにうちの宣伝をしていたよ。昔話に花が咲いてまるで同窓会みたいだった」

と告げた。

汀子は気づかなかったが、葬式に参列したさとが戻ってのち、

「小鈴さん足を怪我《けが》でもしたのかしら。ずっと片方投げ出したままだったわ」

というのを聞き、そういえば父親の枕もとに付添っているあいだ中、片足を

伸ばしていたのを思い出した。

大鈴の死と同時に、小鈴は足を痛め、朋輩《ほうばい》の久夫は転んで顔にあざを作るなんて、何だか一度に厄病神《やくびょうがみ》が押寄せたみたいね、と汀子は気にもせずそういったが、のちになってこれも大事な意味を持っていたことが判ってくる。

葬式に続いて初七日も終り、彦次がその足を引きずりながら店に出てきたとき、皆がお悔みのあとで必ず、

「いったいどうしたの？」

と聞くのへ、彦次は苦笑しながら、

「神輿《みこし》を担《かつ》いでて足をくじいた、なんていってみてえところですが、あいにく真冬には神輿は出ねえ。あっしの心がけが悪いんでさ。いえ、すぐ快《よ》くなります」

とかわしている。

大鈴は、単に料理場を取仕切っていたというだけでなく、山谷から八百善の内部を知る者としてこの店の大きな重石《おもし》となっていただけに、彼亡きあとの体制について、福二郎から全員に訓辞あるもの、と汀子は思っていたが、そうい

うのは何もなく、茶のみ話のついでに、汀子には、

「あ、板長はね、小鈴にやってもらうことにしたよ。当分人員は補充せず、このままでやるから、座敷係の女史たちにそいっといておくれ」

と告げた。

いま料理場は彦次と久夫が同い年の三十三歳、一つ下の健二との三人が修業年限はほぼ同じ、四つちがいの久夫の弟、竜夫とその同級生だった栄一がそれに続くという組合わせだが、誰が見ても大鈴のあとは小鈴とは思うものの、久夫もなかなかに負けず嫌《ぎら》いの気質だから、これで果してまるく納まってゆけるか、気にかからぬこともない。

福二郎はこともなげに、

「なあに、久夫は築地の店のあと、よそで大分遊んで来たからね。あいつに任すわけにはいかないさ。料理がちょいと違うんだ。

その点小鈴は浮気せずにいてくれたから、八百善のものをいまもきちんと踏襲している」

と疑いもせず、そう聞くと汀子も何やらほっとした感じがある。

父親のあとを受け継いだ小鈴は、さっそく板場全員集めて訓辞を垂れるなどの派手なことはしないが、その代り献立について積極的な意見を出すようになり、福二郎とのやりとりではしばしば、

「若旦那、明日の客には久しぶりで黄味巻きかまぼこお出ししましょうや。このお方は昔からのごひいきなんで、なんだ八百善ではいつも白いかまぼこばかりか、とおっしゃられるのも業腹《ごうはら》で。また子持きんこなどもどんなもんでしょう」

「そりゃあお前さん、いいに決まっちゃいるが、子持きんこなんてのはありゃあなまこの乾物だろう？　それを一週間も煮てもどさなくちゃならないし、黄味巻きかまぼこもえらく手を食うんじゃねえのかい」

と福二郎が案じるのへ、

「なあに、若い者にはときどきめんどうな仕事もやってもらわなきゃ。親父はすこしナマっていたかもしれませんぜ。このごろあたしでさえ栗《くり》きんとんは外してもらいてえ、なんて思うこともあったぐらいですから」

というのは、八百善伝来の料理を、改めて復習しながら、皆にしっかり教え

込んでおこうという心づもりらしかった。

その栗きんとんも、皮のむきかたからして木製の型をつかい、まずやわらかく茹《ゆ》でてのち、薄い蜜《みつ》でもってとろ火で煮つめ、あんも栗を粉にしてこれを煮つめたものを使うという念の入れようなので、味のわかる客からみればただちにこれが八百善、と知ってもらえるのであった。

そして福二郎は大鈴のいたときと同じように、毎朝河岸《かし》へ行き、そこで小鈴とおち合うときもあればひとりのときもあり、買出しを終ってのち店に出勤する。

部屋へ小鈴を呼び、献立についてこまかい打合わせをすると、小鈴はそのあと料理場でさらに細部の分担を決めて料理にかかるのだけれど、大鈴の死後、それはいままでどおり極めて順序よくすすめられているようすであった。

小鈴は至って無口だが、ものをいいつつ作業をすれば唾《つば》が料理に散りかかるというとおり、他の板前もほとんど口をきかず、仕事を終ってのちも、何故《なぜ》だか大声で一同たのしそうにしゃべりあう風景は見たことがない。

そして、汀子が運ぶ料理も、大鈴のときよりはさらにもう一点八百善らしくなったという感じがあるものの、相変らず客足も少ないまま、開店後一年を過ぎた。

第五章　さまざまの人生

満一年の祝には、高級たばこピースの十本入りの銀製のケースをあつらえ、一人一人了二がていちょうな挨拶《あいさつ》とともにそれを贈った。このせつ、八百善の文字を彫り込んだ銀製ケースとは、一個につき料理一人前に匹敵するほどの値段ではないかと汀子には思われたが、やはり店の体面からすればこれだけのものを贈るのは当然、という気持も動いたのは、汀子もこの家の人間になりつつある証《あか》しでもあったろうか。

しかしそんなのんびりした気分に鉄槌《てっつい》を下されたのは、五月になってのち、開店後一年間の営業成績の集計ができたときであった。

そのころ、福二郎はいつになくまじめに帳場に入り、久松と頭つきあわせてそろばんを弾《はじ》いていたが、仕事を終えて木原山に帰ると、

「汀子さんや、ちょっと見ておくれでないか」

と猫撫《ねこな》で声で呼び、机の前に坐《すわ》らせた。

「これ見ても、経理を知らないお前さんにはちんぷんかんぷんだろうが、要するにだね、この一年を見ると、商売は赤字も赤字、大赤字ってとこだ」

と黒い表紙の経理簿を開いてみせた。

「赤字って、でも店は毎晩ひらいているし、みんなのお給料もちゃんとあげてるでしょ」

「いままではね。しかしこれからは廻《まわ》ってゆかなくなるね。いまのままでは」

「じゃつぶれるの？　つぶすの？」

「ってわけにはいかないだろうさ」

「じゃどうするの？」

「うん」

福二郎は腕をこまねいて、

「全然あてが外れたね。とんとんの線までも客が来なかったからね」

「でも、築地のときのお客さまはみんな応援して下さるというお父さまのお話だったわ」

「ちょっとこれ見てごらん」

とさし出したのは、この一年間の客の予約表だったが、もとより座敷に出ている汀子はそれを十分に知っており、

「やっぱりこれだけの数じゃ、だめだったのね。忙しいという日は数えるほどだったもの」

「それもあるが、ごらん、この客の顔触れ。これはみんなわかに付いていた客なんだよ。もちろん築地のときの馴染《なじ》みじゃあるが、わかが電話をかけたり、かけ取りに出向いたりして来てくれた客なんだ」

「それはうすうす感じていました。だってわかさん、だんだん鼻が高くなるばかりだもの。この店はあたしで保《も》ってる、みたいないい方、ふざけたときよくいいますからね」

「しかし、よくあんな石垣《いしがき》ぼたるに客が付くねえ」

と福二郎はにやりとし、え？　石垣ぼたる？　と聞き返すと、石垣ぼたるは奥で光る、目の落ち凹《くぼ》んだひとをそういうのさ、とアハハ、と笑った。

「よくもそんなことといえるわね。うちの大事な従業員よ」

汀子が気色ばむと、

「冗談だよ。しかしどう見てもわかが美人とはいえないだろう。大体八百善の座敷係は昔からおかめ、へちま、石臼《いしうす》みたいなのばかりだったといういい伝えもある」

と、このひとと話していると、ともすればあらぬ方向へそれていこうとする。

しかし今夜は自分から話をすぐもとへ戻し、

「店をはじめる前、親父《おやじ》がどういったかお前もおぼえているだろう。うちは何々の宮さま、もと華族のみなさまにご用命を頂き、店までお足を運んで頂いたのはもちろん、何かことあるごとに仕出しを仰せつかった、この方々はみなさま揃《そろ》って新店へおいで下さるに決まっている。

そのときあわてないよう、ふだんからよく稽古しておき、とね。

ところがどうだい。親父の関係で来て下さった客は、茶の友だちだけじゃないか。宮さまや伯爵《はくしゃく》さまなんぞ、一度もお姿拝んだこともありゃしなかったよ」

そういえばこの一年、昔でいうと身分の高いとされたひとたちの訪れは一度もなかった、と汀子は思った。

それに、了二の催す月一度の茶事も、古くからの恒例であるため、会費いくら、というのでなく、それぞれにお包みを頂く仕組みとなっており、中身はほんのお志程度であるところから、これでは慈善事業だと福二郎は内心舌打ちしつつも、

「親のたのしみを、子がやめろというわけにはいかないしさ」

と黙認している。

こういう状況を睨《にら》み合わせて考えると、いままでひたすら八百善八代目の経験と手腕を頼ってきたものの、いまは時代も大きく変り、これではいけないと会計の帳簿自体が何か語りかけているように汀子には思える。

しかし、二人とも商いはど素人《しろうと》、こういうときよい知恵も浮ばず、例によって福二郎は口ぐせの、

「ま、商売は牛のよだれさ。帳場の久松も最初の一年は資本投下の期間、開店早々からどんどん儲《もう》かってはバチが当りますといっている。

おれもそう思う。ゆるりと参ろう。あせることはないさ。当分の運転資金は親父にそういって借りることにしようぜ。お前もついてってくれよ」

というと、いくつもの帳簿をバタンバタンと閉じ、大きなあくびをした。

一年間、わきめもふらず仕事に打込んで大赤字、と思うと汀子のほうはやっぱり心おだやかではないが、かんじんの福二郎が深刻に考えていない以上、くよくよしてもどうなるものでもなく、そのうち汀子もあくびをうつされて急いで寝床をしいた。

しかし翌朝、夫婦そろって離室《はなれ》へ経理の報告と借金の申込みに行くときには、さすがにのどの奥に何か大きな塊のものがつかえているような気がし、汀子は福二郎の斜めうしろに小さくなって控えた。

福二郎は頭を掻《か》きながら、

「お父さん、一年目はどうもうまくいきませんでした」

と手をつくと、了二はれんのさし出す老眼鏡を拒み、

「帳簿は見なくても判《わか》っている。築地以来、八百善は少し休みすぎたかもしれ

ないね。もののない時代だったから仕方なかったかもしれないが。

山谷から築地へは四年の休業だった。今度は八年だからね」

了二のそのいいかたはとてもやさしく、激しい叱責《しっせき》を覚悟していた汀子はいささか拍子抜けし、思わず顔を見たところ、言葉とはうらはらに眼《め》だけは強く光っているように感じられた。

「しかしだね、世のなかもすっかり落着いたし、風流の判るお方はまた店にきっと戻って来て下さるものだとあたしは信じている。

八百善の長い歴史のあいだには、いく度もご時勢の波をかぶって、休業した記録もあるじゃないか。

二人ともあせらないでのんびりとおやり。

わずか一年の赤字でうろたえるのはみっともないやね。

そのうちきっと、八百善の料理をなつかしんで訪ねて下さる方がふえてくるよ」

と逆に慰められるかたちになり、福二郎も汀子もおそれ入ってしまった。

しかし話が具体的に資金の融通の話となると、了二の眼のいろはさらに強く

なって、

「あたしにまたもや金を作れって、福さん、お前はいうんだね」

と念を押し、

「店を開くまえ、あたしがお前に引導渡したのをよもやお忘れじゃあるまいねえ。

店は建ててあげよう、客も紹介してあげよう、もちろん当座のものも分けてあげるからこれでお前はひとりでおやり、とあれほど申し渡したんじゃなかったのかい？

それをたかが一年くらいの赤字で、あたしに尻《しり》を持込むのはあまりにだらしないって思わないかねえ。

自分でやりくりの才覚はつかないのかね」

と、かなりきつい口調で意見するのを聞いて、汀子はやっぱり胸がふるえた。

了二はさらに、

「あの店の主《あるじ》は福二郎、お前なんだよ。昔からの八百善の客を引継いで店を張って行こうとするなら、お前はどうしてもっと勉強しないんです。

お茶だって道具だって全く興味を示さないし、風流の趣向ってものがまるで無い人間だ。これで料理屋の亭主が勤まりますかねえ。いつまでもサラリーマンのような安楽な気構えじゃ、何年たっても店は赤字ですよ。

いいかい？　一年くらいの赤字じゃ大したことはあるまいよ。自分でおやり。切りひらいてごらんな。

あたしにはお前を助ける資力はもうありません。判ったね」

了二の言葉はきついが、そのいいぶんはひとつひとつもっともなことばかり、福二郎の態度をいま改めてかえりみれば、店をはじめてからもサラリーマン時代とすこしも変らず、一所懸命何かに励むでなし、がんばるでなし、河岸《かし》から戻ったあとは行先もいわずふらりと出かけるか、一日中ひじ枕《まくら》で横になっているだけなのを思うと、汀子は顔も上げられない思いであった。

しかし福二郎にすれば反論したい気持は山々あるらしく、むっとした表情で、

「たしかに店は建ててもらいました。が、客はお父さんの紹介した方はほとんど来て頂けない。責任の半分はお父さんにもあるのじゃないですか。

素人の僕に任せっきりにして、ご自分は我関せずっていうのはあんまりだと思いますよ」

「だからいってあるだろう。お前も料理屋で育った子じゃないか。困ったらあたしに泣きつくより他に手はないのかね。自分で考えてみたらどうだね」

「判りました」

と福二郎は珍しくきっぱりといい、

「お父さんにはもう頼みません。店がつぶれたら、僕はいつでもサラリーマンに戻りますから」

といいすてて立上り、

「汀子」

と呼んでうながすなり、足音荒く離室を出、渡り廊下を渡っていった。

部屋に戻ると、汀子は畳を叩《たた》いてなじり、

「お父さまのおっしゃるのももっともよ。あなたは何故《なぜ》、手をついてお金の融通を頼まなかったんですか」

といったとたん、

「バカ！」

と大きなてのひらが飛んで左頰《ほお》に当たり、目の前に火花が散った。

しかし汀子は仕返しせず、頰をおさえたままうずくまっていると、気の立っている福二郎は手をうしろに組んで部屋中を歩きまわりながら、

「あのひとは判っているようで、商売のことは何も判っちゃいないんだよ。養子なもんで、子供のころ親にいじめられた、いじめられたってのが口ぐせだが、時勢がよかったから自分は茶の道楽をしながらひとりでに財をなしたというのが実情なんだ。あの夫婦ともども、金に困ったことなんか一度もないんだから」

という。

了二の話はもっともだし、福二郎のいい分を聞けばそれも一理ある、とそのたび汀子が思うのは、これもまだ経営に定見持たぬ故《ゆえ》の迷いにちがいなかった。

福二郎は汀子を相手に、腹いせに了二をののしりこきおろしたが、金を出してはもらえない以上、自分で融資先を見つけるより他なく、翌日から背広を着て小まめに外出を始めている。

まだ銀行などとの深い取引はなく、金の貸借はあくまで信用本位、それも個人の単位とあれば、福二郎が走りまわっても融通してくれる額は知れたもの、そのうち月末が近づいてくると、福二郎は汀子に、

「おい、お前もついてってよ。今夜だ」

といい、

「え？」

と聞き返すと、

「親父のところだよ。あそこがいちばん引出しやすいんだ」

とにやりと笑った。

何とまあ、一ヶ月前あんなに激しくいい合っておきながら、よくもよくもどの面《つら》下げて、とは思うものの、片方ではこれが親子か、と納得するところもある。

その夜、福二郎はいとも神妙に首を垂れて、

「お父さん、私の力ではどうにもできませんでした。このままでは従業員の給金も払えなくなるかも知れません。

何とかお助け頂けませんか」

と乞《こ》い、そんな福二郎を予想していたのか了二もしんみりと、

「あたしもね、実はお前さんに聞いてもらいたいことがあるんだよ」

といいつつ、手文庫のなかから書付けを取出して、

「これをごらん」

と差出した。

それは巻紙に一種飄逸《ひょういつ》な筆蹟《ひっせき》で墨書したもので、さきに末尾に目を走らせると、安永正左衛門の署名がある。

文言は、

「八百善八代目主人は永き我らが茶の友なり。

さきに戦災に築地の家を失ない、大森山の片ほとりに悠々《ゆうゆう》自適してありしが、風流の心やまず、同友の勧めにいさみ立ち、このほど山王山のわびしき里に一亭を構えられたるにもとづき、茶に酒に、朝夕まどいの場所ともせんと申込みたるに、翁《おう》は快よく諾《うべな》われたるにつき、旧遊の会を企てこたび発足することとはなりぬ。

八百善の食味は、徳川将軍お成りの昔より世にも名高し。翁《おう》の人柄《ひとがら》はつとに我々の知るところ、願わくば老いも若きも、ご婦人も紳士も俗も僧もここに集りをともにし、落葉を焚《た》きて風雅の楽を共にせんことを期するものなり。

昭和二十六年、秋
翁の請わるるままここ《こ》に記せり」

福二郎は目を走らせていたが、読み終えたあと、首を振りながら、

「お父さん、これは要するに奉加帳じゃありませんか」

と問うと、

「そうなのだよ。お判りかい？　新店をひらくのには、こうでもしなきゃ、手《て》許《もと》にお金はなかったさねえ」

といい、

「その続きをごらん。当代財閥のみなさまが安永さんからのこの廻状《かいじょう》を読んで、それぞれ醵金《きょきん》して下さいましたのさ」

と指さすところを見ると、なるほど、五井家、藤川家、大林家、三島家、中倉家、畑中家と、いまの日本のなかでおよそ頭に浮ぶ限りの著名な財界のひと

びとが自筆で署名している。

「いったい、総額いくら頂いたんです」

と聞くと、

「たしか十万円だったとおぼえているんだが。何しろ皆さまのお志を一つの封筒に入れてお届けくだすったもので、どなたがいくらっては書いてないやね。ありがたいことで、あたしは涙がこぼれましたよ」

「でも翁の請わるるままに、とありますね。お父さん安永さんにおねだりしたんですか」

「いやそういうわけじゃありやしません。あたしに無断で安永さんが勝手にしたんじゃ、皆さん心配なさるだろうとおっしゃって、添え書きして下さったまでのことさね」

という了二と福二郎のそのやりとりを聞いていて、汀子はいまさらのように、一料亭の開店に一流の財界人がかほどまでに肩入れしてくれる身の冥加《みようが》を思わないではいられなかった。

同様に福二郎も、了二の金の工面がこういう方面にまで波及しているのを知って、いまの事態のきびしさが改めて身に沁《し》みたらしく、妙にしんみりと安永氏の文字のあとをみつめている。

「この安永さんのお筆蹟《て》は、あたしは軸装しようと思っている。子々孫々まで伝えて、商いの戒めとしたいものさねえ」

と了二も深い思い入れのようすであった。

十万円とは高額だが、開店の費用にはこれだけで足りるわけもなく、了二は手持ちの目ぼしいものを売り払って調達したのは判っていたが、福二郎のたっての乞いにより、再び、売立てをしなければならなくなり、その日から了二は蔵のなかに入ってあれこれ物色している。

前回は、日本橋の稲垣に引受けてもらったが、美術倶楽部《くらぶ》を借切るほどの規模ではないところから、近くの寺を会場とし、道具屋や美術愛好家に落札してもらって、かなりの現金を得ることができた。

木原山の蔵のなかのものは、八百善伝来のものは大震災で失なっただけに、ほとんどが了二の代にひとつひとつ買い集めたもの、それだけにその品を手放すときのつらさは、蔵の中に入っている表情を見ただけで推察できる。

汀子は、こんなことも知らずに開店の興奮に酔っていた自分を省みながら、最初の売立ての記録を見てみると、

一　伊勢物語カルタ　二万円
一　抱一　隅田川横幅　四万円
一　其一　雨中紫陽花　二万五千円
一　抱一　栗　一万八千円
一　抱一　若松春草　六万円
一　伏見院広沢切　四万五千円
一　羽左衛門　藤　五千円

道具類は、

一　時代寿絵火鉢　七千円
一　溜塗・茶盆　三千円
一　宗哲半月膳五人前　三千円
一　秀衡椀三つ重五人前　六千円

一　小判型弁当箱十人　三千円
一　更紗敷物二枚　二万五千円
一　備前丸板　一万五千円
一　唐津ふり出し　千五百円
一　引盃十人　四千円
一　了入黒茶碗　一万円

　とひとつひとつしっかり目を当てていると、これを手放し、金と引換えに他人に持ってゆかれる了二の心のうちが伝わってくるような気がする。

　福二郎は、馴《な》れているのかあっさりと考えており、

「なあに親父もそうやって人さまの古いものを買って集めてきたものさ。離合集散は道具の運命だよ」

　とわり切っているらしかった。

　今回は、数ものを集めて売立てするよりも、一点でまとまった額になるものを、と了二は考えたらしく、数日後、二人を呼んでふくさに包んだ金を渡して

くれたとき、福二郎も汀子も平身低頭して礼をいったあと、

「で、お父さん、どんなものを手放されたのですか」

とおそるおそる伺いをたてると、

「俵屋宗達さね。朧月夜《おぼろづきよ》の梅の横額をもってってもらったよ」

と明かしてくれ、そして、

「福さんや、いいかい、これはあたしが貸した金だからね。水くさいようだけど、一応借用書は書いておいてもらおうか」

と硯《すずり》をとり寄せた。

汀子はハッとして福二郎の顔を見たが、土蔵のなかにうず高くおいてあるさまざまの借金の証書を見馴れているせいか、福二郎はさっぱりと、

「ああいいですよ」

と引受け、半紙にしたためて拇印《ぼいん》を押した。

借金は、貸すほうの渋面にくらべ、借りたほうが勝ちという感じがあり、部屋に戻ったとき福二郎はいい機嫌《きげん》で、

「親父も、蔵のなかにはもう何にもないといいながら、まだ宗達なんか隠して

あったんだ。絞ればいくらでも吐き出すってことかなあ」

と口笛でも吹かんばかり、汀子は怒って、

「そんないいかたってないでしょ」

と抗議した。

金を手にするや、福二郎は浮き浮きして深夜の町へ出ていってしまったが、汀子は子供たちに添寝してやりながら、こんなことで果していいのかしらと考えている。

しかし、はがゆいのは自分が女で、しかも商いの経験もなく、まわりから教えられるばかりではどういうふうに店を切盛りしていいのか判らず、いま何とか赤字補塡《ほてん》はできても、客が来ない限りはまた行き詰まるという不安が伴う。

この一年間、ほとんどわかの客ばかりだったのを考えると、わかは皆に座敷での行儀作法をきつくいうくせに、自分は馴染客と実に馴れ馴れしく話し合っていることなども浮んでくる。

客のなかには、

っ た り す る 。

「今夜はおわか姐《ねえ》さんの姿が見えないね」

と名指しするひともあり、

「あのひとがいると賑《にぎ》やかでいい」

というのを聞くと、やっぱり愛想のひとつもいうほうがいいのかな、とも思ったりする。


NHKテレビが、東京地区で放送を開始したのはたしかこの年の二月一日、その月末からゼスチュアーという、とてもおもしろい番組を流しはじめたのを汀子が聞いたのは三月ごろ、そのうち店の客たちの口から噂《うわさ》を伝えきいて、従業員たちが、

「若旦那《わかだんな》、うちにもテレビジョンってのがあるといいですねえ」

と折にふれ呟《つぶや》くのを聞いて、元来新しいもの好きの福二郎はすぐにもそれを買おうとしたが、汀子は懸命でとどめた。

店は赤字で、親に助けを求めているというのに、昼間から映画みたいなものを見るなんて、という汀子の意見はこの際もっともで、福二郎もこれだけはは

やる気持をおさえていたらしい。

六月末のその夜、前日九州に台風が上陸し、被害甚大《じんだい》というニュースをラジオがくり返し流しており、その日は客もなかったところから汀子は八時すぎには店を出た。

台風の余波で山王山一帯の樹木はざわめいており、裏口から出るとき、汀子はもう一度、そこにいた秋に、

「戸締りきっちりお願いね。すごい風だから」

といいおいて通りに出たが、着ているワンピースの裾《すそ》がめくれ上るほどの風であった。

いつものように坂を下り、通りでタクシーを拾おうとしたが、今日はまだ早い時間だし、ふっとこの辺りをぶらぶらしてみようかという気になった。

というのは、赤坂一ッ木町のラジオ東京があと一、二年のうちテレビ放送をはじめるそうで目下工事をすすめており、それに従って付近にはこのところ、大小の店舗がつぎつぎ並びつつあった。

汀子は久しぶりに気分が昂揚し、バッグを腕にかけて一軒一軒、額をショウ

ウインドウにくっつけるようにしてのぞいて行った。

まだ町全体整備されてはおらず、ここに呉服屋、となりに中華ソバ屋、空地の向うには八百屋とばらばらだが、これから伸びようとする町のせいかどの店も灯《あか》りがきらきらと明るく、人を惹《ひ》きつけるものがある。

通りを一つへだてただけで、夜はほとんど人通りもない暗い永田町とは何という違い、と思いながら歩いてゆくうち、かわいい子供服を売っている店をみつけた。

園子も来年は幼稚園、一枚でも洋服は多いほうがいい、はずんでやりましょう、と店に足を踏み入れ、バッグをあけてみると、あるはずの財布がない。

店先に立ったまま思いかえしてみると、今日はいつもの化粧品の外交員がやって来て、皆と一しょに品えらびし、クリームをひとつ買って金を払ったあと、財布はどうやらそのまま部屋の茶箪笥《ちゃだんす》の上に置き忘れてきたらしい。

時計を見るとまだ十時になっておらず、すぐ引返してもと来た坂を汀子はゆっくりと登って行った。

さきほど出たばかりの裏口へ近づくと、内部はまだ灯りがついており、客がおおぜい入っているような賑やかなさんざめきが聞えてくる。

いまごろお客さまかしら、とガラスを開けると、とたんに汀子の耳に飛び込んで来たかん高い声が、

「汀子さんがとめるんだとさ。奉公人は坐ってテレビジョンなど見ちゃいけないんだとさ。

おとなりの万寿老《ますお》さんちの従業員は、自分の仕事さえすめば、いつでも見ていいって、テレビジョンは女中部屋においてくれてるんだとよ」

その声は正しくわかに違いなく、しかも大分酔払っているらしい。

汀子は、靴《くつ》をどこへ脱いだかおぼえがないほどすぐさま走り、女部屋の襖《ふすま》をあけた。

そこで見たものは、了二が知ったら卒倒するかも知れないと思うような、日《ひ》頃《ごろ》大事に大事に扱っている欅《けやき》の一枚板の座卓がまん中に据《す》えられ、その上には客に出すさまざまな料理がところ狭しと並べられ、むろん、呉須《ごす》の徳利もいく本も飲み空けて倒されている。

テーブルを囲んでいるのは、ここに泊り込みの男女従業員のほとんどだが、

さすがに甚助と久松、秋の三人の年配者の顔はみえぬ。

敷居際《しきいぎわ》に突っ立ったまま、一瞬にしてこの状況を見てとった汀子の胸をさらに強くえぐったのは、わか、さと、啓子、琴のめんめんがいずれも濃い化粧をしていることであった。

どういうべきか、何とすべきか、と激しく混乱している頭のなかで、汀子は自分にまず落着いて、といいきかせながら、わなわなとふるえる唇《くちびる》で、

「いったいこれはどういうことですか」

と聞いた。

誰も答えず、それぞれ視線をそらしているのを、端からひとりひとり目を当てながら、汀子はまず、

「久夫さん、答えて下さい」

と呼んだ。

もう大分廻っているらしい久夫は、汀子から声をかけられても居ずまいも正さず、片膝《かたひざ》立てたままで、

「へい、ごらんの通りです。従業員一同晩飯を食っているところでさあ」

と答えるのを聞いて汀子はいっそう頭に血が上り、

「これが晩飯ですか。お客さまに出す料理を晩飯にしろなんて若旦那がいったんですか。

うちは開店前に軽く食事を摂《と》ってもらったあと、店が閉まってから、おなかの空《す》いたひとだけお茶漬《ちゃづけ》を食べるのがきまりじゃなかったんですか」

と声が上ずってくる。

久夫は全く悪びれてはおらず、

「そのとおりやっていますよ。ただ、今日は客がなかったんで、仕入れのものを始末しなきゃならないし、みんなもたまには客になってうちの料理を食ってみるのもいいだろうってんで、ちょいと味見をしていたまでのことなんで」

「じゃその徳利は何？　お酒も味見ですか」

「へい、そのとおりで」

と久夫はうそぶき、

「すべての料理は酒の肴《さかな》としての味ってこと、若奥さんご存知でしょう。酒なしで料理だけ食べろったって、そりゃいけませんや」

とぬらりくらりとかいくぐって逃げる久夫に汀子は業《ごう》を煮やし、

「じゃわかさんに聞きます。店を閉めたあとなのに、どうしてそんなに濃いお化粧をするの？　誰のために？」

とまっすぐわかのほうを向いて聞いた。

「まあ若奥さん、そんな野暮な。お化粧なんていつしたっていいじゃありませんか。女ですもの。今日はお化粧のお稽古したまでのことですよ」

とわかにも軽くあしらわれ、口惜《くや》しさ限りなく、

「じゃあね、も一度これは皆さんに聞きますが、晩ごはんはいつもこうしているんですか。毎晩お客の料理を食べてお酒のんでいるんですか」

という汀子の詰問《きつもん》には誰も答えず、

「え？　わかさん」

とさいそくすると、わかは大げさに、

「いいえ若奥さんとんでもない。今夜だけの話ですよ。たまたま残りものが出たから、料理場のみなさんがお稽古したのをちょっとだけごちそうになっただけのこと」

何といっても向うはおおぜい、汀子はそこで言葉に詰まり、なじる代りにひとりひとりをじっと見つめたあとで、自分の部屋へ入って襖を閉めた。

どんなにいいくるめようと、主夫婦《あるじ》のいないあとの店で、従業員たちが思うさま羽をのばし、高級料理を並べて飲み食いしていたのはまぎれもない事実、そしてその雰囲気《ふんいき》にはどこやらみだらがましい匂《にお》いがする。

何とあさましいこと、ごちそうではないけれど、毎日おなかいっぱい食べさせ、手荒く働かせたおぼえもないのに、客に出すような料理を飲み食いしてさわぐなんて、と思うと、まずその料理を作った料理場の魂胆というものが浮び上ってくる。

果して板長の小鈴が首謀者か、あるいは彼だけが通いの故に、全く知らされていないか、そのどちらかを推量しようとしたが、汀子はまだ自分がかなり興奮していることの自覚があった。

その証拠に、テーブルの上に置いた自分の両手はまるでバイブレーターにかかっているように小きざみにふるえ続けており、ぐっと奥歯を嚙《か》み締めてもそのふるえは容易にとまってはくれぬ。

女部屋では、大急ぎで片付けているらしく、さすがに声を憚《はばか》っているが、汀子は皆が寝静まったら、今日はこのまま、帰ろうと思った。

こんなとき福二郎はどうしている、と腹立たしく、一方ではまた、小鈴に会って事情を聞きたいと考えたけれど、今夜のことにはならなかった。

やがて話声が消え、家のなかのものおとが消えたとき、汀子がふっと我に返って時計を見ると午前二時をさしている。

ずい分長い時間、ぼんやりと考え込んでいたんだな、と思い、ようやく立上って表に出るとさっきまでの風は納まっており、一瞬立止って空を仰ぐと、風が雲を吹払ったあとの夜空には、六月に珍しく、無数の星がきらめいているのが見えた。

みつめているとむしょうに悲しく、それが胸いっぱいにふくらんで来たが、汀子は唇を噛みしめて涙はこぼさなかった。

もし泣くとしたら、使用人でありながら自分のことを汀子さんと呼び、テレビを買うのをとどめた怨《うら》みを声高にいったわかたちの裏切りについての涙ではなく、こういう古参従業員を十分に使いこなせない自分の腑甲斐《ふがい》なさを嘆く涙であると汀子は思い、いっそうこぶしを強く握りしめるのであった。

汀子のやり場のないうっぷんは、福二郎に向って吐き出すより他なく、その夜、さきに帰っていた彼に向って、報告のあとどれほど激しくなじり且《か》つ怒ったか。

さすがに福二郎もおどろき、

「よし、明日は徹底的にしらべよう」

と約した。

翌日、福二郎はまず小鈴を呼び、順次ひとりずつ自分の部屋に招き入れて事情を聞いたが、一わたり終ったあとで、汀子に、

「お前、夢でも見ていたんじゃないのかい？　夢でなくても誇大妄想《もうそう》に陥っていたかもしれないぜ」

と逆に聞き返した。

汀子はゆうべ以上に頭に血が上り、

「何よ、そんな。誰にいいくるめられたの。ここへも一度、みんなを呼んでちょうだい。私がこの目で見たことを話すから」

と強くいったが、福二郎はまああ、となだめて、

「小鈴は何にも知らないし、料理場の材料が余ればたしかに栄一や竜夫がそれを使って練習することもあり得るといっている。

わかは、いつものとおりお茶漬けたべていると料理場からほんの一皿か二皿、けいこ用のものを差し入れてくれたといっているし、念のため久松に聞いてみると、『若いものとはいえないが、働きざかりがおおぜい寝泊りしてりゃ、歌のひとつもたまには聞えてくることもあろう』ってこうだ。

いまは下の者がえらくなった世のなかだから、少しぐらいのことはおお目に見てやらなくちゃ」

と昨夜とは打って変った態度になっている。

汀子は、

「あなたは、私よりも従業員の言葉を信じるのですか。

昨夜のさわぎを閉店後の乱行、とは思わないんですか。

こんなことではしめしもつかないとは感じないのでしょうか」

といったが、福二郎は恬淡《てんたん》と、

「店の仕事にはいまのところ何の支障も来《きた》していないようだし」

というのを聞いて汀子は、

「それじゃ、私の領分じゃないけれど、仕入れの材料と客に使ったもの、そして残りとはちゃんと帳尻《ちょうじり》が合っているのですか」

と詰め寄ると、

「それはおいおい調べよう。きちんとはいかないだろうがね」

とそれだけは受合う。

汀子は決して思慮深いほうではないが、今度のことをじっと考えていると、福二郎のいうように簡単に片付けられる問題ではないように思えてくる。

店もはかばかしくないし、それに店の料理は自分たちでさえ遠慮して手を出さないものを、あれほど大量に従業員にふるまうのもいかにももったいなく、主に無断のこういう行為を、ゆるしてはいけないと汀子は思った。

福二郎は、護もよくいっていたように、坊ちゃん育ちだから人にふるまうのが大好きで、相手が喜べば損得勘定など抜きにするところがある。

商人の家に生れた子、と了二はそれをたのみにしている様子だけれど、三つ子の魂百までとやらで、今度の事件も従業員側について不問に付すようでは、すこぶる不安なのであった。

あれこれ考えていると、汀子はいまいちばん小鈴と話し合ってみたかった。料理屋では、主に次いで板長に権限があり、すでに祖父、父と三代続いての勤務なら、自分よりもずっと詳しいはずだと思い、ひそかに小鈴と二人の機を狙《ねら》ったが、それは一日中、神経を集中していても、やってはこなかった。

いままで料理場へ入ったこともない人間なら、外へ呼び出すのは不自然だし、人目につけば小鈴も立場上困るにちがいない、と考えると、一つ屋根の下にいながら何と料理場は遠いことよ、としみじみ感じる。

それに、あの無口なひとにどういうふうに話を切出していいものか、それさえ気が重く、小鈴との話し合いをあきらめたあとで、汀子に突然、天啓のようにひらめくものがあった。

いままでそれに何で気付かなかったろう、なあんだ、という感じで、思いつくと汀子はさっそく、帳場に坐っていた福二郎を部屋に招き、

「ねえあたしたち、子供を連れて店にひっこしましょう。そうすれば監視もで

きるし、あたしたちの体も楽よ。すぐにそうしましょう」

というと、

「何ですよ、足もとから鳥でも飛立つみたいに」

と福二郎は渋面で、

「お前の思案はいつも待て火鉢はねえ、ってところなんだから」

といいつつ、

「ここへ越すったってお前、こんな狭い家族部屋ひとつしかないところへ子供二人をおしこめておくのかい？　昼間も電気点《つ》けなきゃならないほどの暗いところへ。

それに尊之《たかゆき》のやつきかないから、客の前などに走り出て来たらどうする？　子供たちは木原山でひろびろと育ててやったほうがいいぜ」

「いえ、だめ。子供ももちろん大事だけれど、店も大事よ。お店がつぶれてしまえば子供も育てられないわ」

「そんなのを尾花もゆうれい、っていうんだよ。何をこわがっているんだ。店は絶対つぶれやしないし、従業員を監視して昼も夜も締めつけちゃいけないよ」

「締めつけなんて人聞きの悪いことといわないでよ。あなたはしょっちゅうどこかへ消えていなくなるし、あたしひとりで大森まで始終往復してたんじゃ目が届きません」

「そんなことないよ。一人でいきり立つなよ」

「大体あなたにやる気があるんだか、ないんだか。頼りない限りじゃないの」

とここまでいってしまえば福二郎の手が来るのは判っており、汀子はそのまえにすっと身をかわして部屋を出、何となく二階の広間へ上って行った。

のんきな福二郎、あのひとには意地というものがかけらもないんだ、と汀子は胸のうちで呟きつづけた。

長男とか一人息子というならともかく、兄妹たちのねたみそねみの目差《まなざ》しを浴びつつ開店したのに、何故わき目もふらず商売に没頭しないのか、とはがゆさ限りなく、いらいらしながら障子を開け放ち、まわりの景色を眺《なが》めた。

安永正左衛門の廻状《かいじょう》にもあったように、ここは「山王山のわびしき里」そのままで、まだまわりには雑草のび放題の空地がたくさんある。

仔細《しさい》に目を当てると、了二が買いとったこの敷地はいびつな形になっており、はずが合わなくて少しばかり余っている部分を、錆《さ》びた針金で囲ってある。

じっとみつめていた汀子は、そうだ、あそこへ小屋を建てよう、と思った。

小屋を建てて子供を住まわせば、店と家との両方に目が届くし、福二郎のいうように暗い狭い店のなかの一室に押し込めなくてもすむ、そう考えると一刻も早く実行に移したくて、ふたたび帳場の福二郎のもとへ駈《か》け込んで行った。

しかしこれは了二夫婦も賛成ではなく、理由は、そんなさしかけ小屋を作ると店の美観を損ねることと、そしてこれは口には出さないが、孫を手放すさびしさがあるらしかった。

女は子供を生むと強くなるというが、一日のほとんどをばあやとすごしている二人の子供を見ていると、汀子は自分の計画をどうしても実行したかった。

店のほうも、主夫婦が寝泊りし、商いに身を入れているようすとそうでないとは、従業員の受取りかたもずい分とちがうだろう、という利点もあるのは認めても、了二はなお、

「ま、も少し考えてみたほうがいいやね」

と口をにごしてしまう。

しかしこの夏、園子も尊之もたびたび腸炎をわずらい、汀子が福二郎に、

「子供たちがかわいそうとは思わないんですか」

と血相変えて詰寄ったことから事態は急に進展し、店の裏口にくっつけて小さな三帖《じょう》の部屋を建てることになった。

こうなると、従業員の監視という大義はかすみ、子供を手もとへ、という理由が通ってうまく角がとれた感じがある。

九月半ばの昼下り、汀子はもうほとんどでき上った部屋を眺めに空地に出ていたところ、ふとうしろに人の気配を感じてふりむくと、それは思いがけなく小鈴であった。

「こちらへ越しておいでになるんですってね」

と話しかけられ、あら珍しいこと、とおどろいてみつめる汀子に、

「これで若奥さんも、寒い夜更《よふ》けに大森まで帰らなくてもすみますね」

というと、小鈴はすぐ背を向けて裏口から入って行った。

汀子の胸はとたんに大きく波打ち、頰が上気してきたのを誰かに見られはしなかったかと、急いで辺りを見まわしたが、そこには人影はなかった。

店のほうへ居を移す理由について、これまでたびたび家中でいい争ってきたが、誰ひとり汀子の身の上を案じての発言はなかっただけに、いまの小鈴の言葉は身にしみてありがたく、涙の出るほどうれしかった。

早い日で十一時、遅ければ午前一時にもなる冬の帰宅は、坂の下でタクシーを拾うまでの時間と、帰りついたあと寝床があたたまるまでの寒さが耐え難いが、いままで家中から、汀子は若い、汀子は元気だ、汀子は馬力がある、の言葉をあびせられ、愚痴のひとことこぼさずにすごしてきたことが思われる。

今年の冬は、歯の根も合わないようなあの寒さと戦う必要もなくなる、と思うと、それに気付いていた小鈴の存在に改めて目をひらかれる思いであった。

そして秋の一日、汀子は子供たちの手をひいてゆっくりと坂を上り、永田町の新しい部屋に落着かせた。

いままで二人のめんどうを見てくれていたばあやは、

「尊之ちゃんはもうあたしの手にはおえないんでございます」

と固辞し、幸い五歳の園子がよく弟の世話をするようすなので、何とかなるだろうと考え、連れてきたのだったが、これは汀子の誤算であった。

店は昼の弁当も出していて、午前中も用があり、それは全部わかに任せて子供たちの相手をしていても、夕方からは自分の身じまいをして店に出なければならず、化粧をはじめると二人とも置去りにされるのを察知してか、汀子にまつわりついて離れなくなる。

汀子は決してやさしい母親ではなく、声を荒げて叱《しか》ったり、ときにはお尻をぶつこともあるが、それでも母親に代るひとは誰もおらず、しがみついた子供の指を一本一本はがし、逃げるようにして店にはいると、うしろからは、

「お母さあん、お母さあん」

の悲しそうな声が追いかけてくる。

やっぱり体はひとつ、介助者は必要だと思い、つてを頼って新しくばあやを雇い入れたが、泊り込みは拒否され、汀子が店に出るまでなら、という約束で勤めてもらっている。

それでも忙しいこと、忙しいこと、朝から晩まで店から子供部屋へ、部屋から店へとくるくる走り回り、そして客の応対以外に、月例の茶事、茶事でなくても孫の顔を見にやって来る了二夫妻、まるで自分の店のようにひんぱんに訪れてくる兄妹たちの相手もしなければならず、一日として、落ち着いた日はないが、しかし汀子はあまり苦にはならなかった。

しいて苦といえば、やはり客足が増えないことなのだけれど、これは口に世辞もない汀子の手腕で客を呼ぶことはむずかしく、わかがときどき電話口に坐って、

「しばらくお顔を拝まして頂けないので、さびしゅうございます。お近いうちにどうぞ」

とおちょぼ口で誘いをかけているのを横目で見ているばかり、それ以上のことは何もできなかった。

通いのころにくらべると、子供の世話が加わったぶんだけ、かえって体はきついが、夜は従業員の部屋は皆静かで、心配もなくなったのは汀子の一つの安《あん》堵《ど》であった。

汀子は元来、占いやまじないが大嫌《だいきら》い、神仏に祈るのも苦手だから、他人のそうしたことには何の関心もないが、今年の正月、始終暦をめくっては縁起をかついでいるわかから、

「若奥さん今年は年廻りがわるいですよ。お気をつけて下さい」

といわれ、聞き流していたが、いま思い返せば主の留守に従業員たちが飲み食いする現場に行き合わせたことや、それから発して、子供づれでこちらに引越して来たことも、年廻りのわるさだろうかと気になるときもある。

人間の気持とはふしぎなもので、いままでは従業員をありがたく思い、わかを立ててその采配《さいはい》に従っていたものが、あの日以来、何かしら心の底に不快感がたまっているようになり、それはとくにわかに対して強く感じることがある。

これではいけない、と自分を戒め、つとめて今までどおり振舞うようにしていても、あの日のわかの乱れた様子は容易に瞼《まぶた》の裏から消えなかった。

それでも汀子の気質は男のようにさっぱりしているところから、本人に向っていや味をいったりするようなことはなく、表面なにごともなく過ぎて、その年の師走《しわす》のこと、昼食のあとで汀子は二階へ上って行った。

昼の弁当の客というのは、何か特別の注文でもない限りはほとんどないし、二階へ上ったのは後片付けの目的ではなく、ふと気を抜くためといってよかったが、広間へ入る控えの間に入ろうとして、汀子はそこで琴のうしろ姿を見た。

声をかけようとしたものの、その姿勢が少し不自然なので、黙って目を凝らしているなかで、琴は座蒲団《ざぶとん》を二、三枚重ねた上に乗り、長押《なげし》の横額に手をのばしている。

しかし届かなかったと見えて、座卓をひっぱって来、その上からだと目的を達したらしく、額のうしろから取出したのは新聞紙の包みであった。

あたりを見廻《みまわ》し、新聞紙を開けるとそれは札束で、そのうち何枚かを抜き取ろうとしているのをはっきりと見て、汀子はもう我慢できなかった。

「琴さん」

と呼んで近寄ったときの琴のおどろき、口を大きくあけたまま、凍りついたような表情になっているのへ、

「どうしたの？　そのお金」

と汀子は聞いた。

心のうちで、万に一つ、琴が自分のものだと答えてくれるのを祈りながら。

琴はぺたんとしりもちをつき、首を前に落して大きな息をつきながら、

「すみません、すみません」

といく度も繰返している。

「どうしたの？　誰のお金？」

と汀子が手を伸ばすと、琴は観念したのか新聞紙の包みをさし出した。

開けてみると、中身は部厚い札束ではなく、百円札が十二、三枚重ねてあるだけ、これならひょっとして琴も含めての従業員の誰かのへそ繰りかな、と汀子は考えて、

「はっきりいって頂戴《ちょうだい》。ねえ、あなたのお金なの？　それとも」

と問いつめると、琴は手をついて、

「申しわけございません」

とわびるだけ、持主を明かそうとはしない。

琴と膝《ひざ》をつき合わせて坐《すわ》っている汀子は、いま、正面からまじまじと改めて琴を眺めた。

年はかれこれ五十五、六、髪はまだらのゴマ塩になっており、若いときはとのった顔立ちだったと思われるのに、いまは見るからに苦労に負けました、といわんばかりの表情をしている。

このひとが、賭《か》けごと好きの夫の行状を、義姉のれんに訴えに来たのはついおととしのこと、それで納まらなかったものか、店の座敷係に入れてやって欲しい、とれんからいわれたとき、汀子は単純に身内がひとり増えるのなら頼もしい、と思ったものだったが、結果は決してそうではなかった。

かげがうすいというのか、いつもひっそりとしており、ドジを踏むこともいちばん多くて、わかに派手に怒鳴られていることも汀子はいく度も耳にしている。

それだけに、長押の裏に金を隠す才覚、あるいは人が隠しているのを嗅《か》ぎつける才覚が、このひとにあったとは汀子にとって大きな驚きであり、ここはぜひ糾明せずにはいられなかった。

「ね、琴さん」

と汀子はその顔をのぞき込んで、

「お願いだからそのお金のこと、あたしに話して頂戴。誰にもいわないと約束するから。

それ、あなたのもの？　ならそういえばいいし、他のひとのものなら教えて下さい」

とゆっくり、子供にいい聞かせるようにいうと、琴は顔を上げ、すっと立上ると、入口の襖《ふすま》を閉め、境の襖も閉めて、座に戻った。

その目を見ると決して涙はこぼしておらず、きっと顔を上げて、

「では若奥さん、私が一切をお話しすれば、私がここでしていたこと、黙っていて下さいます？」

「もちろんですとも。しかし琴さんはここで何をしていたの？」

「このお金を盗もうとしていたんです。いままでにも二回、百円札を抜き取りました」

琴は顔をあげてはっきりといい、さらにはきはきと続けて、

「ここへお金を隠しているのは若旦那《わかだんな》なんです。

それを、たぶん相談ずくで、ときどき取出しているのはひろ子さんです」

「え？　ひろ子さんがどうして？　それを何に使うため？」

　と汀子はきょとんとして聞き返すと、

「ひろ子さんは若旦那の彼女じゃないですか。お気がつきません？　ついそこの学校の裏手の家に囲われているのはみんな知っていますよ。お金はおやちんと、月々のお手当てじゃないですか。

　私は一度、ひろ子さんがお金を取出すところを見てしまいました。

　はじめはひろ子さんのへそくりだろうと思いましたが、よく考えてみると、我々のお給金は安くて、あらごめんなさい、みんなかげではいっていることなんで、つい口に出てしまいました。

　そんな身分でひろ子さんが百円札を十枚二十枚と無造作に出し入れできるわけがない、そのうち、噂《うわさ》を聞いて私は納得しました。

　若旦那がそこへお金を入れるのを見たことはありませんが、ひろ子さんのためにここへ貯金してあげてあるに決まっています。

　そんな秘密のお金なら、私がこっそり頂いてもどちらも文句のいえるわけがない、そう思って、最初、百円札一枚を引き抜きましたが、案の定、若旦那もひろ子さんも何のせんさくもしませんでした。

ひょっとしたら、二人とも気がついていないのかもしれないと思って、二度目は五枚、抜き取りましたが、それでもやっぱり新聞包みは同じところに置いてありました。

そこで今日は、全部頂いてみようかしらと考えたところで、若奥さんに見つかってしまったというわけです。悪いことはやっぱり続きませんでした」

と、居直って話す琴の話を、汀子は自分が意外と冷静に聞いているのに内心おどろいているのであった。

福二郎がひろ子を囲っている、と知らされれば、目もくらむほどの嫉妬《しっと》が押寄せてくるかと思いきや、まず、これですべてがはっきりするかもしれないという思いがある。

汀子の心のうちには、大鈴が倒れた夜のかずかずの不審が澱《おり》のようにいまだ沈んでおり、いま琴の口から福二郎とひろ子の関係を聞けばあの夜の福二郎の不在も読めてくる。

そういえばあのときひろ子も見当らず、また先夜、皆が飲み食いの現場にもその姿はなかったことを思えば辻褄《つじつま》は合うが、しかしそれなら何もこんなところへ金を隠さずとも、直接手渡せばいいものを、と思えるが、それは琴には問えなかった。

汀子はさらににじり寄り、

「琴さん、あなたは他にも知っていることがたくさんあるようね。悪いようにはしないから私に全部教えて下さい。たとえば大鈴さんが倒れたあの夜のこと、私にはまだよく判《わか》らないの。久夫さんはほんとに酔払って転んだの？　小鈴さんも足を怪我《けが》したのはあの晩でしたね？」

と聞くと、先夜の件は、琴も加わっていただけにさすがにためらい、急に臆《おく》病《びょう》そうな目のいろになって視線を泳がせていたが、観念したのか、正面にむき直り、

「じゃこのことも私がしゃべったとは金輪際いわないで下さいね」

と念を押してから、明かしてくれた。

それによると、福二郎夫妻が帰ってのち、店の料理を飲み食いするのは、開

店後半年ほど経《た》ってからはじまったそうで、それに最初気付いたのは小鈴であった。

通いの小鈴は、朝冷蔵庫を開けると氷がごっそり減っているのに気付き、

「久さんや、昨夜は何かあったかい?」

と問うと、久夫は、

「べつに」

と否定し、

「氷の減りようが激しいね」

というと、

「オンザロックでも飲んだんじゃないの。誰かがさ。このごろはやりだから」

とだけ気がなさそうに答えて、その場を外してしまった。

しかし小鈴が気をつけていると、氷だけでなく、他の材料も、翌朝みれば形や置き場所が変っていたり、もちろん量も減っており、こういうことが親父《おやじ》に知れたら大へんなことになる、とはらはらしているうち、小鈴はその現場を見てしまった。

夜更《よふ》けに店へ引返すと、料理場はあかあかと灯《ひ》が点《とも》り、若い竜夫と栄一が庖《ほう》丁《ちょう》を握っていて、その前には一緒盛りにした料理が並べられている。

「栄一、これはなんだ」

と聞くと、さすがに栄一は青ざめたが、竜夫は横柄《おうへい》で、

「兄貴に習ってたんで、へえ。あっしゃイカの黄味焼きってえのがなかなかうまくならねえんです。すぐ焦《こ》がしちまって」

と手を休めずいうのへ、小鈴は久夫を目でさがし、男部屋で着物にくつろいでねそべっている久夫のところへ行き、

「久さん、どういうことなんだい？　火を落としたあとでまた仕事かい？」

と聞くと、ふりむきもせず久夫は、

「なあに客の食べ残しさ。若いもんがやるっていうから、見てやっているだけさ」

「そうかい。しかし今日はイカは出なかったぜ。客の食べ残しってことはないだろう」

「そうだったかな。じゃおとといの客の食べ残しだよ」

「おといは客はなかったぜ」

「そういちいちうるさくいうなよ。お前親父に告げ口するつもりだろう」

とやおら起上った久夫に、小鈴は無理に唾《つば》をのみ込んで気分をおちつけ、

「料理の材料は、板長の許しがなきゃ勝手にいじっちゃいけねえのが決まりだ。今夜のことはおれは知らねえことにする」

といいすてると、小鈴はジャンパーの衿《えり》をかきあわせて出て行った。

しかし琴の話によれば、そのあと、

「いいから作ったものは出しな」

と久夫は命令し、いつものとおりテーブルを囲んで料理を楽しんだという。

毎日がごちそうというわけではないが、主《あるじ》が帰ったあとは皆寄り集まって久夫の指示による料理を食べるのが習慣になっていたそうであった。

庭番の甚助は、

「いまどきの若いもんのやることはおそろしい。今にバチが当るよ」

といつも呟《つぶや》いており、一度も仲間に加わらずに早くから蒲団をかぶって寝てしまい、帳場の久松の立場は微妙なところで、

「いいかげんで止《や》めとかないと、ことだよ」

といいいいしていたが、これも三度に一度は帳場格子《ごうし》のなかに皿を差入れされると、

「いいのかい？　気味わるいね」

などといいながらもうまそうに食べてしまう。

そのうち大鈴が、まず貴重な砂糖の消費量が異常に多いところから不審を持つようになった。

大鈴はめがねをかけ、仕入れの帳簿と現品とをひとつひとつきっちりと付合わせてみると、すべての食品が客の料理につかったよりもずっと多く減っていることが判った。

とりわけ酒が著しく、これは毎夕、福二郎が指で盃《さかずき》のかたちを作り、

「ちょいとたのむよ」

というのを受けて栄一が盆に載せて居間に運んでいるが、いままではそのせいとばかり考えていたものが、調べてみると福二郎ひとりの飲みしろとしてはあまりに多すぎることも判った。

律義《りちぎ》な大鈴は、こういうことはすべて自分の責任と思っており、一人一人、誰もいない部屋に呼んで、

「お前、おれが帰ったあとで、飲んだり食ったりしてはいねえか？　料理場のものの減りようが早いんだが」

とたずねると、全員、

「あっしゃ知りません。そういう事実はありません」

と否定するばかり。最後の久夫には、

「お前の立場で知らぬ存ぜぬでは通されめえ。どうだ。科人《とがにん》をあばき立てることはこれっきりにするから、明日から飲み食いはぴたりとやめさせることはできねえか」

と迫ると、

「ようがす。あっしが引受けました」

と胸を叩《たた》いてくれると思っていた久夫は、

「おやっさん、そいつあ無理だ。あっしゃ何にも知りません。何でものが減るんだか、皆目判らねえんで」

と逃げてしまった。

大鈴はそういう久夫をじっとみつめて、

「久夫、おれゃお前を見損なっていたらしいな。築地の店で手を取って教えて、ようやく旅にも出せるようになったと思ったら、よそさまで庖丁ばかりか、実《じつ》ってものまでまやかしを習って来たとみえる。

いまのお前の腕じゃ、椀方《わんかた》どころか、何ひとつ任せられやしねえ。

きのうのお前の羽二重しんじょの作りかたはありゃ何だ。大体ふだんから、お前はすり鉢《ばち》をバカにしてかかっている。

アメさんたちが使う電気の何たらいう機械だと、しんじょなんてまばたきする間にでき上っちまうってお前、しょっちゅう若いもんにいっているそうじゃねえか。

そんな心がけでどうして八百善の板前がつとまるんだ。若いもんのかんとくも出来ねえってのか」

ふだんは、仕事がきびしくてもガミガミいいはしない大鈴だが、今日ばかりは握りこぶしがふるえるほど怒りを全身であらわしての意見だったのに、それに対して久夫は終始だんまりで、謝るそぶりさえなかった。

誰が考えても、料理場のものの減るのを泊り込みの板前が知らないはずはないと思えるし、よしんば身におぼえがなければただちに詮議《せんぎ》しようとする姿勢があって当然なのに、これでは久夫が張本人か或《あ》るいは悪事に加担しているものと思われてもいたしかたないのであった。

くどいのが嫌《きら》いな大鈴は思い切りよく煙管《きせる》をはたき、

「よし、おれはもうこのことは二度とはいわねえ。お前もおれにふたたび糾明されることのねえように、これからは気をつけな。今度こういうことがあったら、上がりだぜ」

といい渡した。

上がりとはこの料理場の高足駄《たかあしだ》を脱いで去ることで、それは即ち職場を変わるという意味でもある。

「へい、判りました」

と久夫は一礼して大鈴の前を去ったが、そのうしろ姿を見送る大鈴の胸にはさぞかし苦いものが溢《あふ》れていたに違いなかった。

琴によれば、このあとしばらくはつつしんでいたらしいが、そのうち、ひろ子が夜になるとときどき一、二時間姿の消えるのに気づいたわかが、母親のときに問い、

「若いもんだから夜遊びするな、とはいわないけれど、ひろちゃんはちょっとすぎるんじゃない?」

と迫ると、ときはさりげなく、

「赤坂には小学校のころの友だちもたくさんいるし、べつにせんさくしないでも仕事に差支えなきゃいいじゃありませんか」

と、受け流してしまった。

しかしうまくかわされただけにわかは口惜《くや》しがり、ひろ子の動静に目をつけていたところ、昼間の休み、せっせと編んでいた茶いろのマフラーを福二郎がしているのを見つけ、

「あら若旦那、それひろちゃんからのプレゼントでしょ」

と、鬼の首でも取ったようにさわぎまわるのへ、福二郎は悠然《ゆうぜん》と、

「そうだよ。ひろ子は編物が上手だね。おれのために一針一針編んでくれたん

だから、大事に大事に使っているのさ」

と披露《ひろう》して、べつにやましいふうもない。

このことは汀子も知っており、

「ひろ子が編んでくれたよ」

と見せられ、

「あの子手先が器用ね。こんな極細の糸で、まあよく針目も揃《そろ》って、きれいねえ」

と感嘆したことを覚えている。

まだ衣料も不足がちで、身につけるものは皆手づくりのものが多かったから、編物の上手なひろ子が主のためにマフラーを編んで贈ったとしても、べつに不思議はなかったし、これだけで二人を怪しい関係とはいえなかった。

しかしわかは、執拗《しつよう》にひろ子の行動を追いつづけ、閉店後ひろ子の姿が見えなくなれば、福二郎の部屋をのぞきに来、

「二人はしめし合わせて、くらげマークに行ったのよ、きっと」

と琴や啓子にひそひそとささやき続けた。

それは、二人の関係に異常な興味を抱いている、というよりも、若旦那からして店の女の子とよろしくやるくらいなら、あたしたちだって、という理由を作り上げるのに利用したらしい。

わかがけしかけたのか、料理場のほうから誘いをかけられたのか、ふたたび閉店後の酒宴がはじまり、だんだん大胆になって来たのを、琴はいま正直に、汀子に向って、

「店の客なんてどうでもいい、早くみんなで飲んだり食べたり、おしゃべりしたりしたいと思うようになったんです。わかさんに習ってお化粧もしました。うきうきしていい気分でした」

と自分の気持を告白した。

酒宴には最初からときは加わっておらず、それをよいことに、しばしば話題は福二郎とひろ子の上に及び、だんだんに昂《こう》じて、

「ついそこの日比谷高校の裏手あたりじゃないかな。若旦那の妾宅《しょうたく》ってえのは」

と誰かがいえば、すぐそれは真実となり、

「船板塀《ふないたべい》に見越しの松ってえのかい？　若旦那も案外イキなことやるねえ」

「ひろ子も忙しいんだね。座敷係つとめたり、若旦那の愛人つとめたりさ」

「そういえばあの子、めっきりきれいになったね」

と罪を転嫁《てんか》することによって、おのおの自分の良心へのいいわけとしたふしはある。

そしてあの節分の夜のこと、琴はここまでいうと大きく溜息《ためいき》をついて、

「思い出すさえおそろしい。私はあの晩から目がさめました」

と目を落しながらも、つぶさに告げた。

小鈴は、自分が目撃した酒宴の件を、父親には決して明かさなかったが、気にかかりつづけていたらしく、節分のその夜、ふたたび閉店後の店に取って返した。

というのは、夕方手洗いに立ったとき、掃除道具を入れてある小部屋の戸が半開きになっており、そこからさかさに立てた箒《ほうき》に手拭《てぬぐ》いで頰《ほお》かぶりさせてあるのが見えたからであった。

小鈴は一瞬立止り、いったいこりゃ何だ、と首をかしげたが、ゆっくりと目の前がひらけて来、それは料理場の者たちが女たちとともに酒宴をするため、福二郎汀子の二人が早く帰ってくれるように、とのまじないに違いなかった。

よし、親父に知れないうち、今夜こそ意見をしよう、と小鈴もやみくもに気持がはやっていたに違いない。

念のため、戸棚《とだな》のなかの酒や調味料のかさを頭に入れ、気をつけていると、先《ま》ず汀子が防寒コートを着て、

「じゃあね、ごくろうさん」

と帰り、続いて福二郎がいつものように、

「火の元気をつけてな」

といいおいて帰って行った。

福二郎の機嫌《きげん》のいいときは、清元延寿太夫《えんじゅだゆう》の地口で、

「火のもとげんじゅう太夫だよ」

としゃれるが、今夜は先を急いでいるらしく、日頃《ひごろ》のお得意も出ず、出て行ったあと、それを追うように大鈴が帰り、そして小鈴も平静を装って店を出た。

胸のなかは義憤で渦巻《うずま》いており、事情はどうあれ、先日のようなふしだらの責任の一切は久夫にある、と考えている。

行きつけの縄《なわ》のれんをくぐり、そこでひとりお銚子《ちょうし》一本をゆっくりとあけながら時間をはかった。

かれこれ一時間半、外に出るとしんしんと冷える霜夜に鎌《かま》の月がかかっている。小鈴は武者ぶるいし、坂をいっきに駈《か》け登って裏口から入ると案の定、酒の香が立ちこめ、誰かが高声でしゃべり散らしている。

いきおいよく襖を開けた小鈴は、まっすぐ、

「おい久さん、ちょいと顔貸してくんねえ」

と声をかけた。

「何だよ」

とふりむいた久夫が、

「お前もここへ坐れよ。いっぱいやれよ」

と差した盃を払いのけ、そのえりがみを摑《つか》んでずるずると外へひっぱり出した。

小鈴は、抵抗する久夫のえり首を摑んだまま手を離さず、近くの山王の森の中へ強引に引きずって行った。

暗い山王山の茂みの中で、小鈴の制裁の拳《こぶし》がどれだけ激しく久夫の頭上に降ったか、また久夫の応戦もそれに劣らずすさまじいものであったか想像に難くないが、あとから聞けばこの時刻、大鈴がついこの森のわきを通って店へ向っていたのであった。

虫の知らせというか、父子ともにこの節分の夜、店のことが気にかかり、引返してきたのはやはりさだめとでもいうべきものであったろうか。

大鈴ははじめて現場を目撃し、おそらく怒髪天を衝《つ》くほどの思いであったにちがいなく、琴の証言によれば、

「久、出てこい。おれの前に出てきてみろ」

と大音声《だいおんじょう》に呼ばわりながら次の部屋を開けようとしたところ、急にうめき声を挙げてその場に倒れてしまったという。

このあとは、汀子自身も駈けつけて知ってのとおりの運びだが、ここまで聞けばあの晩のことはすべて明らかとなる。

小鈴は足をひきずりながら店にとって返して父親の異変に出会い、久夫は腫《は》れ上った顔面を見られたくなさに、三日も行方をくらましていたのだと判った。そうすると、帰ったはずの福二郎が引返して来たのは何故《なぜ》？　と改めて思い返せば、汀子が便所のなかで洩《も》れ聞いたひろ子母娘《おやこ》の、あのとき甚助さんがいなかったら、のひそひそ話がそっくりよみがえってくる。

きっとあの騒ぎを見て、甚助がそっとぬけ出し、福二郎を呼びに行ったにちがいなく、さだめしその場所にはひろ子も一緒にいて、二人は前後して店に戻って来たものだと思われた。

汀子は、琴にもっと聞きただしたいとも思ったが、いつ誰がこの二階に上ってこないとも知れず、特定の従業員との二人だけの話は疑惑を招くと思い、

「琴さん、じゃ今日のこのことを、私は見なかったことにするし、あなたも私に何もしゃべらなかったことにして下さい。

いま限りにして、忘れてしまいましょう」

といい、琴を立たせ、その場を去らせた。

しかし汀子は、いま限り忘れてしまえるどころか、頭のなかにはさまざまな

ものがぎっしりと詰まってふくれ上り、整理のつかなくなってしまったのを感じている。

そして汀子は新聞紙の金を改めて包みなおし、たもとのなかに入れてみたものの、気軽く立上って下へおりてゆく気にはならなかった。

気を鎮《しず》め、いまの琴の言葉を辿《たど》ってみると、まず何よりも、従業員たちの表裏のある態度が悲しく、例の酒宴が大鈴の死後、汀子自身が発見するまでなお続いていたものと思うと、そうとはしらず、わか以下を信頼し切っていた自分の愚かさが悔まれる。

食べものを制限したわけでもなく、閉店後の行動を拘束したというわけでもないのに、諫《いさ》めても諫めても何故あんなに、暮夜ひそかに店の料理に箸《はし》をつけたがるのか、と考えると、戦後のひもじさが性《さが》となってしまったのかと思わざるを得ない。

ただこれは、自分たちが越してきたことで一応の解決はみており、いま、夜はいたって静かなので、近々福二郎は懸案のテレビジョンも買入れるといっており、裏切られた口惜しさは水に流すより他、ないのであった。

しかし福二郎とひろ子の問題はいまだ終っているとは思えず、これに自分はどう立向っていけばいいのか、思案に暮れてしまう。

これが店も持っておらず、ただのサラリーマン夫婦ならただちに夫をとっちめ、派手な喧嘩《けんか》をしてもべつにかまいはしないが、いま相手が従業員、こちらが主となると、自分が怒り狂えば店中必ず反応し、動揺することは目に見えている。

以前から、夜、福二郎がいなくなって捜していると、栄一など料理場から首を出して、

「若旦那のいる場所なら判ってます。あたしが一っ走り」

とうけ合い、直ちに連れて戻ってくるのを、汀子は行きつけのバーなのだとばかり思っていたのに、いま思えばあれはやっぱり妾宅、しかも自分以外、店のものは皆二人の関係を知っていたのだと思うと、そこら中のものを打ちつけ、投げとばしたくなるほどに口おしい。

そして許し難いのは、主の不行跡を、わきから助け、けしかけ、などして自分たちの行為に理屈をつけようとするわかたちの企《たくら》みであって、この点を深く

つきつめて考えていると、福二郎は従業員たちにがっちり弱味を握られていることになる。

店は不振、親に何とか助けてもらってやっているのに、何とはがゆい福二郎、と思うと、やっぱりさまざまな出来ごとの元凶は福二郎のふがいなさにあるとすれば、ここはいうだけのことはいっておこう、と汀子は思った。

自分では冷静だと思っていたが、その夜の汀子の目は血走っていたに違いない。

客を玄関に送るまでは何とかせいいっぱい笑みを浮べていたが、部屋に戻って着物を脱いだあたりから、頬が硬張《こわば》り、自分でも般若《はんにゃ》の面をかぶっている感じであった。

子供ふたりの枕《まくら》もとでしばらく夕刊を読んだりして待っていると、十二時すぎ福二郎はいい機嫌で戻って来、どっかと坐って、

「今夜おれの行ったのみ屋のおやじがね、蛍手《ほたるで》のものを安くわけてくれる店があるっていうんだよ。

来年の夏用に蛍茶碗《ほたるぢゃわん》やら小鉢をすこし買おうと思うんだが、どうだね。

うちは親父がガラスは下品だとかいうもんで、どうも夏の器に乏しい」

としゃべり始めるのを、汀子はわなわなふるえる手で制して、

「あなた、ちょっと来てよ」

と先に立って、子供たちのさしかけ部屋のほうに案内した。

「そこに坐って」

と指さすと、先にあぐらをかいた福二郎のひざに新聞紙の金包みを叩きつけて、

「このお金の使いみちを説明して」

と、聞いた。

福二郎は、取上げて、

「うん？」

と如何《いか》にも解《げ》せぬ、という表情で、

「これは何だ？　知らないね」

と畳の上に置くのを汀子が拾いあげ、ふたたびひざに叩きつけながら、

「しらを切るなんて卑怯《ひきょう》よ。あたしは全部知っているんだから。いいなさい。

誰にあげるお金なの？」

「おいおい知らないよ。どこにあったんだい？　これは」

「あくまで知らぬ存ぜぬで押し通すなら、あたしにも考えがあるわ。あなた、見られてるのよ。目撃者がいるのよ」

「何を目撃されたんだい？」

「あたしに全部いわせる気なの。あなたがぬらりくらりと逃げて白状しないのなら、私はお父さまに直訴する。

直訴してひろ子をクビにする」

とそこまでいったとき、福二郎は突然ハッハッハッと笑い出し、ようやくおさまってから、

「お前の頭はしょせんそれだけしか廻らないんだね。親父はひろ子をクビなんかにはしやしないよ」

福二郎の、自信たっぷりの言葉を聞いて汀子は逆上し、

「どうしてなの？　お父さまは息子の不行跡を応援するんですか」

「不行跡ってなんだい？　おれが何をしたっていうんだ？」

と福二郎は呆《あき》れるほどの強気で押し返してくる。

その態度は汀子の腹立ちにいっそう油を注ぐことになり、言葉のやりとりがもどかしくなった汀子のほうが先に手を出し、福二郎の横っ面《つら》をひっぱたくと、すかさず福二郎も汀子の頭にげんこつをくらわした。

一つなぐれば一つかえされ、そのうち汀子の気迫のほうがやや勝って、福二郎の首根っ子をおさえつけ、

「さあ、洗いざらい吐いておしまい。帳場の金をくすねてひろ子にお手当てをやっていたんだろ。

妾宅はどこさ？　いつからこんなことになったのよ」

とぎゅうぎゅう絞めつけると、福二郎は、苦しい息の下から、

「なになに、妾宅だと？　手をゆるめてくれよ」

とようやく汀子の手をはずし、

「そんな噂がひろまっているのかい？」

と聞いた。

「噂もなにも、しんじつじゃないの。ひろ子がいなくなればあなたもいなくな

る。あなたが出ていけばひろ子もすぐそのあとを追う。

二人で日比谷高校の裏に家を借りてるそうじゃないの」

と汀子がまくし立ててると、福二郎は髪を撫《な》でつけながら、

「そうか。みんなそう見てたのか。おれが悪かったな」

と呟いて、

「ひろ子はね、おれの妹なのかもしれないんだよ」

と驚くべきことをずばりといった。

「えっ」

と意外な展開に汀子は度胆《どぎも》をぬかれ、

「妹、というと？」

と信じられぬ面持《おもも》ちで問うと、

「築地にいたころの話だよ。そのころ洗い場にはおときと、もうひとりおとしという、年恰好《としかっこう》も似たり寄ったりの二人がいて、何でも了二さんにえらくお熱で、ずい分張り合ったらしい。

親父もまだ男ざかりでね。

そのうちおときのほうが妊娠し、在に帰って生んだのがひろ子ってわけさ。

恋に破れたおとしは傷心を抱いてこちらも店を退き、子を生んだおときはまた返り咲いたってえ話」

「そのことはお母さまをはじめ、皆さんご存知なんですか」

「とんでもない。あのれんさんの怒りと来たら女夜叉《にょやしゃ》どころのさわぎじゃない。みんな唇《くちびる》へ指を当ててそーっとかげで話したんだとさ」

「じゃ、お父さまは認知なさらなかったの？」

「やってないだろう。戸籍はきれえなもんだ」

「お父さまもおときさんのこと、好きだったかしら」

「そいつあ知らないね。しかし親父は広大無辺が好きだからね。自分を恋い慕う女には情をかけてやるのが男じゃないかねえ」

「あなたもそうなの？」

「了二さんの話だよ」

「じゃお父さまは、ひろ子さんをいまも我が娘として扱っているの？　かげながらでも？」

「それもさっぱり判らねえ」

「広大無辺が好きな人なら、きっと何かの財産分与はしてあげたはずなのよね。しかし、同じ築地から来たわかさんさとさんはこのことを知っているはずでしょ」

「知らないんじゃないの。あのスピーカーみたいなわかが知っていたら、おふくろもとうに知っていたはずだから」

「ふうん」

と汀子は首をかしげ、両手をこすりあわせながら考えつづけた。

「と、すると」

と、福二郎を指さし、

「額のお金は、あなたがひろ子に恵んでやっているものなの？　あなたがレジのお金を抜き取ってあそこへ隠し、ひろ子がひそかにそれをもらっているということね」

「そういうわけになりますかねえ」

と福二郎はあえて否定せず、汀子はその福二郎の顔をまじまじと見つめて、

「じゃ、聞きますがね。あなたがときさん母娘《おやこ》を、そんなかたちで援助しているのを、お父さまはご存知？　うすうす察しているの？　それとも命令してやらせているのかしら」

「親父は全く知りません。知ったらやめろというに決まっている」

「ふうん、そうですか」

と汀子はうなずいて聞いていながら、何だか釈然としないものが心に残るのを感じている。

「じゃあねえ、みんながいう学校の裏の妾宅ってのは何？　そこへひろ子を置いてあるの？」

と腑《ふ》に落ちない部分を問うと、

「妾宅なんて根も葉もない話だねえ。連中の想像から生れたものじゃないの」

「ふうん、でも琴さんの話ではまんざら嘘《うそ》とも思えませんがねえ」

「じゃひろ子がひとりで借りてる家かもしれないね。あの子、何か稽古《けいこ》ごとに通っているらしいから」

「それも何だかおかしい話よ」

と汀子はさっぱりせず、なお話を続けようとするのへ、福二郎は膝を叩いて、

「店の主が、使用人の告げ口くらいで動揺するのはみっともないよ。でーんとしてなさい。でーんと」

と立上って部屋へ戻ろうとするのを、汀子は、

「待って」

と止めて、

「私にもいわせてもらうと、店の主がレジのお金を抜いて特定の使用人に与えるのは絶対よくないことよ。まして額の裏なんか隠したりしていやらしい。これだけは即刻やめて下さい」

と語気を強く抗議すると、

「判ったよ」

と福二郎は答えて、のっそりと子供部屋から出て行った。

残った汀子は、隅《すみ》に散らかっている尊之の汽車や飛行機の玩具《おもちゃ》を片付けながら、やっぱり心のうちでは疑問がくすぶりつづけている。

ひろ子がお父さまの子、あり得る話ではあるかもしれないが、しかし開店後

二年近いいま、父娘《おやこ》だという二人が顔を合わせる場に汀子は何度も行き合わせているけれど、その間柄《あいだがら》に不審を抱いたことはなかった。

大体、ひろ子は性格的におとなしく、はるか年長者たちのなかにあって、若い子はちやほやされるか、逆にいびられるかのどちらかなのに、ひろ子の場合は格別目立たず、また問題のひとつ起こしたこともない。

背後に母親がいて、うまく助言しているせいかといえば、この母娘は同じ店にいてもあまり言葉を交わしもせず、先だって汀子が便所で洩れ聞いたような場面はあとにもさきにもあれ一度きりであった。

やっぱりひろ子は、さきごろ流行したアプレゲールで、福二郎の若い愛人だというのがほんとうなのかもしれない、妹だなんてよくもまあ真赤な嘘を、と思うと胸は波立ってくるが、しかしもししんじつ了二の娘としたら自分にも義理の妹に当り、むげに腹を立てたりしてはいけないとの抑制も働く。

この場合汀子が自分で納得できる方法は、直接ひろ子と話し合ってみることがいちばんだが、実をいえばいま、その勇気は汀子にはまだ無かった。

気は強いが、情にもろいたちなら、自分の手でむごい事実をあばくには耐えられず、いましばらくは様子を見るより他ないのであった。

それに、汀子はさきごろ、一つの大きな衝撃の場面に出くわし、商売冥利《みょうり》に尽きる、と思う出来ごとがあった。

それは去る夏の終り、いまをときめく歌舞伎役者の松川鶴蔵《つるぞう》宅の番頭から了二に折入っての電話があり、このたび、鶴蔵と妻、光乃《みつの》の結婚披露宴を挙げたいから、万端よろしく頼む、という内容であった。

了二から福二郎にその旨《むね》伝えられ、福二郎から店の全従業員に発表されたとき、期せずして皆どよめき、大きな歓声を上げた。

というのは、当代一の美男役者、ただいま人気絶頂の鶴蔵はずっと独身だとばかり世間には思われており、それが実は、もと家事手伝いの光乃とのあいだにすでに二人もの子をなしていたのを、このたび思い切って公表しようということなのであった。

「それを我が八百善で、とご指名下すったんですか」

と聞く健二に、福二郎は胸を張って、

「そうだ。我が店は江戸の昔から松川家代々さまに格別のごひいきを頂いている。披露はごく内輪だが、ゆかりの店で、とおっしゃって下さっているんだ」

「じゃ、鶴蔵さんの弟さんお二人のお顔も拝めるわけで？」

「もちろん、お身内はみなさん名のある役者さんばかりだから。しかし、みんなのぞきに出てきたりなぞしちゃいけないよ。全員ふだんどおり、持場をしっかり守るんだよ」

と珍しく生真面目《きまじめ》に訓辞を垂れた。

九月二十八日、午前十一時、二階大広間には鶴蔵の養家、松川家、実家菊間家の人々が二十人ほど顔をそろえ、福二郎が小鈴とともに作ったお祝いの献立による料理がつぎつぎと供され、和やかな宴がはじまった。

汀子はいつものとおり襖のかげで料理の取次ぎをしていたが、一座のなかでいたく心をひかれたのは、今日はじめて妻であるのを認められた光乃というひとであった。

目鼻立ちが美しいというのでは決してないが、ひっつめの髪、化粧っ気のない肌《はだ》、楚々《そそ》とした容姿、そして出席のひとたちからの祝いのことばに対し、控えめな微笑でこたえている態度、話のやりとりで聞けばこのひとは今日まで十九年ものあいだ、かげの地位に甘んじていたという。

鶴蔵も弟二人も舞台があるそうで、料理が終ると三人はそそくさと立って小屋へ行き、客たちも三々五々引上げたあと、光乃はていねいに皆に挨拶《あいさつ》し、子供二人とともに帰って行った。

坂の下で車を拾うという光乃を送って出た汀子は、久しぶりに美しいもの、清らかなものに触れた大きな感動で、長いあいだその場に立ち尽していた。

一日中バタバタとあわただしい自分の日常が省みられ、福二郎との仲も、愛の恋のという甘いものは一切稀薄《きはく》であって、単に夫婦という習慣のなかでだけ連繋《れんけい》を保っている。

三十七歳の花嫁という今日の客の初々《ういうい》しさに、汀子は心からの羨望《せんぼう》を感じ、同時に拍手を送らないではいられなかった。

昭和二十八年は、このことと子供たちとの同居が汀子のわずかな収穫であって、わかの予言したとおり、大鈴の死をはじめ、うれしくない出来ごとの連続だったと思った。

ひろ子の件は、あれ以来、二階の額のうしろの新聞包みはないし、福二郎と顔を合わすひろ子、了二と会ったときのひろ子と気をつけているのだけれど、これもいままでどおりで、主と使用人の関係以上のものを嗅ぎとることはできなかった。

暮から新年にかけて汀子はずっと考えつづけ、あの光乃のように、夫の命令には何事も服従し、黙って耐えつづけるのが女のみちか、と思うときもあれば、いや、やはり仕事を持っているなら、自分の意見だけははっきり述べなければならない、とひそかに奮い立つ思いもある。

松の内が明けたあと、ある晩福二郎が汀子に、

「子供寝たか？」

と聞き、

「ちょいとつきあえよ」

とオーバーを羽織った。

珍しいこと、と思いながら汀子も鏡をのぞき、ショールを肩に続いて裏口から出た。

若いころ「遊び人の福さん」と異名を取った福二郎はいまでもやっぱりいっ

ぱしの顔で、赤坂界隈《かいわい》にも馴染《なじ》みの店はたくさんにある。

路次の奥の小ぎれいな構えの一軒の格子戸を開けると衝立《ついたて》で仕切った小座敷に上って向きあい、福二郎は盃を汀子にさして、

「ま、奥さんどうぞ」

と、ちょっとてれくさそうにすすめた。

「あら、ま、明日は大しけになるんじゃないかしら。どういう風の吹きまわし？」

と汀子もバツのわるさを紛らしてそれを受けたが、夫婦で飲み屋にくるのは初めてのことだけに、

「どうしたの、いったい」

と聞いた。

「うん」

と福二郎は肴《さかな》をつっつきながら、

「わかが店をやめるっていうんだ」

と打明けた。

今朝、福二郎が河岸《かし》から戻ると、わかから、

「若旦那、ちょっと」

と呼ばれ、人けのない部屋へ伴われて辞意を告げられたという。

理由は、新潟の在にいる母親がこのところめっきり弱り、しきりにわかに会いたがるので、最後の親孝行だと考え、思い切って故郷に帰り、看病してやりたいのだそうであった。

「そうーお」

と汀子は深くうなずき、

「それじゃ仕方ないわねえ。わかさんもあれで案外孝行娘ね」

というと、福二郎は、

「そこで汀子女史に気張ってもらわなきゃならなくなったってわけだ。知ってのとおり、いまのところ、うちの客はわかに付いているお方が多いだろう。わかがいなくなればそれをそっくりお前が引き継いで、ごひいきにしてもらわなくちゃならない。

もう襖のかげの取次ぎはやめて、座敷へ出てサービスしてよ」

「でも、わかさんは、お母さんの見極めがついたらまた店に戻るんでしょ」

「いいや、そうじゃないらしい。おれがそう聞いたら、いつなおるものやら見当がつきませんし、お店にご迷惑かけちゃいけませんから、一応きっぱりとお暇を頂かしてもらいますってんだ」

「そう？　それはまたえらくはっきりした決心だこと」

経営者にはそれなりの沽券《こけん》というものがあって、やめようとする従業員にとりすがって引きとめることはでき難《にく》いものだが、しかしわかの場合でいえば、築地時代からもう何十年という縁だけに、汀子ははい、そうですか、と退職させるわけにはいかないと思った。

「ねえ」

と福二郎の前に手をさしのべ、

「かりにね、もしよ、もし万一、わかさんがうちをやめて新潟へ帰ったとたん、お母さんのほうに看病の手が要らなくなることもあり得るでしょ。

だからわかさんも、そんなにきっぱりといわないで、少し休みをあげて様子を見ちゃどうかしら」

という汀子の提案に、

「足もと見られたくないじゃないか。あたしがいなきゃ店が立ってゆかれないじゃありませんか、なんて顔はされたくないしな。

去る者は追わず、でいかないか。なにお前ががんばればやれることだ」

「あたしだけなの？」

と汀子が反論すると、

「いや、むろんおれもだが、わか一人減ったくらいでおろおろしないでいようよ。お前もこの商売、もうまもなく二年になるし」

「そうねえ」

といいつつ、汀子は心のうちで、わかさんさきにあたしに相談してくれればよかったのに、と小さな不満があった。

店は福二郎が主だから、そちらに申出て不都合はないものの、男は男、女は女、としていつも仕事を分っていれば、ただちに影響を蒙《こうむ》るはずの女の長に、まず伝えてくれてもよかったのではないかと思うのであった。

福二郎は結局、いままでも少し人手が多すぎたから、わかが辞めてもあとは補充することなく、さとを中心に据《す》え、汀子が監督しながらこれまでどおりやって行くといい、汀子もそれを了承した。

話が終るとそそくさと帰ろうとする汀子に、福二郎は、

「まあもっと飲めよ。ゆっくりしていけばいいじゃないか」

といい機嫌になっており、それに対し、

「いやですよ。子供がいつ目をさますかしれないじゃないですか。私はあなたみたいに八人歩きはできませんから」

「何だ、その八人歩きってのは？」

「あっちへ四《よ》ったり、こっちへ四《よ》ったり、あなたのおはこですよ」

本書は一九九一年一〇月、新潮社より刊行され、一九九四年
一二月、新潮文庫として刊行されたものを二分冊にしました。

中公文庫

菊亭《きくてい》八百善《やおぜん》の人《ひと》びと（上《じょう》）

2003年3月25日　初版発行
2015年1月25日　再版発行

著　者　宮《みや》尾《お》登《と》美《み》子《こ》

発行者　大橋　善光

発行所　中央公論新社
〒104-8320　東京都中央区京橋2-8-7
電話　販売 03-3563-1431　編集 03-3563-2039
URL http://www.chuko.co.jp/

ＤＴＰ　平面惑星
印　刷　三晃印刷
製　本　小泉製本

Published by CHUOKORON-SHINSHA, INC.
Printed in Japan　ISBN4-12-204175-9 C1193

中公文庫既刊より

各書目の下段の数字はISBNコードです。978−4−12が省略してあります。

み-18-17
菊亭八百善の人びと（下）　宮尾登美子
再興なった老舗・八百善の経営は苦しく、店で働く人々との関わり合いに悩みつつ汀子は明るく努めるが。消えゆく江戸文化への哀惜をこめて描く後篇。
204176-9

み-18-4
陽《よう》暉《き》楼《ろう》　宮尾登美子
土佐随一の芸妓房子が初めて知った恋心ゆえに、華やかな人生舞台から倖薄い、哀れな末路をたどる悲愴な若き生涯を描く感動の長篇。〈解説〉磯田光一
200666-9

み-18-6
序の舞（全）　宮尾登美子
幼い頃から画才を発揮した島村津也は、きびしい修業生活ののち、新進画家となる。一流の画家として女として、愛と芸術に身を捧げた津也の生涯を描く。
201184-7

み-18-8
櫂（全）　宮尾登美子
大正から昭和にかけての高知を舞台に、芸妓紹介業の岩伍の許に十五歳で嫁いだ喜和が意地と忍苦に生きた波瀾と感動の半生を描く。〈解説〉宇野千代
201699-6

み-18-9
寒椿　宮尾登美子
戦争という苛酷な運命を背景に、金と男と意地が相手の稼業に身を投じた四人の女がたどる哀しくも勁い愛の生涯を描く傑作長篇小説。〈解説〉梅原稜子
202112-9

み-18-11
蔵（上）　宮尾登美子
雪国新潟の蔵元に生まれた娘・烈。家族の愛情を受け成長した烈には、失明という苛酷な運命が待っていた。烈と家族の苦悩と愛憎の軌跡を刻む渾身の長篇。
202359-8

み-18-12
蔵（下）　宮尾登美子
打ち続く不幸に酒造りへの意欲を失った父にかわり、女ながらに蔵元を継いだ烈。蔵元再興に賭けた彼女の波瀾に満ちた半生を描く。〈解説〉林　真理子
202360-4

各書目の下段の数字はISBNコードです。978－4－12が省略してあります。

う-3-7
生きて行く私
宇野千代
"私は自分でも意識せずに、自分の生きたいと思うように生きて来た"ひたむきに恋をし、ひたすらに前を見つめて歩んだ歳月を率直に綴った鮮烈な自伝。
201867-9

う-3-13
青山二郎の話
宇野千代
独自の審美眼と美意識で昭和文壇に影響を与えた青山二郎。半ば伝説的な生涯が丹念に辿られて、「じいちゃん」の魅力はここにたち現れる。〈解説〉安野モヨコ
204424-1

う-3-15
或る男の断面
宇野千代
自身と東郷青児との波瀾にとんだ愛の日々の思い出を綴った表題作と、三浦環を語る『三浦環の片鱗』を収録した珠玉のエッセイ集。〈解説〉森まゆみ
205554-4

う-3-16
私の文学的回想記
宇野千代
波乱の人生を送った宇野千代。ときに穏やかな友情を結び、またあるときは激しい情念を燃やした文壇人との交流のあり方が生き生きと綴られた一冊。〈解説〉斎藤美奈子
205972-6

す-3-1
華の碑文 世阿弥元清
杉本苑子
時は室町時代、大和猿楽座に生まれた世阿弥が、暗い世俗の桎梏に縛られながらも辛苦して能を大成してゆく感動の生涯を描く。〈解説〉小松伸六
200462-7

す-3-6
檀林皇后私譜（上）
杉本苑子
闇に怨霊が跳梁し、陰謀渦巻く平安京に、美貌のゆえに一族の衆望を担って宮中に入り、権勢の暗闘の修羅に生きた皇后嘉智子の一生を描く歴史長篇。
201168-7

す-3-7
檀林皇后私譜（下）
杉本苑子
飢餓と疫病に呻吟する都、藤原氏内部の苛烈な権力争いの渦中に橘嘉智子は皇后位につく。藤原時代の開幕を彩る皇后の一生を鮮やかに描く。〈解説〉神谷次郎
201169-4

す-3-15
散華 紫式部の生涯（上）
杉本苑子
藤原氏の一門ながら無欲恬淡な漢学者の娘として生まれ、永遠の名作を紡ぎ出していった一人の女性の生の軌跡をたどる歴史大作。
202060-3

す-3-16
散華 紫式部の生涯(下)
杉本苑子
三年にも満たぬ結婚生活、華やかな宮仕えでも癒されぬ心の渇き。凄絶な権力抗争を見すえつつ『源氏物語』を完成させた女性の生の軌跡。〈解説〉磯貝勝太郎
202075-7

せ-1-6
寂聴 般若心経 生きるとは
瀬戸内寂聴
仏の教えを二六六文字に凝縮した「般若心経」の神髄を自らの半生と重ね合せて説き明かし、生きてゆく心の拠り所をやさしく語りかける、最良の仏教入門。
201843-3

せ-1-8
寂聴 観音経 愛とは
瀬戸内寂聴
日本人の心に深く親しまれている観音さま。人生の悩みと苦難を全て救って下さると説く観音経を、自らの人生体験に重ねた易しい語りかけで解説する。
202084-9

せ-1-9
花に問え
瀬戸内寂聴
孤独と漂泊に生きた一遍上人の俤を追いつつ、男女の愛執からの無限の自由を求める京の若女将・美緒の心の旅。谷崎潤一郎賞受賞作。〈解説〉岩橋邦枝
202153-2

せ-1-12
草筏
瀬戸内寂聴
愛した人たちは逝き、その声のみが耳に親しい――。一方血縁につながる若者の生命のみずみずしさ。自らの愛と生を深く見つめる長篇。〈解説〉林真理子
203081-7

せ-1-15
寂聴 今昔物語
瀬戸内寂聴
王朝時代の庶民の生活がいきいきと描かれ、様々な人間のほか妖怪、動物も登場する物語。その面白さを鮮やかな筆致で現代に甦らせた、親しめる一冊。
204021-2

せ-1-16
小説家の内緒話
瀬戸内寂聴
山田詠美
読者から絶大な支持を受け、小説の可能性に挑戦し続ける二人の作家の顔合わせがついに実現。「私小説」「死」「女と男」について、縦横に語りあう。
204471-5

せ-1-17
寂聴の美しいお経
瀬戸内寂聴
疲れたとき、孤独で泣きたいとき、幸福に心弾むとき……どんなときも心にしみいる、美しい言葉の数々。声に出して口ずさみ、心おだやかになりますように。
205414-1

各書目の下段の数字はISBNコードです。978－4－12が省略してあります。

た-15-4
犬が星見た　ロシア旅行
武田百合子
生涯最後の旅を予感した夫武田泰淳とその友竹内好に同行し、旅中の出来事や風物を生き生きと捉え克明に描く。読売文学賞受賞作。〈解説〉色川武大
200894-6

た-15-5
日日雑記
武田百合子
天性の無垢な芸術者が、身辺の出来事や日日の想いを、時には繊細な感性で、時には大胆な発想で、心の赴くままに綴ったエッセイ集。〈解説〉巖谷國士
202796-1

た-15-6
富士日記（上）
武田百合子
夫泰淳と過ごした富士山麓での十三年間の日々を、澄明な目と天性の無垢な心で克明にとらえ天衣無縫な文体でうつし出した日記文学の傑作。田村俊子賞受賞作。
202841-8

た-15-7
富士日記（中）
武田百合子
天性の芸術者である著者が、一瞬一瞬の生を特異な感性でとらえ、また昭和期を代表する質実な生活をあますところなく克明に記録した日記文学の傑作。
202854-8

た-15-8
富士日記（下）
武田百合子
夫武田泰淳の取材旅行に同行したり口述筆記をする傍ら、特異の発想と表現の絶妙なハーモニーで暮らしの中の生を鮮明に浮き彫りにする。〈解説〉水上　勉
202873-9

た-28-8
隼《はやぶさ》別王子《わけ》の叛乱
田辺　聖子
ヤマトの大王の想われびと女鳥姫との恋におちた隼別王子は大王の宮殿を襲う。「古事記」を舞台の恋と陰謀と幻想の物語文学。〈解説〉永田　萠
202131-0

た-28-10
週末の鬱金香《チューリップ》
田辺　聖子
若くても老いても、自分の人生を見つめしっとりと生きている女たちに訪れた幸せの囁き。さわやかな花の香り漂う六つの愛の物語。〈解説〉江國香織
202733-6

た-28-12
道頓堀の雨に別れて以来なり　川柳作家・岸本水府とその時代(上)
田辺　聖子
大阪の川柳結社「番傘」を率いた岸本水府と川柳に生涯を賭けた盟友たち……上巻は、若き水府と、柳友たちとの出会い、「番傘」創刊、大正柳壇の展望まで。
203709-0

番号	タイトル	副題	著者	内容紹介	ISBN末尾
た-28-13	道頓堀の雨に別れて以来なり	川柳作家・岸本水府とその時代(上)	田辺 聖子	川柳への深い造詣と敬愛で、その豊醇・肥沃な文学的魅力を描き尽くす伝記巨篇。中巻は、革新川柳の台頭水府の広告マンとしての活躍。「番傘」作家銘々伝。	203727-4
た-28-14	道頓堀の雨に別れて以来なり	川柳作家・岸本水府とその時代(中)	田辺 聖子	川柳を通して描く、明治・大正・昭和のひとびとの足跡。川柳への深い造詣と敬愛でその豊醇、肥沃な文学的魅力を描く、著者渾身のライフワーク完結。	203741-0
た-28-15	ひよこのひとりごと		田辺 聖子	他人はエライ。自分もエライ。人生はその日その日の出来心——七十を迎えた「人生の達人」おせいさんが、年を重ねる愉しさ、味わい深さを綴るエッセイ集。	205174-4
た-28-16	たのしきわが家		田辺 聖子	さまざまな夫婦の姿をあたたかく描き出す短篇集。「長年月にわたって夫婦を結びつけるのは男女の英知とやさしさである」(あとがきより)〈解説〉富岡多恵子	205352-6
た-28-17	夜の一ぱい	残るたのしみ	田辺 聖子 浦西和彦編	友と、夫と、重ねた杯の数々……。四十余年の長きに亘る酒とのつき合いを綴った、五十五本のエッセイを収録、酩酊必至のオリジナル文庫。〈解説〉浦西和彦	205890-3
な-12-3	氷 輪 (上)		永井 路子	波濤を越えて渡来した鑑真と権謀術策に生きた藤原仲麻呂、孝謙女帝、道鏡たち——奈良の都の政争渦巻く狂瀾の日々を綴る歴史大作。女流文学賞受賞作。	201159-5
な-12-4	氷 輪 (下)		永井 路子	藤原仲麻呂と孝謙女帝の抗争が続くうち女帝は病に。その平癒に心魂かたむける道鏡の愛に溺れる女帝。奈良の都の狂瀾の日々を綴る。〈解説〉佐伯彰一	201160-1
な-12-6	わが町わが旅		永井 路子	歴史の年輪をきざむ鎌倉の寺社をめぐり、四季それぞれに彩られる自然の美を見つめ、さらに各地の史跡を秘める史実を追う歴史作家ならではの探訪記。	201677-4

各書目の下段の数字はISBNコードです。978－4－12が省略してあります。

な-12-5
波のかたみ　清盛の妻
永井路子
政争と陰謀の渦中に栄華をきわめ、西海に消えた平家一門を、頭領の妻を軸に綴る。公家・乳母制度の側面から捉え直す新平家物語。〈解説〉清原康正
201585-2

な-12-12
美女たちの日本史
永井路子
女帝、国母、女戦国大名など歴史の中で実力を発揮し、時代を左右した女たち。従来の男本位の歴史の見方を排し、独自の視点により新たな人物像ともう一つの新しい女の歴史を描く。
204551-4

な-12-14
女帝の歴史を裏返す
永井路子
国の大黒柱として、歴史の大きな流れの中に生きた女帝たち。東洋初の女帝から知られざる江戸時代の女帝まで、八人の生き様をみつめなおす。〈解説〉縄田一男
205108-9

は-45-1
白蓮れんれん
林真理子
天皇の従妹にして炭鉱王に再嫁した歌人柳原白蓮。彼女の運命を変えた帝大生宮崎龍介との往復書簡七百余通から甦る、大正の恋物語。〈解説〉瀬戸内寂聴
203255-2

は-45-2
強運な女になる
林真理子
大人になってモテる強い女になる。そんな人生ってカッコいいではないか。強くなることの犠牲を払ってきた女だけがオーラを持てる。応援エッセイ。
203609-3

は-45-3
花
林真理子
芸者だった祖母と母、二人に心を閉ざしキャリアウーマンとして多忙な日々を送る知華子。大正から現代へ、哀しい運命を背負った美貌の女三代の血脈の物語。
204530-9

は-45-4
ファニーフェイスの死
林真理子
ファッションという虚飾の世界で短い青春を燃やし尽くすように生きた女たち――去りゆく六〇年代の神話的熱狂とその果ての悲劇を鮮烈に描く傑作長篇。
204610-8

は-45-5
もっと塩味を！
林真理子
美佐子は裕福だが平凡な主婦の座を捨てて、天性の味覚だけを頼りにめくるめくフランス料理の世界に身を投じるが……。ミシュランに賭けた女の人生を描く。
205530-8